Dianne K. Salerni

Der Achte Tag

Ins Deutsche übertragen
von Kerstin Fricke

foliant

foliant Verlag
1. Auflage: 2023

FSC
www.fsc.org
MIX
Paper from responsible sources
FSC® C106236

Klimaneutral
Druckprodukt
ClimatePartner.com/18246-2308-1003

Die amerikanische Originalausgabe erschien unter dem Titel
THE EIGHTH DAY by Dianne Salerni

Published by HarperCollins Publishers L.L.C..
Published by arrangement with Pippin Properties, Inc. through Rights People, London.

Umschlaggestaltung © HildenDesign
Umschlagmotiv: © HildenDesign, unter Verwendung von Motiven von Shutterstock.com und Midjourney.com
Illustrationen: Stefan Hilden unter Verwendung mehrerer Motive von Midjourney und Shutterstock.com
Illustration Seite 62: Lennart Frank unter Verwendung mehrerer Motive von Midjourney
Grafiken Seite 128 und 129: Caja Frank
Übersetzung und Lektorat: Kerstin Fricke
Satz: Kreativstudio foliant
Dieses Buch wurde auf FSC®-zertifiziertem Papier sowie klimaneutral gedruckt.
ISBN 978-3-910522-18-3
auch als E-Book erhältlich

www.foliantverlag.de

Für Gabrielle und Gina,
die immer nach dem »Wann« gefragt
haben,
und für Bob,
der geantwortet hat: »Grunstag«.

1

Jax fuhr mit dem Fahrrad vom Einkaufen nach Hause und murmelte im Takt der Reifen: *Scheiße. Scheiße. Scheiße.* Die Lebensmittel in seinem übervollen Rucksack waren schwer. Aber dank Riley herrschte im Kühlschrank mal wieder gähnende Leere, und wenn Jax an diesem Abend etwas essen wollte, musste er eben einkaufen.

Riley ist scheiße.

Das war etwas, das Jax voller Überzeugung vor sich hingrummeln konnte. *Riley ist scheiße. Riley ist scheiße.*

Billy Ramirez wollte ihn ständig davon überzeugen, dass er ein Glückspilz wäre. »Ich wünschte, ich hätte so viel Freiheit wie du«, beschwerte er sich mindestens einmal die Woche.

Du wünschst dir also, dass deine Eltern tot wären? Jax sprach das nie laut aus, sondern hoffte immer, dass Billy sein Schweigen bemerken und den Hinweis kapieren würde.

»Dein Vormund ist so cool.«

Ja, das Zusammenleben mit einem Typen, der frisch aus der Highschool ist und ständig vergisst, die Stromrechnung zu zahlen, ist total cool. Manchmal war Jax versucht, Billy einen Handel anzubieten: Er würde bei Billys Eltern leben, und Billy konnte zu Riley Pendare ziehen.

So spät am Nachmittag herrschte reger Verkehr, da viele Leute von der Arbeit nach Hause fuhren. Jax zuckte jedes Mal zusammen, wenn ein ungeduldiger Autofahrer an ihm vorbeiraste. Er vermisste sein altes Zuhause in Delaware, wo es Fahrradwege gab. Am Ende des Blocks goss Mr Blum wieder seinen neuen Rollrasen. Jax schwenkte aus, um dem Wasserstrahl aus dem Schlauch zu entgehen – *Tja, heute hast du alter Penner mich verfehlt!* –, und fuhr vor Rileys Haus auf den Bürgersteig. Es war das kleinste an der Straße und musste von allen am dringendsten gestrichen werden. Ein alter roter Ford F-250 parkte davor, daher wusste Jax schon, wer zu Besuch war, bevor er hineinging. Das war nicht gut. Er schloss sein Fahrrad an der Regenrinne an der Hausseite an, nahm den schweren Rucksack vom Rücken und schleppte ihn die Vorderstufen hinauf.

Hinter der Tür lag gleich das Wohnzimmer, in dem es dunkel war, nur der Fernseher lief. Dicke Vorhänge sorgten dafür, dass nicht der kleinste Sonnenstrahl ins Haus dringen konnte. Jax hatte sie einmal aufgezogen, weil er herausfinden wollte, ob Riley im Sonnenlicht wie ein Vampir zu Staub zerfallen würde. Das war nicht passiert, aber Riley hatte sich beschwert, dass ihn der Lichtstrahl beim Fernsehen stören würde.

Im Augenblick sah sich Riley seine Lieblingssendung an. »… ein Tunnel verläuft unter den Pyramiden, der mit Mica ausgekleidet ist, das heute für Hitzeschilde an Raumschiffen genutzt wird. Es kommt einem beinahe so vor, als wäre dieser Ort dazu gedacht gewesen, Alien-Raumschiffe …«

»Alien-Raumschiffe? Da liegst du aber völlig falsch.« Der Mann, der auf dem Sofa lag, warf eine zerdrückte Limodose in Richtung des Moderators von *Extraterrestrial Evidence.* Die Dose prallte vom Fernseher ab und fiel zu Boden. Leise stöhnend schloss Jax die Tür. War es nicht wieder typisch, dass A.J. Crandall genau dann hier auftauchte, wenn Jax etwas zu essen mitbrachte?

»Sind das Lebensmittel?« Riley Pendare lag auf dem Sofa und trug noch immer seine *Al's Auto*-Uniform. »Danke, Jax. Ich wollte eigentlich später noch einkaufen gehen.«

Ja, klar.

A.J. zog sein Hemd hoch und kratzte sich am dicken, behaarten Bauch. »Hast du zufällig Zigaretten mitgebracht?«

»Ich bin zwölf«, rief Jax ihm in Erinnerung.

»Verdammt.« A.J. stemmte sich auf die Ellbogen. »Er ist zwölf?«

»Ja.« Riley stand auf und folgte Jax in die Küche. »In ein paar Wochen wird er dreizehn. Nicht wahr, Jax?«

Jax zuckte mit den Achseln. Sein Geburtstag war morgen, doch er hatte ohnehin nicht mit einer Feier oder einem Geschenk gerechnet.

Riley kramte in den Einkaufstüten herum und stieß auf eine Tiefkühlpizza und eine Packung Hotdogs. Er riss die Pizzaschachtel auf und legte die gefrorene Pizza in den Ofen.

»Fast dreizehn?«, brüllte A.J. aus dem Wohnzimmer rüber. »Ist er ein Spätzünder oder ein Blindgänger?«

»Was soll das heißen?«, schrie Jax zurück.

»Ignorier ihn einfach.« Riley stellte einen Topf auf den Herd, in dem er die Hotdogs warmmachen wollte.

A.J. kam in die Küche geschlendert. »Hotdogs und Pizza ... Cool.«

»Bleibst du zum Essen?«, fragte Jax mürrisch. In diesem Fall würden die Lebensmittel nicht bis morgen reichen.

»Pendare darf mich nicht hungern lassen. Wir haben eine *Vereinbarung.*«

»Du siehst nicht aus, als wärst du am Verhungern, Crandall.« Riley streckte eine Hand aus, und A.J. zückte einen Zwanziger, den Riley in ein Mehlglas auf der Arbeitsplatte steckte. *Katzenkasse* nannte er es, weil es die Haushaltskasse war und die Form einer Katze hatte.

A.J. entdeckte noch eine einsame Limonade im Kühlschrank. »Die ist gar nicht richtig kalt«, beschwerte er sich.

»Der Kühlschrank gibt bald wieder den Geist auf.« Riley ließ den gesamten Inhalt der Hotdogpackung in einen Topf mit Wasser fallen und schaltete den Gasherd ein. Danach klopfte er lautstark an die Seite des Kühlschranks.

»Du bist mir ja ein Mechaniker«, murmelte Jax.

Riley strich sich das Haar aus den Augen. »Ein Kühlschrank ist was anderes als ein Auto, Jax.«

A.J. schnaubte. »Ruf einfach Du-weißt-schon-wen an.«

»Immer, wenn ich sie anrufe, verlangt sie eine Gegenleistung.«

»Armer Kerl. Ich wünschte, das würde sie mal von mir verlangen.«

Jax wusste nicht, von wem sie redeten, und es war ihm auch egal. Als Riley nach der letzten Einkaufstüte griff, zog Jax sie schnell weg. »Die ist nicht für dich.« Er sah Riley an. »Hebst du mir was zu essen auf?«

»Na klar«, erwiderte Riley, als hätte er nicht zu anderen Gelegenheiten alles aufgegessen, was Jax mit nach Hause gebracht hatte.

Nach einem besorgten Blick auf den Ofentimer trug Jax die

Tüte aus der Haustür hinaus und den Bürgersteig entlang zum Heim seiner alten Nachbarin. Wie üblich stand Mrs Unger schon mit dem Portemonnaie in der Hand bereit. »Was bin ich dir schuldig, Jaxon?« Sie wackelte mit einigen Geldscheinen, als wollte sie beweisen, dass sie flüssig war.

»Ich sehe mal auf den Kassenzettel.« Er verstaute ihre Lebensmittel, während sie ihm auf ihren Krückstock gebeugt durch die Küche folgte. »Tut mir leid, dass ich keine Eier mitgebracht habe«, sagte er nach einem Blick in den Kühlschrank. »Ich dachte, das Dutzend, das ich letztes Mal gekauft habe, würde länger halten.«

»Sind die Eier alle weg?« Mrs Unger schob ihre Brille etwas höher. »Ich habe sie nicht gegessen.«

Natürlich nicht. »Dann hat Ihr Geist wohl mal wieder sein Unwesen getrieben«, meinte er fröhlich.

»Oh!«, rief sie aus, als hätte er sie da an etwas erinnert. »Ich habe meinen Bibliotheksausweis auf dem Küchentisch entdeckt. Es ist anscheinend wieder Zeit, die Bücher auszutauschen.«

»Das mache ich am Wochenende. Möchten Sie noch mehr davon?«

»Was immer das auch für Bücher sind, bring gern mehr davon mit.« Mrs Unger deutete auf den Bücherstapel auf der Arbeitsplatte. »Ich habe sie selbstverständlich nicht gelesen.«

Mrs Unger las natürlich keine Liebesromane. Sie lieh sie für ihren Geist aus, der auch ihre Eier klaute, die Gewürze in ihrem Schrank vertauschte und ihren Kleiderschrank umräumte.

Alt und senil zu werden, musste hart sein.

Jax schaute auf den Kassenzettel. »Vierundzwanzig neunundsiebzig.«

»Hier hast du dreißig.« Als er protestierte, fügte sie hinzu: »Nimm das Geld. Du hast mir den Weg erspart.«

»Danke.« Er faltete die drei Zehner und stopfte sie in seine Tasche. Mrs Unger gab ihm einen Kuss auf die Wange, woraufhin er theatralisch aufstöhnte, obwohl ihm das eigentlich gar nichts ausmachte.

»Kann ich sonst noch was für Sie tun?« Ein Blick auf die Küchenuhr verriet ihm, dass die Pizza gleich fertig sein würde. Er musste zurück, bevor A.J. sie aufaß. »Muss was im Garten erledigt werden? Unkraut zupfen oder so?«

Mrs Unger lächelte. »Bei mir gibt es kein Unkraut.«

Jax konnte sich dessen versichern, als er zurück nach Hause lief. Mrs Ungers Blumenbeete waren makellos gepflegt. Er fragte sich, wie sie das anstellte, da sie weder gut sehen noch gut laufen konnte. Die Blumenbeete an Rileys Haus enthielten nichts als feste Erde, die an Zement erinnerte. Darin wuchs einfach gar nichts.

Zur Abwechslung war sein Timing mal perfekt. Riley schob soeben die Pizza mit der Pappschachtel, in der sie gekauft worden war, aus dem Ofen, und Jax nahm sich mehrere Stücke und einen Hotdog. Dabei schob Riley einen Stuhl vom Tisch weg, was seiner Version einer Einladung zum Hinsetzen entsprach. »Wie stehen die Dinge drüben bei der alten Dame?«, erkundigte er sich.

»Gut«, antwortete Jax, ging am Stuhl vorbei und trug seinen Teller aus der Küche. Er hatte nicht vor, zusammen mit Riley und A.J. zu essen.

Sein Zimmer war dunkel und vollgestellt und hatte nur ein Fenster. An den Wänden hing eine hässliche Bordüre mit Halstuch tragenden Bluthunden. Bei Jax' Einzug hatte Riley gesagt, es hätte schon so ausgesehen, als er das Haus gemietet hatte, und Jax vorgeschlagen, dass er ändern konnte, was immer er wollte.

Aber Jax hatte sich nicht die Mühe gemacht, sein Zimmer umzudekorieren, weil er nicht lange bleiben würde. Jedenfalls hatte er das vor vier Monaten gedacht.

Er ließ sich aufs Bett fallen und legte sich den Pappteller auf den Bauch. Anfangs starrte er beim Kauen die Decke an, doch nach einer Weile schweifte sein Blick durch den Raum. Die Posaune, die er nicht mehr spielte, lehnte an der Wand. In der Nähe stand das Teleskop, das er letztes Jahr bekommen hatte. Er hatte es nur einmal benutzt und dann das Interesse daran verloren. Sein Dad hatte sich deswegen oft bitterlich beschwert.

Danach wandte sich Jax den Fotos auf dem Nachttisch zu. Dort stand ein altes Bild von Jax als Vorschüler auf dem Schoß seiner Mutter, das kurz vor ihrer Erkrankung aufgenommen worden war, und ein weiteres von Jax und seinem Vater am Grand Canyon aus dem letzten Sommer. Jax grinste und kniff im Sonnenlicht die Augen zusammen, während sich sein Vater die Augen mit einer Hand abschirmte.

Wieso hast du mir das angetan, Dad?

Hätte Jax den Hotdog im Ganzen heruntergeschluckt, wäre seine Kehle auch nicht schlimmer zugeschnürt gewesen, als sie es durch seine Wut war.

Dabei wusste Jax, dass sein Vater keine Schuld an diesem Unfall gehabt hatte. Irgendjemand, vermutlich ein Betrunkener, hatte den Wagen seines Vaters von der Straße abgedrängt, der daraufhin einen Hügel hinuntergestürzt und in den Susquehanna River gefallen war. Dieser Person – wer immer das auch gewesen sein mochte – hatte Jax' ganzer Zorn gegolten, bis Riley Pendare aufgetaucht war, um ihn aus der einzigen Familie herauszuholen, die Jax je gekannt hatte.

In den Tagen nach dem Tod seines Vaters hatten Naomi, die Cousine seiner Mutter, und ihr Mann ihn bei sich aufgenommen. Vor dem Unfall hatten sie einander nur selten gesehen, doch sie gehörten zur Familie und waren bereit, ihm ein gutes Zuhause zu bieten. Doch dann war Riley mit einer eidesstattlichen Erklärung aufgetaucht und hatte behauptet, Jax' Vormund zu sein. »Rayne Aubrey hat mir die Vormundschaft seines Sohnes übertragen«, hatte er ihnen mitgeteilt und die tätowierten Arme vor der Brust verschränkt. »Dieses Dokument bestätigt es. Im Fall seines Todes soll ich mich um Jaxon Lee Aubrey kümmern.«

Naomi hatte einen Freund der Familie um Hilfe gebeten, einen Anwalt, der zu ihnen nach Hause kam, Riley mit Fragen löcherte und wenig zufriedenstellende Antworten erhielt.

Wer war Riley Pendare für Rayne Aubrey? Der Sohn eines alten Freundes.

Warum hatte Rayne Aubrey Riley Pendare, der achtzehn Jahre alt und für Jax ein Fremder war, als Vormund der Cousine seiner verstorbenen Frau vorgezogen?

In diesem Punkt war Riley wenig mitteilsam gewesen. »Es war eben sein Wunsch.«

Aber eine Antwort war besonders beunruhigend gewesen.

»Wann?«, hatte Naomi wissen wollen. »Wann hat Rayne diese Vereinbarung getroffen?«

»Drei Wochen vor seinem Tod«, hatte Riley erwidert.

Der Anwalt hatte das Ganze für lächerlich gehalten – Riley war zu jung und die Situation überaus bizarr – und vorgeschlagen, das Jugendamt anzurufen und eine Anhörung vor Gericht zu verlangen. Diese Aussicht hatte Jax zwar gar nicht behagt, klang aber besser, als mit diesem tätowierten Fremden mitzugehen. Im Anschluss hatte sich Riley unter vier Augen mit dem Anwalt unterhalten, nachdem er ihn an einem Arm beiseite und außer Hörweite gezogen hatte. Der Anwalt hatte Naomi hinzugerufen, und Riley sprach auch mit ihr und legte ihr eine Hand auf die Schulter.

Im nächsten Moment hatten alle ihre Meinung geändert. Der Anwalt erklärte, Jax würde bei Riley leben müssen, während sie auf die Anhörung warteten, und Naomi stimmte ihm zu. »Nur für eine Weile«, versprach sie ihm. Jax musste entsetzt mitansehen, wie seine Habseligkeiten in dem Pick-up-Truck verstaut wurden, mit dem Riley gekommen war und der ihm nicht einmal gehörte. Wie sich später herausstellte, hatte er ihn sich von A.J. für die fünfstündige Fahrt in die kleine Stadt im westlichen Pennsylvania geborgt.

Während dieser langen, schweigend verlaufenden Fahrt war Jax' Wut immer größer geworden. Er hatte festgestellt, dass sie für Riley Pendare und seinen Vater ausreichte.

2

An Jax' dreizehntem Geburtstag warf ihm Billy Ramirez in der ersten Stunde einen Apfel zu. »Behaupte nicht, ich hätte dir nichts geschenkt.«

Jax fing den Apfel. »Danke.« Das war vermutlich das einzige Geburtstagsgeschenk, das er bekommen würde.

»Wir sollten eine Party für dich schmeißen. Meinst du, Riley lässt uns in eurem Haus feiern?«

»Ich wüsste nicht, wen wir noch einladen sollten.« Jax hatte nicht viele Freunde gefunden, was einerseits daran lag, dass er davon ausging, nicht lange hierbleiben zu müssen, und andererseits daran, dass die Schule viel größer war als seine alte. Jax war zuvor auf eine Schule in einem kleinen Viertel gegangen, in der er all seine Klassenkameraden seit dem Kindergarten kannte. Nun musste er aus Rileys Stadt mit einem Bus zu einer zusammengelegten Megaschule fahren, die für fünf unterschiedliche Gemeinden zuständig war. Dorthin gingen Kinder wie Giana Leone aus dem wohlhabenden McMansion-Viertel ebenso wie Möchtegerngauner wie Thomas Donovan, der im Augenblick Jax' Apfel anstarrte, als wollte er ihn lieber selbst essen.

»Ich weiß nicht, ob Giana kommen würde«, meinte Billy fröhlich, »aber ich hab keine Angst, sie zu fragen.«

»Wer sagt, dass ich das überhaupt will?« Jax hatte das Mädchen genau einmal angelächelt, und seitdem lag Billy ihm damit in den Ohren. Er konnte nur hoffen, dass Giana, die ganz in der Nähe saß, das nicht gehört hatte. Das Schnauben hinter ihm konnte seiner Meinung nach nur bedeuten, dass Thomas' Schwester Tegan es mitbekommen hatte. Jax warf einen Blick über die Schulter, doch Tegan beugte den Kopf über die heute fälligen Hausaufgaben, die sie anscheinend noch fertig machen wollte, bevor der Lehrer vorbeikam. Sie sah mit ihrem sommersprossigen Gesicht und dem roten Haar genauso aus wie ihr Zwillingsbruder, und Jax bezweifelte sogar, dass Tegan eigene Klamotten besaß. Sie trug ständig dieselben viel zu großen Hoodies und ausgebeulten Jeans, genau wie Thomas.

»Frag Riley heute Abend«, flüsterte Billy.

Jax seufzte. Er glaubte nicht, dass Riley ihm eine Party erlauben würde. Riley hatte gern seine Privatsphäre. Bei Jax' Einzug hatte er nicht einmal Internet gehabt.

»Wie kannst du *kein* Internet haben?«, hatte Jax an seinem zweiten Tag im Haus gefragt.

»Ich will es nicht.«

»Wieso denn das? Lebst du im Mittelalter?«

Riley hatte laut aufgelacht. »Ha! Sehr witzig!«

»Aber du hast doch Kabelfernsehen.«

»Ich sehe eben gern fern. Was ich jedoch nicht mag, ist jedem mit einer Internetverbindung die Möglichkeit zu geben, meinen Computer zu hacken.«

Das war das Paranoideste, was Jax je gehört hatte. Er stand da, klappte den Mund auf und zu wie ein Fisch und hielt das Ethernetkabel seines Computers in der Hand, das er nirgendwo anschließen konnte. »Ich brauche es aber für die Schule.«

»Geh halt in die öffentliche Bibliothek.«

Jax war erstaunt, dass Riley überhaupt wusste, was eine Bibliothek war. »Ich hasse diesen Ort, und ich hasse dich!« Er schleuderte das Kabel auf den Boden, und da das wenig zufriedenstellend war, fegte er noch eine Kiste mit Büchern von dem Schreibtisch, der ihm in einer Ecke der Küche zur Verfügung gestellt worden war. »Wieso konntest du mich nicht einfach da lassen, wo ich war?«

Riley erwiderte nichts.

Jax trat noch einen Stuhl um, stürmte nach oben in sein hässliches Zimmer und knallte die Tür zu.

Als er am nächsten Tag aus der Schule kam, hockte Riley mit einem Werkzeugkasten unter dem Schreibtisch. »Hey! Was machst du an meinem Computer?«

»Ich schließe ihn ans Internet an«, erwiderte Riley und schraubte etwas an der Wand an.

Jax hatte sich nicht bei ihm bedankt, und Riley war auch nicht lange genug geblieben, als dass Zeit dafür gewesen wäre. Dieser Zwischenfall war nie wieder zur Sprache gekommen, allerdings hatte Jax mal gehört, wie A.J. ihn erwähnte.

»Ich fasse es nicht, dass du ihm Internet besorgt hast. Lebst gern gefährlich, was?«

»Ja, vermutlich. Aber ich weiß, wie er sich fühlt.«

An seinem dreizehnten Geburtstag bekam Jax nach der Schule dank dieser Internetverbindung eine kurze E-Mail von seiner Tante Naomi:

Herzlichen Glückwunsch, Jaxon. Alles Gute von Naomi, Ted und den Kindern.

Trotz des Versprechens, das sie Jax an dem Tag gegeben hatte, als Riley ihn dort wegholte, hatte Naomi nicht gerade für Jax gekämpft. Die gerichtliche Anhörung war grundlos abgesagt worden, und er hörte immer seltener etwas von Naomi. Jax öffnete ein Chatfenster.

Jaxattax: hi naomi können wir chatten?

Er machte sich etwas Dosenchili warm, während er auf eine Antwort wartete. Nach einer Weile tauchte eine neue Nachricht auf.

Naomi: hi jax. wollte dich anrufen.

Jax ließ sich auf den Stuhl fallen und tippte:

Jaxattax: gibt's was neues?
Naomi: leider nicht. es ist hart, seitdem ted den job verloren hat. anwälte sind teuer.

Jax fuhr mit den Fingern über die Tastatur und versuchte, sie auf taktvolle Weise daran zu erinnern, dass sie Geld aus dem Erbe seines Vaters bekommen würde, wenn sie statt Riley sein Vormund wurde.

Naomi: die sachbearbeiterin, die du letzten monat getroffen hast, sagte, du hättest dich gut eingelebt und wärst glücklich, daher dachte ich, die lage hätte sich verbessert.
Jaxattax: was hat sie gesagt?!?!

Jax hatte der Sachbearbeiterin erzählt, dass Riley vergessen hatte, die Stromrechnung zu bezahlen, und beinahe auch die Gasrechnung vergessen hätte, dass er nur so viele Lebensmittel kaufte, wie er auf seinem Motorrad mitnehmen konnte, dass er kaum für sich selbst sorgen konnte und auf gar keinen Fall fähig war, sich um Jax zu kümmern. Aufgrund der entsetzten Miene der Frau hatte Jax schon geglaubt, sie würde ihn einfach in ihren Wagen setzen und zurück nach Delaware fahren. Wie konnte sie dann behaupten, er »hätte sich eingelebt und wäre glücklich«?

Jaxattax: ich hab ihr dasselbe gesagt wie dir. hier ist es scheiße!
Naomi: sie hält es für keine gute idee, dich so schnell wieder umziehen zu lassen
Jaxattax: IST es aber. so bald wie möglich.
Naomi: du weißt, dass ich nur das beste für dich will, schatz, aber ich muss ihr leider zustimmen

Jax schluckte schwer und verharrte mit den Fingern über der Tastatur.

Naomi: ich muss den kindern jetzt essen kochen. alles gute zum geburtstag, jax.

Bevor er etwas erwidern konnte, hatte Naomi den Chat auch schon beendet.

* * *

In dieser Nacht schlief Jax schlecht, und am nächsten Morgen wachte er schon vor dem Weckerklingeln auf. Armwedelnd schaltete er den Wecker aus, bevor er losgehen konnte, und rollte sich aus dem Bett, ohne auf die Uhr zu sehen. Er zog sich Jeans und ein T-Shirt an, sah lange genug in den Spiegel, um mit den Fingern durch sein zerzaustes braunes Haar zu fahren … und das musste reichen.

Wieder einmal gab es im Haus nichts, was er zum Frühstück essen konnte. Der Kühlschrank summte nicht, als Jax die Tür öffnete, und das Licht darin ging nicht an. Hatte er endgültig den Geist aufgegeben oder …? Jax streckte eine Hand aus und legte den Lichtschalter um. Kein Licht, kein Strom. Wieder einmal. Seufzend nahm Jax etwas Bargeld aus der Katzenkasse und schnappte sich seinen Rucksack. Er würde sich im Laden an der Ecke einen Frühstücks-Burrito kaufen müssen, bevor der Bus kam.

Der Morgenhimmel war seltsam rosa und lila, als er das Haus verließ, fast wie vor einem Sturm. Jax rannte über den Bürgersteig und schaute in beide Richtungen, bevor er die Kreuzung überquerte … doch dann verharrte er und sah sich abermals um.

Nirgendwo auf der Straße war ein Auto zu sehen. Dabei war dies die übliche Zeit, in der die Leute zur Arbeit fuhren. Doch die Straße war leer, und nur vor dem Geschäft an der Ecke parkte ein Wagen in der Nähe der Mülltonnen.

War das Geschäft etwa geschlossen? Es hatte doch sonst immer rund um die Uhr auf. Er drückte gegen die Tür, und das Licht war zwar an, allerdings ein bisschen gedämpft, aber er konnte niemanden sehen. »Hallo?«, rief Jax. Er nahm sich einen Frühstücks-Burrito und steckte ihn in die Mikrowelle, doch das

Gerät wollte nicht angehen. War ja mal wieder klar. *Mein Leben ist ein kalter Burrito.*

Er legte seinen nicht erhitzten Burrito auf den Ladentresen und fischte zwei Dollar aus seiner Gesäßtasche. »Ist hier jemand?«, rief er. Vielleicht war der Angestellte ja auf der Toilette. Genau wie alle anderen …

Jax sah aus dem Fenster. Noch immer fuhren keine Autos vorbei. Keine Kinder versammelten sich an der Bushaltestelle an der Ecke. Vor dem Haus der Blums sprengte niemand den kostbaren Rasen. Sein Blick wanderte nach oben zu dem bizarren rosa- und lilafarbenen Himmel.

Ach du Scheiße.

Vielleicht waren das auch Tornados. Hatte er etwa eine Sirene überhört? Kauerten sich alle anderen in ihre Keller, um der Gefahr zu entgehen, während Jax Aubrey sich in einem Geschäft mit Glaswänden einen Frühstücks-Burrito kaufte?

Er ließ die Geldscheine liegen, schnappte sich den Burrito und rannte nach Hause. Möglicherweise wäre es schlauer gewesen, zum nächsten Haus zu laufen und darum zu bitten, dass man ihn hineinließ, doch er fühlte sich seltsamerweise verantwortlich für die eine Person, die noch dümmer war als er selbst. »Riley!«, brüllte er, kaum dass er durch die Haustür gestürzt war. »Riley, bist du da?« Er stürmte die Treppe hinauf, wobei er immer zwei Stufen auf einmal nahm, und riss die Tür zum Zimmer seines Vormunds auf. Doch das Bett war leer. *Alter, ich komm extra wegen dir zurück, und wenn du jetzt ohne mich in den Keller gegangen bist …*

Jax stürmte nach unten, holte sein Handy aus seinem Rucksack und lief nach draußen zu der hölzernen Kellertür an der

Hausseite. Sie war schwer, und er musste sie mit einer Hand über seinem Kopf festhalten, während er die Treppe hinunterstolperte. Als er losließ, verfehlte die Tür seinen Kopf nur um wenige Zentimeter. »Bist du hier unten, Riley?«, rief Jax und versuchte, sich mithilfe des Handydisplays etwas Licht zu machen. Doch das blöde Ding ging einfach nicht an. Notgedrungen arrangierte er sich mit der Dunkelheit. Er setzte sich auf den Boden, der nur aus festgetretener Erde bestand, mit dem Gesicht zur Wand und den Armen über den Kopf, so wie er es in der Schule gelernt hatte.

Er wartete über eine Stunde, jedenfalls glaubte er das. Doch es war kein Wind zu hören. Keine Sirenen. Als er es nicht länger aushielt, erklomm er die Kellertreppe und drückte die Tür auf. Der Himmel sah noch immer merkwürdig aus, aber jetzt eher rosa als lila. Jax stemmte die Tür ganz hoch, verankerte sie, sodass sie offen blieb, und ging in den Garten. Diesmal sah er sich *richtig* um.

Die Wagen der Nachbarn parkten auf der Straße und in den Auffahrten, so wie es normalerweise abends der Fall war. Jax spähte in den Schuppen im Hof, in dem Riley immer sein Motorrad abstellte, aber die Honda 350 war nicht da. Es machte ganz den Anschein, dass ausgerechnet Riley heute zur Arbeit gegangen war, ganz im Gegensatz zu allen anderen Nachbarn.

Jax durchquerte den Garten und klopfte an Mrs Ungers Tür. »Sind Sie da, Mrs Unger?« Er ging um das Haus herum und spähte in jedes Fenster und durch die Küchentür. Als er ein wenig zurückwich und nach oben sah, glaubte er, einen Vorhang im ersten Stock flattern zu sehen, als hätte jemand ihn eben losgelassen. »Mrs Unger!«, brüllte er. Danach starrte er das Fenster an, konnte jedoch keine weitere Bewegung entdecken und bekam keine Antwort, daher gab er auf und lief über die Straße zu einem anderen Haus.

Er klopfte an jede Tür im ganzen Block, rief um Hilfe und wurde immer panischer. Schamlos spähte er in die Fenster seiner Nachbarn, doch in jedem Haus bot sich ihm dasselbe Bild: Es gab keinerlei Anzeichen für einen Kampf, hastiges Packen oder irgendetwas Ungewöhnliches.

Doch nirgends war eine Menschenseele zu sehen.

Billy Ramirez lebte nur einen Block weiter, doch auch in diesem Haus reagierte niemand auf das verzweifelte Klopfen. Jax wusste, dass in der Nase eines Tiki-Kopfes auf der Terrasse ein Ersatzschlüssel versteckt war, und öffnete damit die Tür. Im Haus war es gespenstisch still. Erneut erkundigte er sich laut, ob jemand zu Hause war, und erhielt keine Antwort. Jax versuchte, den Fernseher einzuschalten, der jedoch genau wie sein Handy nicht anging. Die Uhren an der Mikrowelle und am DVD-Player zeigten 12:00 Uhr an, als hätten sie sich nach einem Stromausfall nicht zurückgesetzt – allerdings blinkten sie nicht.

Beinahe wäre er vor lauter Angst vor dem, was er dort vielleicht vorfinden würde, nicht in den ersten Stock gegangen, doch nach zwei Fehlstarts und einer langen Zeit, die er mit dem Türknauf in der Hand an der Haustür verbracht hatte, um jederzeit rauslaufen zu können, holte Jax tief Luft und rannte nach oben. Er zuckte jedes Mal zusammen, wenn er eine Tür öffnete, doch es gab rein gar nichts zu sehen – kein blutiges Horrorszenario wie aus einem Film. Die Betten sahen aus, als hätte jemand darin geschlafen, doch Billy und seine Eltern waren nicht da.

Nachdem er das Haus der Ramirez' wieder verlassen hatte, holte Jax sein Fahrrad und radelte in die Stadtmitte. Die Straßen waren leer. Die eingeschalteten Ampeln zeigten entweder Grün, Rot oder Gelb an, sprangen jedoch nicht um.

Er musste an Zombies denken.

Er musste an Entführungen durch Aliens denken.

Er musste an *SpongeBob Schwammkopf* denken und die Folge, in der alle mit einem Bus die Stadt verlassen hatten, um mal einen Tag lang von SpongeBob wegzukommen.

Dann musste er an diesen alten Film denken, in dem Will Smith und sein Hund die letzten Kreaturen auf der Erde waren.

»Ach, verdammt!«, schrie Jax und trat in die Bremse.

Will Smith und sein Hund waren in diesem Film überhaupt nicht allein gewesen. Darin hatte es noch andere Kreaturen gegeben, die an dunklen Orten lauerten und nachts zum Töten herauskamen.

Jax brauchte drei Anläufe, bis er mit einem Pflasterstein vom Parkplatz die Glastür des Walmart eingeschlagen hatte. Im Inneren brannte nur gedämpftes Licht, sodass Jax zwar einiges erkennen konnte, es aber noch immer jede Menge unheimliche Schatten gab.

Er füllte einen Einkaufswagen mit Vorräten, wie er es bei Leuten vor Schneestürmen, Hurrikanen oder in Zombiefilmen gesehen hatte. Mit einer Hand am Fahrrad und der anderen am Einkaufswagen ging er wieder nach Hause und hielt die Augen nach Menschen und Monstern offen. Zu Hause trug er sein Diebesgut nach oben, da er davon ausging, sich im ersten Stock besser verteidigen zu können. Den Schuppen tat er als einfaches Ziel ab, und so versteckte er sein Fahrrad und den Walmart-Einkaufswagen unter einem Busch hinter dem Haus. In Apokalypse-Filmen gab es immer irgendwelche herumlaufenden Überlebenden, die einem alles stehlen wollten, was man hatte.

Stunden verstrichen, während er aus den Fenstern schaute. Er hätte sich sogar darüber gefreut, A.J. Crandall zu sehen, aber da waren keine Menschen, keine Tiere, keine Zombies – rein gar nichts.

Der Tag lastete schwer auf ihm, und die Zeit schien wie in Zeitlupe zu verstreichen. Er wünschte sich eine Uhr, die noch lief und tickte, oder irgendetwas anderes, das ein Geräusch machte. Seltsamerweise fühlte er sich von Rileys Zimmer angezogen – fast so, als würde er ihn vermissen, was völlig unmöglich war. Er kramte in den Habseligkeiten seines Vormunds herum, kickte schmutzige Kleidungsstücke über den Boden, zog Schubladen auf und betrachtete das Foto eines unbekannten Mädchens, das am Spiegel klemmte. Hier gab es allerdings auch nicht mehr Antworten zu finden als im Haus der Ramirez'.

Er musste sich regelrecht dazu zwingen, kalten Eintopf aus der Dose zu essen und eine Flasche Wasser zu trinken. Es kam nur selten vor, dass Jax keinen Appetit hatte, war jedoch auch an dem Tag passiert, an dem sein Dad nicht nach Hause gekommen war … an dem Tag, an dem man seinen Wagen im Fluss fand … und an dem Tag, an dem Riley Pendare ihn *hier* hergebracht hatte.

Als es draußen zu dunkel wurde, um außer dem schaurigen Schimmern der Straßenlaternen noch etwas erkennen zu können, zog er die Vorhänge zu und machte sich in seinem Bett ganz klein, um auf die Morgendämmerung zu warten. Morgen früh würde er es riskieren, sich auf die Suche nach anderen Überlebenden zu machen.

Sein letzter Gedanke, bevor er in einen unruhigen Schlaf fiel, drehte sich darum, dass er nicht der letzte Mensch auf Erden sein wollte.

»Steh auf, Jax! Du verpasst den Bus.«

Das Hämmern an Jax` Zimmertür ließ sein Herz vor Panik schneller schlagen, auch wenn er sich an den Grund dafür nicht mehr erinnern konnte. *Ein schlechter Traum?*

»Jax! Ich muss zur Arbeit! Ich kann dich nicht zur Schule fahren.«

»Okay, okay!« Er rieb sich die Augen und setzte sich auf. Seine geöffnete Schranktür auf der anderen Zimmerseite gab den Blick frei auf die Wasserflaschen und Konserven, die sich dort hüfthoch stapelten.

Es war kein Traum.

Draußen jaulte der Motor eines Motorrads auf.

»Riley!«, brüllte Jax. Er sprang aus dem Bett und stolperte die Treppe hinunter und aus dem Haus, doch er konnte nur noch sehen, wie sein Vormund davonfuhr.

Jax blieb stehen und sah sich mit offenem Mund um.

Auf der anderen Straßenseite setzte eine Frau gerade ein Kleinkind in einem Kindersitz in ihr Auto. Ein alter Mann ging mit zwei Hunden am Haus vorbei. Mr Blum sprengte seinen Rasen, der gefährlich braun aussah, während über ihren Köpfen ein Jet einen weißen Kondensstreifen über den Himmel zog.

Krasser Scheiß, das war doch genau wie in der SpongeBob-*Folge. Alle haben die Stadt verlassen, um einen Tag ohne Jax zu erleben, und jetzt sind sie wieder da.*

Er musste sich am Türknauf festhalten, weil er weiche Knie bekam.

Ich bin in einen Walmart eingebrochen!

Jax lief wieder nach oben. Er zog sich saubere Klamotten an und schloss die Schranktür. Als er hinunter in die Küche rannte, entdeckte er etwas Brot auf der Arbeitsplatte und daneben neue Gläser mit Erdnussbutter und Marmelade.

Ist ja mal wieder typisch, dass Riley einkaufen geht, wenn ich haufenweise geklaute Konserven in meinem Zimmer verstecke.

Er erreichte den Bus in letzter Minute. Darin sah er all die üblichen Gesichter, und keiner verlor ein Wort darüber, dass alle verschwunden gewesen waren. Billy war in seine Lektüre von *Der Herr der Ringe: Die Gefährten* vertieft, und Jax setzte sich neben ihn.

Ist das alles wirklich passiert?

Als der Bus durch die Stadt fuhr, schaute Jax aus dem Fenster. Einige Walmart-Angestellte vernagelten die eingeschlagene Glasscheibe neben der Eingangstür mit Brettern.

Er machte sich auf seinem Sitz ganz klein. *Es ist passiert.*

Im Wissenschaftsunterricht in der ersten Stunde zitterte seine Hand, als er seinen Namen und das Datum auf ein Blatt Papier schrieb.

»Steht die Party?« Billy setzte sich neben ihn.

»Riley hat Nein gesagt«, flunkerte Jax, denn er hatte überhaupt nicht gefragt.

»Ach, Mist. Na, dann komm morgen nach der Schule wenigstens mit zu mir zum Essen.«

»Klar«, murmelte Jax. Dann hob er den Kopf. »Morgen ist Samstag.«

»Morgen ist Freitag.« Billy tippte auf das Datum, das Jax auf das Papier geschrieben hatte. »Heute ist Donnerstag, du Nulpe.«

Jax starrte Billy an. *Gestern* war Donnerstag gewesen. Er blickte zum Nachbartisch hinüber. »Hey, Giana. Ist heute Donnerstag oder Freitag?«

Giana warf sich das lockige braune Haar über die Schulter. »Donnerstag. Den ganzen Tag.« Sie warf ihrer Freundin Kacey einen Seitenblick zu, die die Augen verdrehte und lachte.

»O-kay.« Jax radierte das Datum so heftig weg, dass er beinahe das Papier zerriss.

Heute war Donnerstag, der Tag nach seinem Geburtstag. Der Tag, an dem er in einen Walmart eingebrochen war, *hatte überhaupt nicht stattgefunden*. Doch als die Tür des Klassenzimmers erneut geöffnet wurde, zuckte er zusammen und rechnete schon damit, dass die Polizei hereinkam. Aber es waren nur die Donovans, die mal wieder zu spät kamen, was ein- oder zweimal die Woche passierte.

Als Tegan an Jax' Schreibtisch vorbeiging, blieb sie stehen, woraufhin Thomas gegen sie prallte. Jax blickte auf und stellte fest, dass die Zwillinge ihn anstarrten. »Was ist?«, verlangte Jax zu erfahren. Gut, er hatte an diesem Morgen nicht geduscht – und auch nicht an dem Tag, an den sich niemand erinnerte –, konnte sich aber trotzdem nicht vorstellen, dass er stank.

Tegan stieß ihren Zwillingsbruder mit dem Ellbogen an, und Thomas nickte und ging dann zu seinem Platz am Fenster. Normalerweise zog er sich die Kapuze über den Kopf und machte in der 1. Stunde ein Nickerchen, aber heute war sich Jax unangenehm bewusst, dass Thomas ihn die ganze Zeit anstarrte.

Das passte zu dem anderen Blick, den er in seinem Nacken spürte, wo Tegan saß.

* * *

Sobald Jax zu Hause war, überprüfte er das Datum auf seinem Computer. Der Strom war wieder da, und der Kühlschrank funktionierte, genau wie sein Handy. Es war wirklich Donnerstag, aber sein Schrank war voller Walmart-Konserven. Der Alarm an seinem Wecker war ausgeschaltet, doch das hatte er am Vortag nach dem Aufwachen selbst getan.

Jax holte einen Plastikbehälter vom obersten Regalbrett seines Kleiderschranks. Diesen öffnete er nur, wenn es ihm richtig elend ging, weil er vorher nie wusste, ob es ihm danach besser oder schlechter gehen würde. Darin befanden sich der Schmuck seiner Mutter, eine Flasche mit ihrem Parfüm und ein Album, in das sie bis zu Jax' sechstem Lebensjahr Fotos der Aubrey-Familie geklebt hatte. Nach ihrem Tod hatten weder er noch sein Dad damit weitergemacht. Vor vier Monaten hatte Jax noch die Rolex seines Vaters zu der kleinen Sammlung hinzugefügt, ebenso wie eine dreißig Zentimeter lange und fünfzehn Zentimeter breite Holzkiste. Seitdem Jax hier wohnte, hatte er den Behälter erst einmal geöffnet, um die Holzkiste herauszuholen und sicherzustellen, dass Riley den Inhalt nicht geklaut hatte.

Nicht lange nach seinem Einzug war Jax eines Tages von der Schule nach Hause gekommen und hatte Riley und A.J. bei einem angeregten Gespräch in der Küche ertappt. Auf dem Tisch zwischen ihnen lag etwas, das Jax erkannte. »Hey!« Er stürzte durch den Raum. »Der gehört meinem Dad!«

Doch Riley nahm das Objekt vom Tisch, bevor Jax es erreichen konnte. »Nein, der gehört mir.« Danach hielt er den Dolch so, dass Jax ihn sehen konnte: mit dem Griff oben und der Klinge unten – so wie jemand ein Kreuz hochhielt, um einen Vampir aufzuhalten.

Jax knickte ein. Riley zeigte ihm das Messer so, als würde er erwarten, dass Jax den Unterschied zur Waffe seines Vaters erkannte. »Mein Dad hatte auch so einen«, sagte Jax halb anklagend, halb als Rechtfertigung.

»Das weiß ich. Aber das hier ist meiner.« Danach steckte Riley ihn in eine Scheide an seiner Hüfte. Es war schon komisch, dass er so was tat, wenn er nicht auf die Jagd gehen wollte. Zudem wäre ein solcher eher dekorativer Dolch eine seltsame Wahl, um damit Hasen zu häuten oder Rehe auszuweiden – oder was immer Jäger so machten.

Jax rannte sogleich nach oben, um in den Behälter in seinem Zimmer zu sehen. Der Dolch seines Vaters lag noch darin, wo er hingehörte. Er hatte eine zwölf Zentimeter lange Klinge und einen Griff aus Gussmetall, in den das Wappen der Aubrey-Familie eingraviert war. Die Gravur auf Rileys Messer sah anders aus, doch ansonsten ähnelten sich die Waffen sehr.

Nachdem er die beiden Dolche gesehen hatte, musste Jax notgedrungen akzeptieren, dass sein Vater und Riley einander gekannt hatten. Sein Dad hatte ihm den Dolch oft gezeigt und angedeutet, dass dieser für die Mitgliedschaft in einem Club stand. Jax war davon ausgegangen, dass damit so etwas wie die Freimaurer oder die Elks gemeint waren. Zwar konnte er sich Riley nicht als Mitglied in einem dieser Clubs vorstellen, doch er und Jax' Vater hatten ganz offensichtlich *irgendein* Geheimnis geteilt.

Heute verschloss Jax den Behälter wieder. Nun hatte er seine eigenen Geheimnisse. Nur die Rolex seines Vaters hatte er nicht wieder darin verstaut, vielmehr zog er sie auf und legte sie sich um.

Er hatte nicht vor, jemals wieder sein Zeitgefühl zu verlieren.

* * *

Jax sah regelmäßig auf die Uhr. Die Tage verstrichen, ohne dass abermals etwas Seltsames passierte, und wären da nicht die Gegenstände in seinem Schrank gewesen, hätte er sich einreden können, sich alles nur eingebildet zu haben.

Am Montag nach der Schule stellte Riley einen Stapel Bücher auf dem Schreibtisch ab, an dem Jax an seinem Computer arbeitete. »Fährst du zur Bibliothek?«, fragte Riley ihn.

Jax griff nach dem obersten Buch. Das Cover sah irgendwie mädchenhaft aus mit den Blumen, dem Sonnenuntergang und einer Frau in einem schönen Kleid. »Wieso, willst du etwa die Fortsetzung lesen?« Er blickte zu Riley auf. »Ich wusste nicht mal, dass du *überhaupt* lesen kannst.«

Riley verschränkte die Arme. »Hast du Mrs Unger gesagt, dass du dieses Wochenende in die Bibliothek fährst?«

Ja, das hatte er. Jax schaute auf die Uhr seines Vaters. Diesmal war die Zeit nicht weitergesprungen, er hatte sich nur wegen seines geheimen Tages solche Sorgen gemacht und sein Versprechen daher glatt vergessen. Er wollte die alte Dame auf keinen Fall enttäuschen, aber es gefiel ihm überhaupt nicht, von Riley darauf hingewiesen zu werden. »Hat sich ihr Geist wieder mal beschwert?«, wollte er gereizt wissen und knallte das Buch wieder auf den Stapel.

»Ihr Geist?«, fragte Riley verblüfft.

»Mrs Unger ist ein wenig …« Jax wirbelte einen Zeigefinger neben seiner Schläfe herum.

Riley starrte ihn an. »Bringst du die Bücher jetzt zurück oder nicht?«

Wieso interessiert dich das?, hätte Jax am liebsten gefragt, oder, noch besser: *Mach du das doch.* Aber Jax wollte nicht miterleben, wie Riley Mrs Unger einen Gefallen tat. Er sah ihn viel lieber als Blödmann an. »Ja, ich fahre heute Abend hin.«

»Ich bitte darum«, brummelte Riley, woraufhin sich Jax noch viel mehr fragte, wieso Riley ihm damit auf die Nerven ging.

* * *

Abgesehen von Rileys plötzlichem Interesse an Mrs Ungers Lesegewohnheiten geschah den Großteil der Woche nichts Seltsames mehr. Aber als Jax' Wecker ihn am Donnerstagmorgen nicht weckte und die Uhr an seinem Handgelenk nicht tickte, setzte er sich alarmiert auf. Er ahnte bereits, bevor er die Vorhänge aufzog, was ihn draußen erwartete.

Der Himmel schimmerte in einem hellen Lilaton, und auf der Straße war nicht ein einziges Auto unterwegs.

Diesmal geriet Jax jedoch nicht in Panik, sondern bemühte sich, alles genau im Auge zu behalten. Sein Wecker zeigte 0:00 Uhr an und reagierte auf keinen Knopfdruck. Das Licht in seinem Zimmer ging nicht an, als er den Schalter umlegte, und auch die Uhr seines Vaters war um Punkt Mitternacht stehen geblieben. Unten ließen sich weder die Mikrowelle noch der Kühlschrank einschalten, doch seltsamerweise funktionierte der Gasherd. Achselzuckend frühstückte Jax ein paar Haferflocken.

Danach radelte er durch die Stadt, die genauso leer war wie beim letzten Mal, und hinaus auf die Interstate. Zunächst glaubte Jax, der Highway wäre ebenfalls verlassen, doch dann entdeckte er ein Fahrzeug auf der Gegenfahrbahn. Mit einem aufgeregten Jauchzer wedelte er mit beiden Armen über dem Kopf, um auf sich aufmerksam zu machen, doch der Wagen kam gar nicht auf ihn zu. In der Nähe des stehenden SUV hielt Jax an und sprang von seinem Fahrrad. Der Fahrersitz des Wagens war leer, und es lief ihm eiskalt den Rücken herunter. Er streckte eine Hand aus, um die Tür zu öffnen, und ein Funke sprang vom Metall auf ihn über. Daher zog er den Ärmel herunter und versuchte es noch einmal, doch jeder Versuch, das Fahrzeug zu berühren, lief auf einen Stromschlag hinaus.

Jax beugte sich so weit vor, wie er es wagte, und spähte durch das Fenster auf der Fahrerseite. Er wusste gar nicht, wonach er Ausschau hielt, bis er es bemerkte. Die Automatikschaltung stand auf Fahren. Dieser Wagen war nicht geparkt worden, sondern sollte sich eigentlich bewegen. Fahren.

Ursprünglich hatte Jax vorgehabt, in die nächste Stadt zu fahren und herauszufinden, ob dort dasselbe geschah, doch dieser Wagen hatte ihm die Frage beantwortet. Wäre es nicht überall genauso, müsste der Verkehr auf dem Highway weiterlaufen und dieser SUV und sein verschwundener Fahrer dürften gar nicht hier stehen.

Daher fuhr er stattdessen nach Hause. Wenn er sich recht erinnerte, befand sich in einem der Umzugskartons aus seinem alten Haus noch eine Kamera. Er hatte sie seit Jahren nicht benutzt, weil er immer die Handykamera nahm, doch sein Handy funktionierte heute nicht, die Kamera vielleicht schon.

Jetzt, da er wusste, dass morgen alles wieder normal sein würde, war Jax richtig aufgeregt. Er würde diesen verrückten Zustand festhalten und Billy die Fotos zeigen. Rasch sprang er die Stufen zum Haus hinauf, riss die Tür auf und prallte direkt gegen Riley.

»Jax!« Riley packte Jax am T-Shirt und schleifte ihn ins Wohnzimmer.

Nach einem ersten überraschten Aufschrei war Jax enttäuscht. Diese faszinierende Welt gehört nicht ihm allein. Er musste sie mit Riley Pendare teilen.

Riley drückte Jax in einen Sessel und nahm ein Funkgerät von seinem Gürtel. »Ich war fest davon überzeugt, dass du ein Blindgänger bist«, erklärte Riley und sprach dann ins Funkgerät. »Milena, hörst du mich? Over.«

Eine Frauenstimme antwortete: »Ich bin hier, Riley. Over.«

Jax setzte sich auf. Außer Riley und ihm gab es also noch jemanden.

»Falscher Alarm. Es war der Junge. Sag den anderen Bescheid. Over.«

»Verstanden.«

»Wer ist das?«, wollte Jax wissen, als sich Riley das Funkgerät wieder an den Gürtel hängte. »Und welche anderen? Hier ist doch niemand! Ich habe überall nachgesehen! Letzte Woche war es genauso.«

»Letzte Woche?« Riley kniff die Augen zusammen. »Dann passiert dir das nicht zum ersten Mal?«

»Nein, zum zweiten Mal. Aber du warst letzte Woche nicht da! Es war niemand da.«

»Ich war da. Ich war nur nicht *zu Hause*.« Riley verschränkte die Arme vor der Brust. »Ich dachte, dein Geburtstag ist nächste Woche.«

»Der war letzten Mittwoch.«

»Wieso hast du mir das nicht gesagt? Ich hätte auf dich aufgepasst, wenn ich das gewusst hätte.«

»Was hat denn mein Geburtstag damit zu tun?«, verlangte Jax zu erfahren. »Was in aller Welt *ist* heute?«

Erstaunlicherweise grinste Riley. »Heute ist Grunstag. Okay, das ist eigentlich nicht der richtige Name, aber Crandalls Dad sagt das immer, und irgendwie ist das bei uns hängen geblieben.«

»Crandalls *Dad*?«, wiederholte Jax. »Und wer ist *wir*? War das eben A.J.s Mutter am Funkgerät?«

»Nein, das war Melinda.« Riley seufzte. »Ich hatte nicht damit gerechnet, aber jetzt bist du schon mal hier. Ich fahre eben den Generator hoch. Du willst doch nicht den ganzen Tag ohne Strom verbringen, oder?«

* * *

Jax folgte ihm aus dem Haus und in den Schuppen am hinteren Grundstücksende. »Soll das etwa heißen, dass A.J. auch darüber Bescheid weiß? Genau wie sein Dad?«

»Die ganze Crandall-Familie.« Riley schob sein Motorrad zur Seite und zog eine Plane von zwei Generatoren und sechs Benzinkanistern herunter. »Das ist der achte Tag der Woche – zusätzliche vierundzwanzig Stunden zwischen Mittwoch und Donnerstag.«

»Ist nicht wahr.« Jax schaute erneut auf die Uhr seines Vaters, die noch immer zwölf Uhr anzeigte. »Dann ist die Zeit stehen geblieben?«

»Sie ist nicht einfach stehen geblieben. Die Sonne bewegt sich weiter über den Himmel, oder etwa nicht? Wir befinden uns nur in einer anderen Zeitlinie.« Riley schob eine Sackkarre unter einen der Generatoren.

»Aber ich habe einen Wagen gesehen, der wie eingefroren auf dem Highway stand.«

»Objekte, die sich im Augenblick des Wechsels bewegen, sehen aus unserer Perspektive aus, als *wären* sie erstarrt, bewegen sich in ihrer eigenen Zeitlinie jedoch ganz normal weiter. Das Entscheidende ist der Blickwinkel des Betrachters.« Riley nahm seine Armbanduhr ab. »Hier. Diese Uhr ziehe ich nur an Grunstagen auf.« Jax beugte sich weit genug vor, um das Ticken zu hören. »Nimm sie«, verlangte Riley. »Ich besorge mir eine neue. Solange du sie nur am achten Tag aufziehst, funktioniert sie auch in dieser Zeitlinie.«

Jax legte sich die Uhr neben der Rolex seines Vaters um, während Riley den Generator zum Stromzähler am Haus schob. »Dann ist das so was wie ein Paralleluniversum?«

»Nein, denn es läuft nicht parallel, vielmehr werden Tage übersprungen. Und wir sind noch immer im selben Universum. Dinge, die du an diesem Tag machst, passieren wirklich.« Riley musterte Jax mit zusammengekniffenen Augen. »Was hast du letzte Woche angestellt? Du musst eine Heidenangst gehabt haben.«

»Äh …« Obwohl sich Jax die größte Mühe gab, konnte er nicht verhindern, dass sein Blick über das Grundstück zuckte.

Das entging auch Riley nicht, der den Griff des Walmart-Einkaufswagens aus dem Busch herausragen sah. »Ist das …? Ach, Jax.« Er fuhr sich mit einer Hand durchs Haar. »Ich hätte wissen müssen, dass ein Einbruch im Walmart an einem Mittwochabend kein Zufall sein kann.«

»Ich dachte, es wäre eine Zombieapokalypse«, rechtfertigte sich Jax. »Wie hätte ich denn ahnen sollen, was los ist? Woher hast du es beim ersten Mal gewusst? Und wieso ausgerechnet *du*? Warum ich? Was machen wir überhaupt in einer anderen Zeitlinie?«

»Wir haben diese Gabe geerbt. Ich von meiner Familie. *Du* von deinem Vater.«

Jack lief es eiskalt den Rücken herunter. »Soll das heißen, dass mein Vater dasselbe erlebt hat?«

»Jede Woche zwischen Mittwoch und Donnerstag. Es wird nur väterlicherseits weitergegeben.« Riley brachte die Kabel des Generators am Stromzähler an. »Darum war ich mir auch nicht sicher, ob du überhaupt einer von uns bist.«

»Einer von uns?«, krächzte Jax. »Sind wir etwa keine Menschen?«

»Selbstverständlich sind wir Menschen.« Riley wirkte schockiert. »Was für schlechte Sciencefictionfilme hast du dir denn angesehen?«

»Wo sind alle anderen?«

»Die Menschen aus der normalen Zeitlinie sehen den Grunstag nicht, und genauso ist es umgekehrt.«

»Dann sind sie gar nicht da?«

»Doch, das sind sie. Wir können sie bloß nicht sehen.«

»Müsste es nicht irgendwelche Hinweise auf sie geben? Wie ihre Klamotten oder so …?« Jax stellte sich Kleiderhaufen an den Stellen vor, an denen die Leute standen, saßen oder lagen. Hatte er Schlafanzüge im Haus der Ramirez' gesehen? Er konnte sich nicht erinnern.

»Nein. Was immer man anhat, verschwindet mit einem. Aber das bedeutet noch lange nicht, dass die Menschen nicht mehr da sind.« Riley zeigte auf das Nachbarhaus. »Würde das Gebäude heute abbrennen, müssten die Menschen darin sterben.«

»Es könnte *zwischen* Mittwoch und Donnerstag abbrennen?«

»In der normalen Zeitlinie würde das Haus einfach explodieren und wäre im Handumdrehen verschwunden.« Riley schraubte den Tank des Generators auf und überprüfte den Füllstand. »Bring mir einen der Kanister aus dem Schuppen.« Jax tat, was ihm aufgetragen worden war, und Riley rief ihm hinterher: »Was man am Grunstag macht, hat in der anderen Zeitlinie Konsequenzen. Du kannst Sachen kaputtmachen und herumschieben, und sie bleiben kaputt und am neuen Ort. Für die Leute auf der anderen Seite ist das extrem verwirrend.«

»So was kann aber nicht sehr oft passieren«, überlegte Jax laut und reichte ihm den Benzinkanister, »sonst würde das doch auffallen.«

Riley füllte den Tank des Generators. »Es passiert ständig. Explosionen durch unerklärliche Gaslecks. Poltergeister. Kornkreise – was meinst du denn, wie die plötzlich über Nacht entstehen?«

»Gibt es sehr viele Leute wie uns, die einen Grunstag erleben?«

»Ein paar, aber man kann nicht allen von ihnen trauen. Dein Vater wollte sicherstellen, dass du bei jemandem landest, der auf dich aufpasst. Darum konnte ich nicht zulassen, dass du bei deiner Tante lebst.«

Jax ballte die Fäuste, als er unverhofft daran erinnert wurde, warum er Riley nicht leiden konnte. »Du hast mir das alles nie erklärt.«

»Ich musste erst abwarten und herausfinden, was du bist. Da deine Mutter eine Normale war, standen die Chancen fifty-fifty, dass du zu uns gehörst. Die meisten von uns wechseln zum ersten Mal, wenn wir zehn oder elf werden. Bei einigen passiert es erst am zwölften Geburtstag.« Riley schaltete den Generator ein. Jax rechnete mit einem lauten Dröhnen, doch es kam nur ein leises Summen. »Spätzünder wechseln am dreizehnten Geburtstag, und dann gibt es noch Blindgänger, bei denen das nie passiert. Wäre dein Geburtstag verstrichen, ohne dass du einen Grunstag erlebst, hätte ich dich das Schuljahr hier beenden lassen und danach zurück zu deiner Tante geschickt.« Leise fügte er hinzu: »Eigentlich hatte ich darauf gehofft.«

Jax musste sich am Haus abstützen, da seine Knie bei diesen Worten weich wurden. Er hätte wieder bei Naomi wohnen können, wenn ihm diese bizarre Sache nicht passiert wäre.

Doch sie *war* passiert.

Und Jax' Vater hatte es immer geheim gehalten.

»Wo *warst* du letzte Woche?« Jax konnte seinen Ärger nicht mehr an seinem Vater auslassen, doch Riley bot ein ebenso gutes Ziel. »Wieso warst du nicht hier?«

»Ich musste eine längere Reise unternehmen, um mich mit jemandem zu treffen, der nur am Grunstag lebt. Mir blieb keine andere Wahl.«

»Jemand, der *was* tut?«

»Normale leben sieben Tage die Woche und wissen gar nichts vom achten Tag. Aber es gibt auch einige Menschen, die die normalen sieben Tage nicht erleben. Und dann gibt es Leute wie dich und mich, die zwischen den beiden Zeitlinien wechseln. Daher bezeichnen wir uns auch als die Wechsler.«

»Augenblick mal«, bat Jax. »Es gibt Menschen, die nur am Grunstag existieren …«

»Ja. Sie leben nur an diesem einen Tag und überspringen die anderen sieben Wochentage. Aus diesem Grund können sie mit niemandem interagieren, der nur die normalen sieben Tage erlebt, allerdings wohnen sie oft in deren Häusern.« Riley stützte einen Ellbogen auf die Sackkarre. »In jedem Gebäude, in dem es angeblich spukt, wohnt vermutlich so jemand, der die Lebensmittel verspeist und die Möbel verrückt.« Er sah aus, als würde er darauf warten, dass Jax ein Licht aufging.

Aber so weit war Jax längst. »Dann ist Mrs Ungers Geist …«

»Genau«, bestätigte Riley. »Sie ist echt.« Er schaute zum ersten Stock von Mrs Ungers Haus hinauf und reckte einen Daumen in die Luft.

Jax hob den Kopf.

Ein Mädchen mit langem geisterhaft hellem Haar schaute aus dem Fenster auf sie herab.

5

Evangeline ließ den Vorhang los und entfernte sich vom Fenster.

Jetzt lebte also noch ein zweiter Wechsler nebenan – ein richtiger Frischling, wie sich gestern herausgestellt hatte. Der Neue war völlig verängstigt gewesen, hatte an Mrs Ungers Tür gehämmert und in die Fenster aller Häuser des Viertels gespäht. Danach hatte er Lebensmittel in einem Einkaufswagen nach Hause geschafft und reingetragen, als würde er sich auf eine Belagerung vorbereiten. Evangeline hatte ihn vom oberen Fenster aus beobachtet. Das Ganze wäre sogar lustig gewesen, hätte sie ihm nicht ansehen können, dass er große Angst hatte, und sie fragte sich, warum keiner den Jungen vorgewarnt hatte.

Nicht, dass Evangeline behaupten konnte, viel über die Wechsler zu wissen. Möglicherweise ließen sie alle zu, dass ihre Kinder den achten Tag per Zufall entdeckten.

Immerhin sah es jetzt so aus, als würde man ihm endlich einiges erklären. Sie hatte nur einige Worte des Gesprächs am Schuppen aufgeschnappt, doch der Neue würde offenbar weiterhin hier wohnen. Das gefiel ihr gar nicht, aber das interessierte ja sowieso niemanden. Zudem hatte sie den anderen Jungen jetzt schon seit acht Monaten toleriert, da machte ein zweiter auch nicht mehr viel aus.

In *ihrer* Zeitlinie waren natürlich mehrere Jahre vergangen, seitdem der erste Junge hier angekommen war. Damals war er nicht viel älter gewesen, als es der Neue heute war – vielleicht dreizehn, mit rotbraunem Haar, das dringend geschnitten werden musste, und Prellungen im Gesicht, als wäre er geschlagen worden. Er hatte an einer Krücke gehen müssen. Evangeline war davon ausgegangen, dass er ein Ausreißer auf der Durchreise war, und hatte geglaubt, wenn sie sich einige Tage lang nicht blicken ließ, würde er wieder verschwinden, ohne sie überhaupt bemerkt zu haben.

Bis er eines Tages auf dem Rasen zwischen den Häusern stand, sich auf seine Krücke stützte und ihren Namen rief – ihren Nachnamen. »Ich weiß, dass du da bist«, hatte der Junge rübergebrüllt. »Die Taliesins haben es mir gesagt. Ich tu dir nichts.«

Evangelines erster Instinkt hatte ihr zur Flucht geraten; sie wollte einfach durch die Hintertür verschwinden und die Straße runterlaufen. Aber wenn er die Taliesins wirklich kannte …

Vorsichtig war sie zum Fenster gegangen. Er hatte die linke Hand gehoben, sobald er sie sah, und sich vorgestellt.

»Kommst du raus?«, hatte er gefragt.

Völlig verwirrt von seiner Anwesenheit, der Tatsache, dass er wusste, wer sie war, und der Erkenntnis, wen sie da vor sich hatte, war ihr nichts Besseres eingefallen, als den Vorhang ruckartig zuzuziehen. Möglicherweise log er, aber als sich ihr Herzschlag wieder beruhigte und sie darüber nachdachte, ging ihr auf, dass dem wahrscheinlich nicht so war. Als sie sich endlich entschieden hatte, war er schon wieder in sein Haus zurückgekehrt.

Die Taliesins mussten ihn hergeschickt haben, um auf sie aufzupassen, doch wieso sie das taten, war ihr völlig schleierhaft. Evangeline lebte jetzt seit fünf Jahren in diesem Haus, wenn sie sich nicht verzählt hatte, und sie hatte die ersten vier davon vollkommen allein verbracht. Der Junge war die erste Person, die sie sah, seitdem die Taliesin-Brüder sie vor so langer Zeit hergebracht und zurückgelassen hatten. Sie betrachtete die Taliesins nicht als Freunde, aber sie waren wie sie gefangen am achten Tag, daher gab es gute Gründe, warum sie für ihre Sicherheit sorgen wollten.

Jedenfalls für das, was sie als Sicherheit ansahen.

An dem Tag, an dem Evangelines Eltern gestorben waren, lief sie mit Elliot an ihrer Hand und Adelina auf den Fersen durch den Wald, als ihnen auf einmal zwei Männer in den Weg traten. Sie hatte aufgekeucht und ihre jüngeren Geschwister an sich gezogen, bevor sie das blassblonde Haar und die durchdringenden blauen Augen der Fremden bemerkte und begriff, dass sie zu ihrer Sippe gehörten und keine Wechsler waren. Damals hatte sie geglaubt, es wären Verbündete ihres Vaters, die ihr helfen sollten.

Doch das waren sie nicht. Das hatte Evangeline erst herausgefunden, als es schon zu spät gewesen war, um etwas zu unternehmen.

Die Taliesins hatten sie mit Gewalt von ihrem Bruder und ihrer Schwester getrennt und ihr befohlen, sich zu verstecken, bis sie weitere Anweisungen erhielt. So war sie zu einem einsamen Geist in diesem Haus geworden – mit nichts als Büchern und den Fotos der Unger-Kinder als Gesellschaft, die rasend schnell erwachsen wurden, und dann war auch noch Mr Unger gestorben und hatte Mrs Unger zur Witwe gemacht.

Fünf Jahre ihres Lebens in diesem Haus entsprachen fünfunddreißig Jahren im Leben der Ungers und der restlichen Welt, und sie hatte keinerlei weitere Anweisungen von den Taliesin-Männern erhalten.

Nur der Junge war nebenan eingezogen.

Er hatte nach diesem ersten Versuch nie wieder mit ihr gesprochen, hatte sie aber auch nicht bedroht oder ihr Angst eingejagt, um sie zu verscheuchen. Hin und wieder nahm er ihre Gegenwart zur Kenntnis – wie eben oder mit den Schneemännern letzten Winter. Hin und wieder revanchierte sie sich. In letzter Zeit schloss er am achten Tag immer einen Generator ans Haus von Mrs Unger an, sodass sie Strom hatte. Er schien recht isoliert zu leben, hatte jedoch Kontakt zu anderen Wechslern. Da waren der Dicke und die beiden Leute, die sie für die Eltern des Dicken hielt. Einmal tauchte eine Schwarzhaarige auf, die ein sehr teuer aussehendes blaues Cabrio fuhr.

Und jetzt war da noch der Neue.

Sein Eintreffen hatte vermutlich nichts mit ihr zu tun, doch der andere – dem sie den Spitznamen »der Rote« gegeben hatte – tauchte in letzter Zeit nicht mehr so oft auf wie früher. Sie spürte, dass sich da etwas zusammenbraute. Zwar hatte sie das Vorhersagetalent ihrer Mutter nicht geerbt, doch Evangeline versuchte immer, auf ihr Bauchgefühl zu hören. Man wusste nie, ob sich ein Gefühl nicht doch als Vorahnung herausstellte.

Sie beschloss, die Schutzvorkehrungen in diesem Haus zu erneuern.

Alles, was sie dafür benötigte, befand sich in der Küche: Salz,

Basilikum, Fenchel, Dillkraut, Lorbeerblätter und Olivenöl, um die Zutaten miteinander zu verbinden. Sobald sie die Elemente in einer Porzellanschüssel zusammen hatte, schloss sie die Augen und verrieb die Kräuter zwischen den Fingerspitzen.

»Kein Unglück kann hier eindringen.«

Sie wiederholte den Befehl immer wieder und baute die Spannung auf, bis sie nach Luft rang. Erst dann riss sie die Augen auf und blickte auf ihr Werk herab. Ihre Vorfahren hätten diese Mischung mit Mörser und Stößel zu einer Paste vermengt. Mrs Unger jedoch besaß eine Küchenmaschine, und dank des Roten hatte Evangeline nun sogar Strom.

Minuten später markierte sie jeden Hauseingang – Fenster ebenso wie Türen – mit einer dünnen Linie aus der Paste. »Kein Unglück kann hier eindringen.« Das war keine perfekte Form des Schutzes, doch mehr konnte sie nicht tun, ohne das Haus dauerhaft zu verändern, was Mrs Unger verstört und unerwünschte Aufmerksamkeit erregt hätte. Den Bibliotheksausweis auf den Tisch zu legen, damit sie neue Bücher bekam, war eine Sache, die Wände mit magischen Symbolen zu bemalen jedoch eine ganz andere.

Als sie eben fertig war und in die Küche zurückkehrte, um alles aufzuräumen, hörte sie Schritte auf der Veranda. Evangeline verbarg sich in einer Flurecke, von der sie die Haustür sehen konnte, ohne selbst gesehen zu werden.

Der Neue stand vor der Tür. Er war ein paar Jahre jünger als Evangeline und hatte zerzaustes dunkelbraunes Haar. Als er zaghaft anklopfte und durch die Scheibe spähte, presste sich Evangeline mit dem Rücken an die Wand.

Die Briefkastenklappe ging auf, und ein zusammengefaltetes

Blatt Papier segelte in einem anmutigen Bogen ins Haus und landete auf dem Boden.

Evangeline blickte auf die Schüssel in ihren Händen. »Das mit dem Schutz hatte ich mir anders vorgestellt.«

6

Riley hatte in Bezug auf das Mädchen nebenan zwei Regeln. »Regel Nummer eins: Erzähl niemandem von ihr.«

»Selbstverständlich nicht.« Jax starrte zum Fenster hinauf.

»Regel Nummer zwei: Lass sie in Ruhe.«

»Aber …«

»Lass sie in Ruhe.«

»Und was ist …«

»Wie lautet Regel Nummer zwei, Jax?«, knurrte Riley.

»Warum hast du sie mir dann überhaupt gezeigt?«

»Weil du dich sonst gefragt hättest, warum ich einen Generator an Mrs Ungers Haus anschließe. Außerdem wollte ich sie wissen lassen, dass sie keine Angst vor dir haben muss.«

»Warum sollte sie Angst vor mir haben? Ich möchte sie doch bloß kennenlernen.«

»Sie will dich aber nicht kennenlernen.« Riley legte einige Schalter in Mrs Ungers Stromkasten um. »Ich wohne schon seit Jahren hier, und sie hat noch nie mit mir gesprochen.«

Jax starrte ihn verdutzt an. »Sie hat noch nie mit dir gesprochen, aber du sorgst für ihre Stromversorgung?«

»Das mache ich aus reiner Freundlichkeit. Manchmal, wenn ihr danach ist, bedankt sie sich ebenso freundlich. Du wirst schon sehen.« Riley winkte ihn zu sich. »Komm her, dann zeige ich dir, wie man das macht. Falls ich mal wieder an einem Grunstag unterwegs bin, dann kannst du beide Häuser versorgen.«

Riley erklärte ihm, was zu tun war, und sie ließen auch den zweiten Generator an. »Die Dinger sind leiser, als ich dachte«, meinte Jax.

»Ich habe extra mehr bezahlt, um die leisesten zu bekommen, die es gibt. Schließlich will ich keine unerwünschte Aufmerksamkeit erregen.«

Jax schaute sich um. »Wer sollte es denn hören?«

Riley gab ihm keine Antwort. »Der Gasherd funktioniert, genau wie die Wasserversorgung, das wäre also gesichert. Aber an einem Grunstag muss man sich selbst um den Strom kümmern. Die Elektrizitätsunternehmen sind computergesteuert, und alles, was einen Computerchip hat, funktioniert heute nicht.«

»Wieso nicht?«

»Weil diese Chips die Zeit messen, der Grunstag jedoch auf einer Zeitlinie existiert, die sie nicht erkennen. Bedauerlicherweise hat heutzutage so gut wie alles einen Chip. Darum müssen wir auch den alten Kühlschrank behalten.«

»Oooh.« Jax nickte. »Und deshalb fährst du so ein klappriges Motorrad.«

»Klapprig? Die Honda 350 ist ein Klassiker!«

Ein klappriger Klassiker. »Augenblick mal«, meinte Jax. »In der Stadt gibt es doch Strom. Die Ampeln sind an, auch wenn sie nicht umschalten, und im Walmart brennt die Notbeleuchtung.«

»Das ist nur ein Nachbild des Lichts, das am Mittwoch um Mitternacht dort war.« Riley hob den Benzinkanister hoch und trug ihn zum Schuppen. »Das Licht im Walmart – konntest du dort gut sehen?«

»Nicht wirklich.«

»Brich nie wieder in ein Geschäft ein. Wenn es ein Notfall ist, gibt es andere Methoden, um das zu bekommen, was du brauchst.«

»Ich dachte, es wäre ein Notfall«, protestierte Jax entrüstet. »Ich bin kein Dieb.«

»Ich auch nicht«, erwiderte Riley. »Aber ich habe auch schon geklaut, wenn es sein musste.«

So gern Jax auch über diesen Dingen gestanden hätte, so konnte er es nicht. Schließlich bewies sein Schrank voller Walmart-Artikel, was er getan hatte.

* * *

Riley verbrachte den Nachmittag damit, an seinem Motorrad herumzuschrauben. Jax behielt die Fenster des Nachbarhauses im Blick. Er hätte Riley zu gern gefragt, was das Mädchen den ganzen Tag über machte, aber wenn sie nicht mit Riley sprach, konnte er das wohl kaum wissen. Daher stellte Jax einen Haufen anderer Fragen, die Riley jedoch nicht beantworten konnte oder wollte.

Warum hatte Jax' Vater ihm nichts von diesem zusätzlichen Tag erzählt? Besaßen noch andere Aubrey-Verwandte diese Fähigkeit?

»Hast du denn noch andere Aubrey-Verwandte?«, wollte Riley wissen.

Jax fiel keiner ein. Sein Vater war ein Einzelkind gewesen, und seine Aubrey-Eltern waren schon vor seiner Geburt gestorben. »Wieso bist ausgerechnet *du* mein Vormund?«

»Dein Dad kannte meinen Dad.«

Jax beobachtete, wie Riley irgendetwas an seinem Motorrad überprüfte. »Dein Dad ist tot, richtig?«

Riley blickte nicht auf. »Meine ganze Familie ist tot. Du hast wenigstens noch eine Tante.«

»Kann ich trotzdem noch bei Naomi wohnen?«

»Vielleicht irgendwann einmal. Ich wollte mit Crandalls Dad darüber reden. Wir waren uns alle so sicher, dass du ein Normaler bist. Aber jetzt …« Riley richtete sich auf und griff nach seinem Helm. »Wir können dich wohl kaum ohne Training wieder gehen lassen.« Er zeigte auf sein Motorrad und hielt dann inne. »Du kannst mitkommen, wenn du möchtest.«

Jax hatte keine Lust, zu A.J.s Haus zu fahren, und Riley wollte ihn eigentlich auch gar nicht mitnehmen. Das konnte Jax ihm deutlich ansehen. »Nein, ich fahre ein bisschen mit dem Fahrrad herum.«

»Aber bleib innerhalb der Stadtgrenzen. Da bist du in Sicherheit.«

»Und außerhalb der Stadt bin ich es nicht?«

Jax hatte den Eindruck, dass Riley überlegen musste, was er darauf antworten sollte. »Bleib einfach in der Nähe«, sagte er schließlich, drehte den Schlüssel im Zündschloss und ließ den Motor aufheulen. »Und lass das Mädchen in Ruhe.«

* * *

Das Motorrad war kaum außer Sichtweite, da hatte Jax dem geheimnisvollen Mädchen auch schon eine Nachricht geschrieben und diese durch Mrs Ungers Briefschlitz geschoben. Danach verbrachte er den restlichen Nachmittag damit, sich Vorwürfe zu machen, weil ihm nichts Schlaueres eingefallen war als:

Hi, ich bin Jax Aubrey. Vielleicht können wir ja mal ein bisschen Zeit miteinander verbringen und eine Limo trinken. Ich würde dich gern kennenlernen.

Er fragte sich, ob sie die Nachricht wohl las oder ob sie sie einfach an der Haustür liegen ließ, damit Mrs Unger sie fand. Mrs Unger würde vermutlich glauben, Jax hätte den Verstand verloren.

Als offensichtlich war, dass das Mädchen sich nicht vorstellen – oder auch nur ans Fenster kommen – würde, machte Jax eine Fahrradtour durch die Stadt. Das war gar nicht mal so aufregend, wie er gedacht hatte. Es machte vielmehr den Anschein, als wären diese zusätzlichen vierundzwanzig Stunden sehr langweilig. Er konnte mit seinem Fahrrad über die leeren Straßen fahren und durch die Geschäfte wandern, die um Mitternacht geöffnet hatten. Außerdem konnte er alles einstecken, was er haben wollte, und sich in den Häusern der Nachbarn umsehen.

Was ihn jedoch überhaupt nicht interessierte. Die Tatsache, dass er das Haus der Ramirez durchsucht hatte, während Billy und seine Eltern irgendwie da gewesen waren, verursachte ihm ein mulmiges Gefühl in der Magengrube. Zwar vermutete er, dass die Überwachungskameras im Walmart am letzten Grunstag nicht funktioniert hatten, allerdings war er noch immer nicht ganz überzeugt davon, dass die Polizei ihm den Einbruch nicht doch anhängen konnte.

Am Abend kehrte Riley zurück und zeigte Jax, wie man die Generatoren wieder abbaute. Als sie den bei Mrs Ungers Haus wegräumten, entdeckte Jax einen Korb mit frisch gebackenen Keksen in der Nähe. »Sie bedankt sich mit Backwaren?« Jax kramte in dem Korb herum, doch es war keine Nachricht darin zu finden.

»Nicht besonders oft.« Riley seufzte geknickt. »Jetzt muss ich wohl mit dir teilen.«

Jax blieb bis Mitternacht wach, um mit eigenen Augen zu sehen, was dann passierte. Einige Minuten vor zwölf saß er mit der Rolex seines Vaters am linken und Rileys Timex am rechten Handgelenk auf der Veranda vor dem Haus.

Rileys Uhr tickte bis Punkt Mitternacht stetig und blieb dann stehen.

Dafür lief die Rolex weiter.

Auf der anderen Straßenseite drehte ein Pitbull durch und rannte am Zaun auf und ab, wobei er Jax die ganze Zeit anbellte und anknurrte. Aus der Perspektive des Hundes musste er aus dem Nichts aufgetaucht sein.

»Daran gewöhnst du dich mit der Zeit«, sagte Riley hinter ihm.

Jax hielt die beiden Uhren hoch. »Das sind doch mechanische Uhren! Da sind überhaupt keine Computerchips drin!«

Riley zuckte mit den Achseln. »Jedes Gerät, das die Zeit misst, wird von der relativistischen Veränderung beeinflusst, und wie bei dem Wagen, den du auf dem Highway gesehen hast, hängt vieles von der Perspektive des Betrachters ab.« Als Jax den Mund aufsperrte, grinste Riley. »Einsteins Relativitätstheorie. Hast du mich etwa für blöd gehalten, nur weil ich in einer Werkstatt arbeite?«

Ja, das hatte Jax in der Tat, wie er zugeben musste.

7

Der Donnerstag verlief erschreckend normal und war bestimmt von Lehrern, Unterrichtsstunden und Hausaufgaben. Jax fragte sich, wie es sein konnte, dass er zusätzliche vierundzwanzig Stunden hatte, in denen er sich zu Tode langweilte, um dann trotzdem von einem normalen Tag genervt zu sein. Entweder musste der Grunstag sehr viel aufregender werden oder der Donnerstag zufriedenstellender.

Als er von der Schule nach Hause kam, spähte er in die Fenster von Mrs Ungers Haus. Wenn das, was Riley gesagt hatte, der Wahrheit entsprach, dann war das Mädchen heute nicht da. Sie existierte heute gar nicht.

A.J.s Wagen parkte vor dem Haus – A.J.s *uralte* Karre, die genau wie Rileys Motorrad keine computergesteuerten Teile hatte. Mit einer Plastiktüte, in der sich eine Milchpackung und eine Flasche Orangensaft befanden, ging Jax ins Haus und wurde begrüßt mit: »Da ist ja unser kleiner Walmart-Einbrecher. Hast du dir etwa Nachschub besorgt?«

Jax warf Riley einen wütenden Blick zu. »Musstest du ihm das erzählen?«

»Hast du was geklaut, was mir gefallen könnte?«, wollte A.J. wissen.

»Ich habe Konserven, Wasser und Batterien mitgenommen, du Blödmann. Woher hätte ich denn wissen sollen, dass ein ganz normaler Donnerstag folgen würde?« Jax marschierte steifbeinig in die Küche. Er war nicht stolz auf das, was er getan hatte. Der Kühlschrank röchelte, als er die Milch und den Saft darin verstaute, was sich anhörte, als hätte er ein Emphysem.

Auf der Arbeitsplatte standen zwei Pizzakartons. Da A.J. hier war, ging Jax davon aus, dass sie leer sein mussten, doch zu seinem Erstaunen befanden sich noch vier Stücke darin. Jax legte sie sich alle kreuz und quer auf einen Teller.

Riley kam in die Küche und zerriss die Schachteln.

»Ich habe noch weitere Fragen an dich«, erklärte Jax mit vollem Mund.

»Das kann ich mir vorstellen. Aber damit musst du bis nachher warten, falls dir dann noch danach ist.«

»Wieso sollte mir nicht mehr danach sein?«

»Weil heute Tattootag ist!« A.J. trug einen Lederkoffer in die Küche und stellte ihn auf den Tisch. Er öffnete ihn und drehte ihn so, dass Jax hineinsehen konnte. Der Koffer war voller Tätowiergeräte, Nadeln und Tintenflaschen.

»Riley kriegt ein neues Tattoo? Wo denn?« Riley hatte sich schon fast die gesamten Unterarme tätowieren lassen.

»Nein, du bekommst eins«, erwiderte A.J.

Wenn A.J. nicht gerade Ausrüstungsgegenstände für ein Tagebauunternehmen beförderte, arbeitete er in Teilzeit in einem Tattoostudio. Jax wollte auf gar keinen Fall, dass der Blödmann seinen Arm mit Nadeln bearbeitete. Nur weil sie diese komische Grunstag-Sache gemeinsam hatten, bedeutete das noch lange nicht, dass er A.J. leiden konnte – oder Riley. »Bestimmt ist es nicht legal, mich zu tätowieren«, protestierte Jax.

»Dein Vormund hat es erlaubt«, erklärte Riley. »Vertrau mir, Jax. Das ist eine Tradition. Dein erster Grunstag. Dein erstes Tattoo.«

Jax zögerte. Die Vorstellung, sich tätowieren zu lassen, war durchaus cool, abgesehen von den Nadeln. Er hasste Nadeln. Und was würde Naomi sagen, wenn Jax irgendwann doch zu ihr zog? »Ich verzichte«, entschied er und wollte mit seiner Pizza die Küche verlassen.

Riley versperrte ihm den Weg und hielt ihn am Arm fest. »Setz dich hin, Jax. Du kriegst jetzt ein Tattoo.«

Ernüchtert sackte Jax auf einen Küchenstuhl.

Er betrachtete A.J.s Ausrüstung.

Dann eben doch ein Tattoo.

»Ich will eine Schlange«, beschloss er.

Riley ließ ihn los.

A.J. fing an zu lachen. »Du kriegst keine Schlange!«

»Riley hat eine Schlange. Und einen Tiger und andere Sachen.«

Riley hielt beide Arme so, dass Jax sie sehen konnte. »Die sind nur zur Tarnung. Ich habe sie mir nur stechen lassen, damit das hier nicht weiter auffällt.« Er streckte die linke Hand aus, und zum ersten Mal bemerkte Jax das Familienwappen in blauer, goldener und roter Tinte auf der Innenseite des Handgelenks. Es war so gut inmitten von anderen, weitaus interessanteren Tattoos verborgen, dass es praktisch mit dem Hintergrund verschmolz.

Jax wurde kurz ganz schwummrig. »Mein Dad hatte auch so ein Tattoo. Allerdings sah seins …«

»Ja, ich weiß. Er trug dort das Wappen seiner Familie, und das hier ist das meiner Familie. Du musst es dir stechen lassen, Jax.

Wir haben das alle.« Riley sah A.J. an, der einen Ärmel hochkrempelte und den Arm umdrehte. Auch an seinem Handgelenk prangte ein Wappen. Jax war es ebenfalls noch nie aufgefallen, doch er sah sich A.J.s Arme normalerweise auch nicht genauer an – ebenso wenig wie den Rest von A.J.

»Alle Wechsler sind auf diese Weise gekennzeichnet«, fuhr Riley fort, »und ohne Wappen wirst du dein wahres Potenzial niemals erreichen.«

A.J. blätterte in seinen Vorlagen. »Hast du das Aubrey-Wappen, damit ich es kopieren kann?«

»Jax hat es. Geh den Dolch deines Vaters holen, Jax.«

Jax war schon aufgesprungen, die Treppe hochgerannt und in sein Zimmer gelaufen, bevor er überhaupt wusste, wie ihm geschah. Erst, als er mit dem Dolch seines Vaters in der Hand wieder nach unten ging, blieb er auf den Stufen stehen. Er wollte A.J. den Dolch nicht überlassen, und er war sich auch nicht sicher, ob er sich wirklich tätowieren lassen wollte.

Stattdessen wollte er wissen, was Riley mit »wahres Potenzial« meinte. Er wollte erfahren, wieso es einen zusätzlichen Tag gab und warum kein Wissenschaftler davon wusste. Und er wollte mehr über das Mädchen hören, das er am Fenster von Mrs Ungers Haus gesehen hatte.

Jax warf einen Blick auf den Dolch.

Er wollte wissen, ob sein Vater mit seinem Tod gerechnet hatte, als er Riley die Vormundschaft übertrug.

»Jax«, brüllte Riley. »Bring endlich den Dolch her.«

Jax lief die letzten Stufen hinunter und in die Küche und händigte den Dolch aus.

Billy hätte das für das Coolste gehalten – Zeit mit Riley zu verbringen und sich tätowieren zu lassen. Jax sah zu, wie A.J. das Design kopierte, und streckte dann wie ferngesteuert den Arm aus, um darauf die Vorzeichnung anbringen zu lassen. Als die Tätowiermaschine angeworfen wurde, wand er sich auf seinem Stuhl, doch Riley trat hinter ihn und legte ihm beide Hände auf die Schultern. Die Maschine sirrte, als A.J. den Fuß aufs Pedal drückte, und die Nadeln bohrten sich in Jax' Arm.

Das tat weh, als würde er von kleinen Hornissen gestochen. Jax beobachtete, wie die Tinte unter seine Haut drang, und blinzelte mehrmals schnell. A.J. wischte mehrere Blutstropfen weg. »Mir ist schlecht«, flüsterte Jax.

»Guck nicht hin«, riet Riley ihm.

Er drehte den Kopf weg, doch irgendwie schien es um ihn herum dunkler zu werden.

Wie aus weiter Ferne hörte er Rileys Stimme: »Ups. Gleich ist er weg.«

Gefolgt von A.J.s: »Macht mir die Sache leichter.«

Dann knipste irgendjemand das Licht aus.

Die Stimmen wurden lauter und leiser, und es dauerte eine Weile, bis sich Jax wieder auf die Worte konzentrieren konnte.

»Wieso ziehen wir nicht alle woanders hin? Auch das Emrys-Mädchen.«

»Man tarnt sich am besten, wenn man an einem Ort bleibt, Crandall. Sobald man in Bewegung ist, kann alles Mögliche passieren.«

»Ja, aber in diesem Fall ...«

»Jax ist wach.«

Jax hätte schwören können, dass er sich nicht gerührt hatte. Jetzt schlug er die Augen auf. Seine linke Hand kribbelte, und als er sie sich ansah ... »Hey!«, schrie er, setzte sich auf und stellte fest, dass er auf dem Sofa im Wohnzimmer saß. »Ich kippe um und du tätowierst einfach weiter?«

A.J. zuckte mit den Achseln. »Du hast schön stillgehalten.«

Seine Haut sah geschwollen und rot aus, doch das Aubrey-Wappen prangte jetzt an seinem Handgelenk. Es musste Stunden gedauert haben, es zu beenden. War es normal, so lange ohnmächtig zu sein? Jax starrte die beiden anderen vorwurfsvoll an.

Dann wanderte sein Blick wieder zu dem Tattoo. Es war wirklich cool. A.J. war beim Design ein wenig kreativ geworden: Das Auge auf der Schriftrolle sah kunstvoller aus, er hatte aus dem Vogel einen Weißkopfadler gemacht und die Flammen in Rot und Gold angefertigt. Im Großen und Ganzen entsprach es jedoch dem Familienwappen, das auch Jax' Vater auf dem Handgelenk getragen hatte und das in den Griff seines Dolchs eingraviert war.

»Eine Sache fehlt noch.« A.J. nahm den Aubrey-Dolch vom Tisch. »Komm hier rüber … und knie dich vor Riley.«

»Nein«, protestierte Riley.

A.J. runzelte die Stirn. »Mir ist klar, dass er dafür noch sehr jung ist, aber wie willst du ihn denn sonst beschützen?«

»Her damit.« Jax nahm A.J. den Dolch ab. Er hatte keine Ahnung, worüber sie sprachen, doch es hörte sich nach nichts Gutem an. Sich vor Riley hinknien?

A.J. drehte sich zu Riley um. »Du hast versprochen, auf den Jungen aufzupassen.«

»Und das werde ich auch tun«, erwiderte Riley. »Der Eid, den ich seinem Vater geschworen habe, sorgt schon dafür. Dazu brauche ich nicht auch noch was von ihm.«

»Ich weiß ja nicht, was du meinem Dad versprochen hast«, warf Jax ein, »aber bisher warst du ein lausiger Vormund.«

»Findest du?«, fragte Riley.

»Du hast nicht auf mich aufgepasst.« Jax machte ein finsteres Gesicht. »Du hast mir rein gar nichts erklärt – warum wir diesen zusätzlichen Tag haben, wer genau ihn überhaupt kriegt oder wie es sein kann, dass manche Leute nur einen einzigen Tag in der Woche leben.«

»Das sind ganz schön viele Fragen.«

»Ich habe noch mehr.« Jax hob seinen schmerzenden Arm. »Wieso kriege ich ein Tattoo mit meinem Familienwappen, während du deins tarnen darfst?«

»Das ist ein guter Punkt, über den wir reden müssen, aber nicht heute.« Riley zog seinen Dolch aus der Scheide und balancierte ihn auf dem Handballen. »Wenn man auf diese Weise gezeichnet wird, fordert einem das eine Menge ab.« Er blickte vom Dolch auf und sah Jax in die Augen. »Ich mag vielleicht ein lausiger Vormund sein, aber ich weiß, dass du müde bist und ins Bett gehen solltest.«

Ich bin überhaupt nicht müde, wollte Jax protestieren. Doch er schwankte leicht, und seine Augenlider wurden so schwer, dass er sie nicht länger offenhalten konnte. Er wäre auf den Tisch gestürzt, hätten Riley und A.J. nicht seine Arme festgehalten. Sie schleiften ihn nach oben, wobei Jax die ganze Zeit leise protestierte, und als sie ihn ins Bett legten, fielen ihm die Augen zu und gingen nicht wieder auf.

»Du schläfst jetzt bis morgen durch«, war das Letzte, was er Riley sagen hörte.

* * *

Am nächsten Morgen wachte Jax panisch auf. Sein Arm tat weh, war jedoch nicht mehr so stark geschwollen. Er versuchte, sich daran zu erinnern, warum er A.J. seinen Arm hingestreckt hatte, wusste jedoch nur noch, dass es widerwillig geschehen war. Erschaudernd dachte er daran, wie er begeistert eine Schlange verlangt hatte, doch Sekunden später wollte er nur noch von all diesen Nadeln weg. Er zog sich ein langärmliges T-Shirt an und versuchte, das Haus ohne Frühstück zu verlassen.

»Jax?«, rief Riley ihm aus der Küche zu, als er ihn vorbeigehen hörte.

Jax antwortete nicht. Stattdessen beschleunigte er seine Schritte und marschierte die Straße entlang, damit er vor Billys Haus noch den Bus erwischte.

Mit dem langärmligen T-Shirt konnte er Billy nicht reinlegen, der das Tattoo im Bus sofort entdeckte. Jax musste es ihm zumindest zum Teil erklären, und Billy sah ihn verletzt an. »Wenn A.J. Crandall zu Hause tätowiert, wieso hast du mich dann nicht angerufen? Meine Mom würde mich umbringen, wenn ich mich tätowieren lasse.« Den letzten Satz sagte er so, als wäre das eine Ehre, die Jax ihm verweigert hatte.

Jax konnte Billy nichts vom Grunstag erzählen, und er konnte ihm auch nicht anvertrauen, dass Riley und A.J. ihn gegen seinen Willen tätowiert hatten. »Ich bin umgekippt, okay?«, gab er schließlich zu. »Ich hätte dich ja angerufen, aber ich wurde ohnmächtig, kaum dass A.J. angefangen hatte, und das war mir echt peinlich.«

»Ist nicht wahr, Mann.«

»Ich bin in Ohnmacht gefallen wie ein Mädchen.« *Und blieb ganze drei Stunden lang bewusstlos.*

Billy krümmte sich vor Lachen. Jax zog seinen Ärmel wieder runter und fragte: »Kann ich dieses Wochenende bei dir bleiben?« Auf einmal fürchtete sich Jax davor, nach Hause zu gehen – er hatte Angst vor Riley.

»Klar. Es sei denn …« Billys Augen strahlten. »Glaubst du, A.J. würde …«

»Du brauchst die Erlaubnis deiner Eltern«, sagte Jax prompt.

Billy sackte in sich zusammen. »Ich hab's schon früher gesagt und kann es nur immer wieder betonen: Du kannst von Glück reden, Riley Pendare als Vormund zu haben.«

9

Am Freitagabend verschanzten sich die Jungen in Billys Kellerzimmer und spielten Videospiele. Jax borgte sich Billys Computer und wartete, bis sein Freund vollauf damit beschäftigt war, Hyrule gegen eine Armee von Riesenspinnen zu verteidigen, bevor er Google aufrief. Die Suche nach *Grunstag* förderte nichts außer Witzen zutage. Bei *achter Tag* oder *Acht Tage Woche* stieß er nur auf Filme und Songtitel. Jax kratzte sich am Tattoo, das ganz schön juckte, und versuchte es mit *Zusätzlicher Tag zwischen Mittwoch und Donnerstag.*

Eine Seite mit dem Titel *Zwischen Mittwoch und Donnerstag* stand ganz oben in der Liste. Der Link führte zu einem Forum mit einem Banner, das besagte: *Wenn du erst fragen musst, bist du hier an der falschen Stelle.* Abgesehen davon war nur Folgendes auf der Seite zu sehen:

Dies ist eine private Gruppe. Potenzielle Mitglieder wissen, warum sie hierhergehören. Wenn du beitreten willst, schick uns HIER eine Nachricht und beschreib in maximal 140 Zeichen, warum du die Mitgliedschaft verdient hast.

Jax zögerte nur einen Moment, bevor er auf den Link klickte und tippte:

Hatte gerade zum 2. Mal den achten Tag. Suche weitere Informationen.

Er fügte seine E-Mail-Adresse hinzu, wie es verlangt wurde, und klickte auf Senden.

Billy stieß einen schrecklichen, markerschütternden Schrei aus und reichte den Controller über die Sofalehne nach hinten an Jax weiter. »Mir wurde gerade das Hirn ausgesaugt. Willst du es mal probieren?«

»Klar.« Jax löschte den Suchverlauf und loggte sich aus. Er hatte sich eben aufs Sofa gesetzt, als sein Handy pingte, daher nahm er es aus dem Rucksack und schaute aufs Display.

Riley: wo bist du

Jax' Herz setzte einen Schlag aus. Widerstrebend schrieb er eine Antwort.

Jax: @billys haus
Riley: hast gar nicht bescheid gesagt
Jax: mach ich doch nie

Danach folgte eine lange Pause. Dann:

Riley: kommst du heut nach hause?
Jax: bleibe übers wochenende
Riley: WANN kommst du nach hause?

In den letzten vier Monaten hatte sich Riley nie dafür interessiert, wann Jax kam und ging. Jax erinnerte sich noch genau, wie Riley ihn mit den Händen auf dem Stuhl festgehalten hatte, damit er tätowiert werden konnte, und erschauderte angewidert.

Jax: hängt davon ab, wann du bei der arbeit bist

Erst nach einer weiteren Pause folgte Rileys letzte Nachricht.

Riley: dann willst du wohl doch keine antworten auf deine fragen

Billys Mom ließ Jax das Wochenende bleiben und auf der Couch im Keller schlafen. »Dein Vormund hat es erlaubt?«, fragte sie.

»Dem ist völlig egal, wo ich bin«, behauptete Jax, und sie nickte mit grimmiger Miene, als hätte sie nichts anderes erwartet. Mrs Ramirez war bei Weitem nicht so beeindruckt von Riley Pendare wie ihr Sohn. Jax achtete darauf, sein neues Tattoo stets unter seinem Ärmel zu verbergen, damit ihre Missbilligung nicht auch auf ihn überging, und verspeiste alles, was sie ihm an selbstgekochten Gerichten vorsetzte.

Erst am späten Sonntagvormittag ging er nach Hause, wo er einen blauen 58er Thunderbird mit offenem Verdeck vor dem Haus vorfand. Unter normalen Umständen wäre er davon ausgegangen, dass jemand mit so einem Wagen einen der Nachbarn besuchte, hätte es sich nicht um einen Klassiker ohne computergesteuerte Teile gehandelt – so viel hatte Jax inzwischen kapiert. Er eilte die Stufen hinauf und öffnete die Haustür.

Riley saß neben einem sehr hübschen Mädchen mit langem schwarzem Haar auf dem Sofa. Als Jax hereinkam, sprang Riley sofort auf. »Äh, Jax …«

Jax räusperte sich. »Ich kann später wiederkommen, wenn ihr, äh …«

»Wir machen gar nichts.«

Das Mädchen erhob sich ebenfalls und glättete ihren kurzen Rock. »Du musst Rileys Protegé sein. Und was für ein Süßer du bist!« Sie reichte Riley kaum bis zur Schulter, trotz ihrer hochhackigen Stiefel, und sie trug eine kurze Lederjacke mit dazu passender Scheide am Gürtel, in der sich ein *gravierter Dolch* befand.

Jax starrte sie mit offenem Mund an, und sie hob die linke Hand, um ihm das Tattoo an ihrem Handgelenk zu zeigen. Es war zart und feminin und von roten Rosen umrankt. Als sie auf Jax zukam, roch er ihr nach Rosen duftendes Parfum.

»Das ist Deidre Morgan«, stellte Riley sie vor. »Sie hat unseren Kühlschank repariert und wollte gerade gehen.«

Deidre ignorierte ihn. »Ich hab deinen Namen gar nicht mitbekommen, Süßer.« Ihre dunklen Augen fixierten Jax' Tattoo.

»Jaxon Aubrey. Du reparierst Kühlschränke?« Die Handwerker, die er kannte, sahen alle völlig anders aus.

»Ich repariere alles Mögliche.« Sie stützte sich mit einem Arm auf Jax' Schulter. »Maschinen sind mein Fachgebiet, insbesondere Kriegsmaschinen.« Jax erstarrte und bemerkte auf einmal, dass der Dolch nicht die einzige Waffe war, die das Mädchen mit sich führte. Unter ihrer Jacke zeichnete sich ein Schulterholster ab, und etwas Kleines mit Perlmuttgriff ragte aus ihrem Stiefel.

Nein, das ist ganz eindeutig keine gewöhnliche Mechanikerin.

Riley verdrehte die Augen. »Gib ihm einfach das Funkgerät, Deidre.«

»Spielverderber.« Sie nahm ein Funkgerät von ihrem Gürtel und reichte es Jax. »Das ist ein sicheres Funkgerät, das du am achten Tag benutzen kannst. Über Kanal zwei wird Riley dich kontaktieren, aber in einem Notfall rufst du über Kanal eins Hilfe, dann können sie dich alle hören.«

Jax runzelte die Stirn. »Sie?«

»Rileys bunte Truppe.« Lächelnd drehte sie sich zu Riley um. »Kann ich sonst noch was für dich tun, Schnuckelchen?«

»Nein, danke, Deidre«, antwortete Riley. »Danke für deine Hilfe.«

»Wenn die Ze t kommt, in der man könnte, ist die vorüber, in der man kann.«

Er musste lachen. »Ich habe dir gesagt, was ich davon halte.«

»Dein Gegenvorschlag lässt zu wünschen übrig«, säuselte Deidre. »Du hast eine wertvolle Sache anzubieten, und wenn du die Manpower und Waffen meiner Familie haben willst, um mit der Emrys-Situation fertig zu werden, wirst du sie wohl einsetzen müssen. Denk darüber nach, Schnuckelchen. Hat mich gefreut, dich kennenzulernen, Jax.« Mit einem Hauch von Rosenduft glitt sie zur Tür hinaus und war fort.

»Mann, Riley«, hauchte Jax. »Ist das deine Freundin?«

»Deidre?« Riley lachte auf. »Nein.«

Was war sie dann? Seine persönliche Attentäterin?

Riley zeigte aufs Sofa. »Setz dich.«

Jax bekam Panik. Er blieb stehen und war auf einmal völlig verkrampft.

»Das war kein Befehl, sondern eine Bitte«, fügte Riley leise hinzu.

Sollte das eine Art Zugeständnis sein? »Hast du mich neulich Abend unter Drogen gesetzt?«

»Was? Nein.« Riley klang ebenso amüsiert wie bei der Antwort auf die Frage, ob Deidre seine Freundin war. »Bitte setz dich, Jax.« Riley ließ sich in den Ohrensessel sinken, als wollte er Jax demonstrieren, wie man das machte.

Widerstrebend legte Jax das Funkgerät auf den Tisch und setzte sich.

»Ich hatte Deidre gebeten, das Funkgerät einzurichten, damit du an den Grunstagen kommunizieren kannst. Behalte es am achten Tag stets bei dir.«

»Und wenn es einen Notfall gibt« – *was denn für ein Notfall?* – »kommt Deidre vorbei?«

»Nein, nicht Deidre. Sie versorgt mich nur mit Funkgeräten, weil sie Zugriff darauf hat und wir alte Freunde sind.«

Alte Freunde. Ja, klar. »Sie sagte, du hättest Waffen verlangt …«, setzte Jax an.

Riley fiel ihm ins Wort. »Wenn du das Funkgerät benutzt, alarmierst du mich oder die Crandalls. Die Reichweite reicht aus, damit du alle Empfänger innerhalb der Stadtgrenzen erreichen kannst.«

»Und was ist, wenn ich mich außerhalb der Stadt befinde?«

»Lass das lieber sein. Sehr viele Wechsler nutzen den Grunstag zu ihrem eigenen Vorteil. Ich rede hier von Diebstahl, Raub und einigen sehr viel schlimmeren Dingen. Meine Mutter hat immer gesagt, dass dieser zusätzliche Tag einige Leute zu sehr in Versuchung führt. Vielleicht sogar die meisten Menschen.« Riley fuhr sich mit einer Hand durchs Haar und wandte den Blick ab, wobei er die Stirn runzelte, als wäre er selbst erstaunt darüber, etwas von seiner Mutter erzählt zu haben.

Jax wunderte sich ebenfalls. Er machte schon den Mund auf, um etwas zu erwidern, doch dann seufzte Riley und blickte wieder auf. »Es ist besser, bei der eigenen Gruppe zu bleiben, denn zu mehreren ist man immer sicherer. Das musste dein Vater auf die harte Tour lernen.«

Jax erstarrte. »Wie meinst du das?«

»Womit hat dein Dad seinen Lebensunterhalt verdient, Jax?«

»Ihm gehörte ein Unternehmen namens Information Resources.«

»Und was genau wurde da gemacht?«

»Er sagte immer, er würde ›Informationen bewegen‹. Er war Berater.«

Riley senkte kurz den Blick, bevor er Jax in die Augen sah. »Das bedeutet, dass er von Auftraggebern dafür bezahlt wurde, Informationen zu beschaffen. Informationen, die andere ihnen vorenthalten wollten.«

Jax runzelte die Stirn. »Das verstehe ich nicht.«

»Wie Pläne für Fusionierungen, neue Produkte, geheime Deals …«

»Nein!« Jax sprang auf. »Bei dir klingt das ja so, als wäre er eine Art Spion gewesen!« Riley sah ihn weiterhin an, und Jax starrte zurück. »Mein Dad war kein Gauner.«

»Dein Dad ist auf etwas Gefährliches gestoßen«, erklärte Riley. »Und als er die Gefahr erkannte, kam er auf mich zu und bot mir ungewöhnliche Informationen als Gegenleistung für mein Versprechen, auf dich aufzupassen, falls es hart auf hart kommen sollte. Was ja dann auch passiert ist, und jetzt sind wir hier.«

»Was?«, erwiderte Jax. »Was hat er denn rausgefunden?«

»Etwas, das ihm den Tod gebracht hat. Würde ich dir das verraten, wäre ich wirklich ein lausiger Vormund, findest du nicht auch?«

Jax lag auf seinem Bett und hielt das Grand-Canyon-Foto in den Händen. Darauf trug sein Vater ein peinliches Hawaiihemd und schirmte sich mit der tätowierten Hand die Augen ab. Nichts auf diesem Bild ließ vermuten, dass Rayne Aubrey einen geheimen Tag pro Woche erlebte oder dass er seinen Lebensunterhalt als Industriespion verdiente.

Doch Jax musste zugeben, dass es bei seinem Vater Dinge gab, die er sich nicht erklären konnte. Beispielsweise das Tattoo, von dem er immer behauptet hatte, es wäre ein Überbleibsel aus »wilden Collegetagen«. Dabei hatte er Jax des Öfteren angehalten, in der Schule gute Noten zu schreiben, »damit du aufs College gehen kannst, so wie ich es nie tun konnte.«

Außerdem war da sein Unternehmen Information Resources, das weder Angestellte noch ein Büro hatte. Jax hatte auch nie eine Visitenkarte davon zu Gesicht bekommen. Doch bis zum heutigen Tag war ihm das nicht seltsam vorgekommen, denn jetzt mal im Ernst: Welches Kind interessierte sich schon für den Job seines Vaters?

Riley hatte sich geweigert, mehr Fragen über Jax' Vater oder ihre Abmachung zu beantworten. »Du willst hier abhauen, und das passt mir ganz gut in den Kram«, hatte er zugegeben. »Sobald du nicht mehr unter meinem Schutz stehst, wäre es besser, wenn du so wenig wie möglich über die Geschäfte deines Vaters weißt – und über meine.«

Aber Jax war es leid, ständig überrascht zu werden. Er knallte das gerahmte Foto auf den Nachttisch und ging nach unten zu seinem Computer.

* * *

Mitten zwischen dem ganzen Spam im Posteingang entdeckte Jax eine E-Mail mit dem Betreff: *Zwischen Mittwoch und Donnerstag – Zugang erteilt.*

Werter Mitbürger des Achten Tags: Dein Aufnahmeantrag wurde bestätigt. Unten findest du deinen Benutzernamen und dein Passwort, um dich anzumelden.

Jax gab beides ein und wurde dazu aufgefordert, seine Anmeldedaten zu ändern. Er entschied sich für seinen üblichen Benutzernamen *jaxattax* und das Passwort, das er für alles verwendete. Daraufhin wurde er zum Forum weitergeleitet, in dem er eine Threadliste vorfand.

Einleitungen

Diskussionsthemen

- Ungezieferbefall
- Können Blindgänger geheilt werden?
- Nimues verzauberter Wald: Gab es ihn wirklich?
- Ort des Zaubers: Stonehenge oder Pentre Ifan?

- Das Sippenproblem
Jugendlager
Chatgruppen

Jax konnte sich keinen der Threads ansehen. Wann immer er auf einen Link klickte, erschien das folgende Pop-up:

Fehler 403. Bitte versuch es später erneut.

Wechsler mögen ja einen geheimen Tag nur für sich haben, dachte Jax und schickte dem technischen Support eine E-Mail, *aber mit Computern können sie offenbar nicht umgehen.*

* * *

Der Junge, der Giana Leones Keramikvase zertrümmert hatte, merkte zuerst gar nichts davon. Er unterhielt sich auf dem Gang mit einem Freund, als sein Ellbogen gegen ihren Arm stieß. Die Vase rutschte ihr aus der Hand, und Jax, der gerade vorbeikam, streckte noch eine Hand aus, um sie aufzufangen, schaffte es jedoch nicht. Die Vase zerschellte auf dem Boden.

Giana riss bestürzt die Hände in die Luft. »So ein Mist«, kommentierte Jax. Er hockte sich hin und machte sich daran, die Scherben aufzusammeln.

»Die habe ich im Kunstunterricht gemacht. Ist nicht weiter tragisch«, sagte Giana, deren Miene jedoch etwas ganz anderes erkennen ließ. Sie holte einen Mülleimer aus einem leeren Klassenzimmer.

Jax hob die Scherben mit einer Hand auf und sammelte sie in der anderen. »Möchtest du die großen Stücke aufheben und wieder zusammenkleben?«

»Was bringt das schon?« Zaghaft griff Giana nach den Tonstücken und warf dabei einen Seitenblick auf Jax' Hand. »Ist ja nicht zu fassen, dass du ein Tattoo hast. Ist das überhaupt legal?«

»Wenn es der Vormund erlaubt, schon.« Sie beäugte ihn, als wäre sie sich nicht sicher, ob das Tattoo ihn jetzt cool oder seltsam wirken ließ, daher fügte er hinzu: »Mein Dad hatte genau dasselbe Tattoo. Ich ehre damit sein Andenken.«

»Oh.« Giana stand auf und griff nach dem Mülleimer. Innerlich trat sich Jax in den Hintern. Keiner wollte daran erinnert werden, dass er Waise war.

»Du hast doch heute früh bei Mr Gupta die Geschichtsklausur geschrieben, oder?«, wechselte er rasch das Thema. »Nächste Stunde sind wir dran. War es schwer?«

»Nicht besonders, wenn man gelernt hat.« Sie wandte sich zum Gehen.

»Ging es hauptsächlich um Kapitel fünfzehn?« Er erhob sich ebenfalls und versuchte verzweifelt, das Gespräch fortzusetzen. »Schlachten der Revolution?«

Giana blieb so ruckartig stehen, dass sie fast das Gleichgewicht verloren hätte. »Ja, aber er hat sich auf die in Pennsylvania konzentriert.« Sie runzelte die Stirn und schien schon weitergehen zu wollen, doch es machte den Anschein, als wäre sie an Ort und Stelle festgewachsen. »Du solltest besser alles über General Anthony Wayne wissen.«

»Und was ist mit dem Aufsatz? Worum ging es da?«

Giana presste die Lippen aufeinander, starrte Jax an und stieß hervor: »Wir mussten die britische und die Kontinentalarmee vergleichen. Das fiel mir nicht weiter schwer.«

»Danke für den Tipp.« Jax grinste sie an. »Magst du Geschichte?«

»Das ist mein Lieblingsfach.« Abermals machte Giana eine merkwürdig ruckartige Bewegung, als wollte sie weggehen, könnte es jedoch nicht.

Jax' Herz machte einen Satz. Es sah ganz so aus, als wollte sie sich mit ihm unterhalten. »Diesen Freitag läuft ein Historienfilm im PTA-Kino, nicht wahr? Okay, es ist eine Geistergeschichte, aber sie spielt in der Vergangenheit.«

»Ja.« Sie hatte die Augen weit aufgerissen.

»Gehst du hin?« Es läutete zur nächsten Stunde.

»Ja.« Ihre Stimme klang gepresst.

»Ich auch.« Das war eine spontane Entscheidung. »Vielleicht sehen wir uns ja da?«

»Vermutlich schon.«

Jax wurde ein bisschen schwindlig, so wie in dem Moment, in dem A.J. die Tätowiermaschine angesetzt hatte. »Okay. Dann bis später.« Giana stieß die Luft aus und rannte den Flur entlang. Jax stand grinsend da, bis ihn jemand anrempelte und ins Wanken brachte. Er konnte eben noch das Gleichgewicht halten und starrte Tegan Donovan an, die ihm im Vorbeigehen grundlos einen Stoß mit der Hüfte verpasst hatte.

»Das war clever«, meinte sie. »Idiot.«

Er blinzelte mehrmals verwirrt. Was stimmte mit der denn nicht? Wieso interessierte es Tegan, ob er sich mit Giana unterhielt?

Dann kehrte sein Grinsen auch schon wieder zurück. Giana Leone wollte mit Jax Aubrey reden. Wow.

Der restliche Tag verlief wie im Rausch, und nichts, nicht einmal die Geschichtsklausur, konnte ihm die gute Laune verhageln. Aber er war sich nicht ganz sicher, was dieses Gespräch zu bedeuten hatte. Durfte er Giana jetzt am Freitagabend im Kinosaal zuwinken? Sich in ihrer Nähe aufhalten? Sich sogar neben sie setzen?

Nach der letzten Stunde versuchte er, sie an ihrem Spind abzupassen. Vielleicht ließ sich ja noch etwas Klarheit in die Situation bringen. Giana sah ihn kommen, knallte die Spindtür zu und marschierte in die entgegengesetzte Richtung davon. Jax lief schneller. »Giana! Warte.«

Sie wirbelte mit blitzenden Augen zu ihm herum. »Was ist?«

Als Jax ihren Gesichtsausdruck sah, wich er zurück. Doch sein Mund plapperte einfach weiter und verfolgte den geschmiedeten Plan, herauszufinden, was sie am liebsten naschte, um dann damit aufzutauchen. »Ich hatte mich gefragt, ob am Freitag auch Snacks verkauft werden oder ob wir vielleicht selbst welche mitbringen …«

»Ist mir doch egal, was du machst«, fauchte sie. »Halt dich einfach von mir fern!«

»Äh …«

»Und wag es ja nicht, irgendjemandem zu verraten, dass ich dir gesagt habe, was in der Geschichtsklausur drankommt.«

Jax starrte sie verdutzt an. Andere Schüler auf dem Gang drehten sich nach ihnen um.

»Freak«, zischte Giana und ging so schnell weg, wie ihre Beine sie nur trugen.

* * *

Mädchen. Lernten die in besonderen Kursen, wie man einen Jungen erniedrigte? Oder war dieses Talent angeboren?

Auf dem Heimweg ging Jax die Unterhaltung im Kopf immer wieder durch, konnte jedoch beim besten Willen nicht sagen, was genau da passiert war. In einer Minute hatte Giana noch mit ihm gesprochen und sein Tattoo bewundert – na ja, gewissermaßen –, und einige Stunden später spie sie ihm förmlich ins Gesicht.

»Pendare?« A.J. hob den Kopf aus dem Fernsehsessel, als Jax zur Haustür hereinkam. Der Moderator von *Extraterrestrial Evidence* plapperte gerade etwas über Aliens, die das alte Khmer-Reich entführt hatten.

»Nein, ich bin's.« Jax stampfte in die Küche und holte sich eine Limo aus dem Kühlschrank, der jetzt wieder leise surrte und alles kühlte. Er setzte sich im Küchenalkoven an seinen Computer und rief bedrückt seine E-Mails ab, während Gianas letztes Wort noch immer an ihm nagte: *Freak!*

Wenn sie nur gewusst hätte, was für ein Freak er wirklich war.

Eine automatische Antwort von der »Zwischen Mittwoch und Donnerstag«-Website schlug vor, dass Jax »zwischen 15 und 17 Uhr online Hilfe bekommen könnte.« Er meldete sich an und fand den Link des technischen Supports. Nur wenige Sekunden später ging ein Chatfenster auf.

Terrance: yo jaxattax. was kann ich für dich tun?
Jaxattax: kann nicht auf threads zugreifen
Terrance: lad mal neu

Jaxattax: hab ich schon

Terrance: muss ein glitch sein. melde dich solange mit dem familienkonto an, bis ich's überprüft habe.

Jax spürte wieder einmal, wie sich sein Magen zusammenzog, wenn jemand seine Familie erwähnte. So langsam lernte er jedoch, das zu seinem Vorteil zu nutzen.

Jaxattax: hab keine familie. das ist ja das problem.

Terrance: keine familie im forum? neue mitglieder willkommen.

Jaxattax: keine familie. darum brauche ich das forum.

Terrance: tut mir leid. bist gerade erst dabei und hast keine familie, dir die helfen kann?

Jaxattax: genau

Terrance: wo wohnst du?

Jetzt hielt Jax inne.

Terrance: nur der staat, nicht die genaue adresse. ich bin kein perverser. es gibt gruppen für frisch hinzugekommene kinder. vielleicht ist ja eine in deiner gegend.

Jaxattax: PA

Terrance: ich sehe mal in PA nach und bringe dein konto in ordnung

Jaxattax: danke

Er schloss das Chatfenster und sah sich die Liste der Threads an, auf die er nicht zugreifen konnte. Die Vorstellung, dass es eine

Gruppe für Kinder wie ihn gab, empfand er gleichzeitig als reizvoll und abstoßend. Einerseits wollte er gern mit jemand anderem als Riley darüber reden, andererseits schrie eine innere Stimme: *Mach dich nicht noch mehr zum Freak!* Nach einigen Sekunden fielen ihm zwei Threads besonders ins Auge.

Nimues verzauberter Wald: Gab es ihn wirklich?
Ort des Zaubers: Stonehenge oder Pentre Ifan?

Er wusste, was Stonehenge war, öffnete aber ein neues Fenster, um sich nach Pentre Ifan zu erkundigen, was sich als weiterer Steinkreis in Wales herausstellte. Danach googelte er *Nimue*, doch der Name stand mit dem Zauberer Merlin in Verbindung und schien nichts mit dem achten Tag zu tun zu haben. Er lehnte sich zurück. Hatte er nicht gehört, dass A.J. und Deidre Riley gegenüber einen Namen erwähnt hatten? *Everett? Emory? Emris?* Jax setzte sich auf und tippte drauflos.

Laut einer Seite für Babynamen bedeutete *Emris* »unsterblich, unvergänglich«. Aber als Jax die alternative Schreibweise *Emrys* eingab, gelangte er wieder auf die Seite, die er bereits bei *Nimue* gesehen hatte: Merlin. Einer der alten Namen für Merlin lautete Emrys. Und Nimue war, je nachdem, welche Version der Legende er sich durchlas, entweder Merlins Freundin, Schülerin oder Verräterin. Möglicherweise auch alles drei.

Jax stand auf und ging ins Wohnzimmer. A.J. hatte sich in voller Größe im Fernsehsessel ausgebreitet und eine Limodose auf seinem Bauch stehen. Auch wenn er das Gefühl hatte, einen Hund mit Fragen zu löchern, beschloss Jax, dass ein Versuch nicht schaden konnte. »A.J., was weißt du über Nimue?«

»Sie war die Herrin vom See«, antwortete A.J.

»Und sie hat Merlin in einen ewigen Wald gelockt?«

»Sie hat ihn nicht dorthin gelockt«, widersprach A.J. »Er ist freiwillig gegangen, zum Wohle aller. Es gab keinen anderen Weg, die Sippe aufzuhalten. Darum haben sie den achten Tag doch erst erschaffen.«

»Dann haben sie alle wirklich mal gelebt?«

A.J. setzte sich auf und drehte sich zu Jax um. »Hat Riley dir das denn nicht erzählt?«

Jax ignorierte die Frage. »Sind die Legenden nun real oder nicht?«

»Ja. Nein.« A.J. machte ein verwirrtes Gesicht. »Die Menschen haben wirklich gelebt, aber die Legenden sind nichts als Märchen.«

»Wer ist dieser Emrys, über den du mit Riley gesprochen hast?« Jax versuchte, sich an das zu erinnern, was er nach dem Tätowieren mitbekommen hatte. »Hat das irgendwas mit dem Mädchen von nebenan zu tun?«

A.J. runzelte die Stirn. Er machte mehrmals den Mund auf und klappte ihn wieder zu, gleichzeitig zerquetschte er die Limodose in seiner Hand. Limonade quoll heraus. »Ja, sie ist die …«

»Halt ja die Klappe, Crandall. Was machst du denn da, Jax?«

Riley stand in der Haustür. A.J. deutete auf Jax, doch Riley unterbrach ihn, als er zu einer Erklärung ansetzte. »Jax, frag Crandall nach der PIN seiner Kreditkarte.«

A.J. protestierte. »Hey!«

»Na los«, beharrte Riley. »Frag ihn.«

Jax' Magen zog sich zusammen. »Wie lautet die PIN deiner Kreditkarte, A.J.?«

Drei Sekunden lang lief A.J.s Gesicht knallrot an und er presste die Lippen aufeinander. Dann sprudelte es aus ihm heraus: »Neun eins sechs null vier.« Er schlug sich die Hand vor den Mund.

Riley lachte auf. »Na, das war schnell.«

11

Jax starrte die beiden an und traute sich nicht, einen Ton zu sagen.

A.J. zählte an den Fingern ab. »Es ist gerade mal vier Tage her, dass wir ihn gekennzeichnet haben«, meinte er an Riley gewandt. »Normalerweise dauert es mindestens zehn und mehrere weitere Grunstage.«

Riley zog die Tür hinter sich zu. »Er ist älter als die meisten Neulinge. Oder das ist einfach die Art seines Talents.«

»Er ist ziemlich stark«, stellte A.J. fest. »Obwohl ich es gemerkt habe, konnte ich nicht aufhören zu reden.«

»Was hab ich denn gemacht?«, wollte Jax wissen, der gleichzeitig erschrocken und fasziniert war.

»Offenbar hast du ganz von allein herausgefunden, wie du die Magie deiner Blutlinie einsetzen musst«, erläuterte Riley.

Jax schüttelte den Kopf. Zuerst der Grunstag, dann ein Tattoo und jetzt das? »Was denn für eine Blutlinienmagie?«

Riley zückte seinen Dolch und balancierte ihn auf der linken Handfläche. Jax erkannte die Geste wieder, die er auch am Tätowierabend gesehen hatte, und wollte schon zurückweichen, doch Riley befahl ihm: »Setz dich hin, und halt den Mund.«

Jax' Knie wurden weich, und sein Hintern landete im Sessel,

bevor er auch nur wusste, wie ihm geschah. Er presste die Lippen aufeinander.

Dann fing er an, sich zu wehren.

Er umklammerte die Armlehnen mit beiden Händen und versuchte, wieder aufzustehen. Seine Turnschuhe schabten über den Teppich. Er mahlte mit dem Kiefer, bekam den Mund aber einfach nicht auf.

Riley sah sich das mehrere Sekunden lang an, bevor er den Dolch zurück in die Scheide steckte. »Okay«, sagte er. »Du darfst reden.«

»Du Arsch!«, schimpfte Jax.

Riley zuckte mit den Achseln. »Das war der schnellste Weg, es dir zu demonstrieren.«

»So was wie Magie gibt es nicht!« Das kam ihm eher wie ein Jammern über die Lippen, eine Art letzter Versuch, sich an die Realität zu klammern, die er kannte.

»Selbstverständlich gibt es Magie. Was hast du denn gedacht, was der Grunstag ist?« Riley warf die Arme in die Luft. »Durch Magie wurde der Grunstag geschaffen und ein ganzes Volk darin gefangen. Und du hast bei Crandall Magie eingesetzt, als ich reinkam, um ihn dazu zu zwingen, deine Fragen zu beantworten.«

»Du hättest ihm das alles früher erklären müssen«, beschwerte sich A.J.

»Ich habe ihm immer nur ein bisschen erzählt, damit er nicht völlig durchdreht.«

»Gut gemacht.« A.J. zeigte mit einem Daumen auf Jax, der sich noch immer in seinem Sessel wand.

»Ups«, murmelte Riley. »Du darfst aufstehen, Jax.«

Jax schoss aus dem Sessel und quer durch den Raum, um so weit wie möglich von Riley wegzukommen. Am liebsten wäre er aus dem Haus gerannt und immer weitergelaufen. Sein Herz raste, und seine Muskeln waren völlig verspannt, doch er kämpfte gegen diesen Fluchtimpuls an. Wenn er jetzt abhaute, würde er nie Antworten bekommen. »Kannst du mich dazu bringen, alles zu tun, was du willst?«, krächzte er. Im Hinterkopf fragte er sich gleichzeitig: *Kann ich dasselbe mit dir machen?*

»Die Sache hat Grenzen, und die meisten meiner Befehle wirken nur temporär oder werden mit der Zeit schwächer, daher …« Riley unterbrach sich und schien erst jetzt zu bemerken, wie verängstigt Jax war. »Ich habe deinem Vater einen Eid geschworen, Jax, und ich werde dich beschützen. Also setz dich jetzt bitte wieder und lass mich alles erklären.«

Jax zuckte zusammen, spürte jedoch nicht den Drang, sich hinzusetzen.

»Du bist ein Inquisitor«, fuhr Riley fort, »und ein ziemlich starker noch dazu, wenn du dich ganz ohne Hilfe schon so weit entwickelt hast.«

»Ein gutes Tattoo macht eben den Unterschied«, merkte A.J. an.

»Das stimmt«, bestätigte Riley. »Crandall ist ein Künstler. Sein Talent beim Entwerfen der Zeichen hat deine angeborene Fähigkeit vermutlich noch verbessert. Du besitzt dasselbe Talent wie dein Vater: Du kannst andere dazu zwingen, dir Informationen zu geben. Wie du jedoch feststellen musstest«, er zeigte zwischen Jax und A.J. hin und her, »tritt im Allgemeinen eine Nebenwirkung auf, weil die Leute, die merken, dass du sie gegen ihren Willen ausfragst, dir gegenüber feindselig werden.«

»Ach, Scheiße!« Auf einmal wusste Jax, warum Giana ihm erst alle Fragen beantwortet hatte, nur um ihn dann hinterher anzuschreien. Er sackte in den Sessel und vergrub das Gesicht in den Händen. »Oh nein!«

»Gut gemacht, Pendare. Jetzt fängt er auch noch an zu weinen.« A.J. holte sein Handy aus der Tasche. »Ich rufe meine Mom an.«

* * *

Mrs Crandall schlug Riley mit einem Topfhandschuh auf den Kopf. »Wieso hast du ihn nicht gleich zu mir gebracht?«

»Ich dachte, ich hätte alles unter Kontrolle.«

Jax schaute sich neugierig im Haus der Crandalls um. Er hatte sich immer vorgestellt, dass A.J. in noch mieseren Umständen wohnen würde als Riley, aber hier sah es wirklich nett und sauber aus, und die Räume waren sogar ansehnlich eingerichtet. Auch A.J.s Eltern waren nicht das, was er erwartet hatte. Seine Mom war groß und stämmig, hatte sehr kurzes Haar und Arme, die noch muskulöser aussahen als Rileys. Allerdings trug sie im Augenblick eine Schürze, was, genau wie der Topfhandschuh, Jax Hoffnungen machte.

A.J.s Vater reichte ihm die Hand und stellte sich knapp vor. »Arnold Crandall. Schön, dich endlich kennenzulernen, Junge.« Zaghaft gab Jax ihm die Hand und befürchtete schon, sie könnte zerquetscht werden. Mr Crandall war noch größer und schwerer als A.J., schien jedoch nur aus Muskeln und nicht aus Fett zu bestehen. Mit dem Igelschnitt, der rauen Stimme und dem Handschlag, bei dem Jax das Blut abgeschnürt wurde, erinnerte er Jax an einen Drill Sergeant. Eigentlich sahen er und seine Frau beide aus wie Drill Sergeants.

»Ich hatte nicht damit gerechnet, dass er ganz von allein anfängt, andere zu verhören«, sagte Riley gerade. »Melinda wird sich am Grunstag mit ihm treffen. Ich dachte eigentlich, das wäre früh genug. Außerdem habe ich euch ja schon erzählt, dass ich mir nicht sicher bin, wie viel ich ihm anvertrauen soll.«

»Alles«, schaltete sich Jax ein. »Ich will alles wissen.«

»Alles ist ein ziemlich großer Themenbereich«, meinte Mr Crandall. »Wenn du keinen Eid als Rileys Vasall abgelegt hast, dann gibt es einige Dinge, die dich nichts angehen.«

»Als Vasall? Was soll das denn bedeuten?« Jax starrte den Mann irritiert an.

Die Crandalls musterten erst einander und danach Riley. Mrs Crandall hob erneut den Topfhandschuh, doch Riley machte schnell einen Schritt zur Seite. »Versucht ihr doch mal, es ihm zu erklären!«, verlangte Riley.

Mrs Crandall stemmte die Hände in die Hüften. »Setz dich, Jax. Mir ist klar, dass das alles ein ziemlicher Schock sein muss, aber ich kann dir versichern, dass es hinterher ein leckeres Abendessen gibt. Du kannst eine anständige Mahlzeit bestimmt vertragen.«

»Ja, Ma'am«, erwiderte Jax begeistert. »Das kann ich.«

Riley ließ sich in einen Ohrensessel fallen und wirkte geknickt.

Die Crandalls setzten sich Jax gegenüber, während sich A.J. von hinten an Rileys Sessel lehnte. »Na gut, Jaxon«, setzte Mr Crandall an. »Ihr hattet in der Schule doch den Feudalismus, richtig?«

Sie hatten das Thema durchgenommen, allerdings war nicht

besonders viel bei ihm hängen geblieben. Trotzdem nickte Jax.

»Nun, Riley ist mein Lehnsherr, so wie es sein Vater vor ihm war. Ich bin sein eingeschworener Vasall, genau wie meine Frau und mein Sohn.«

»Ist nicht Ihr Ernst«, murmelte Jax mit ausdrucksloser Stimme.

»Und ob das mein Ernst ist.«

Der Lehnsherr lümmelte sich in seinen Sessel und kratzte Dreck unter seinen Fingernägeln hervor. »Das ist bloß eine Kommandokette.«

Eine Kommandokette? Bei der Riley an erster Stelle stand? Jax runzelte die Stirn. »Mein Vater gehörte nicht dazu, oder?«

»Dein Vater war unabhängig«, erwiderte Mr Crandall. »Kein Clan, keine Vasallen, kein Lehnsherr. Aus diesem Grund hat er sich auch an Riley gewandt, als er Hilfe brauchte. Und darum solltest du zu deinem eigenen Schutz …«

»Nein.« Riley setzte sich auf. »Sein Vater wollte nicht, dass er mir die Treue schwört. Ich will es auch nicht, und ich gehe davon aus, dass Jax es ebenfalls nicht will. Sobald seine Ausbildung beendet ist, zieht er wieder zu seiner Tante.«

Mr Crandall sah aus, als hätte er in eine Zitrone gebissen. »Hör auf ihn«, sagte seine Frau leise, und Mr Crandall brummte und nickte.

Das ist doch alles Wahnsinn! Er hat hier tatsächlich das Sagen!

»Was ist mit Nimue und Merlin?«, fragte Jax. »Was hat ein ewiger Wald mit dem achten Tag zu tun?«

Mr Crandall zählte an seinen Fingern ab. »Nimue war eine britische Königin. Der echte Merlin war ein Zauberwirker aus einem Magiergeschlecht, das als die Sippe bezeichnet wird. Und was die Geschichten als ewigen Wald bezeichnen, ist der Grunstag – ein Ort, der vom Rest der Zeit abgeschnitten ist. Nimue hat sich das Konzept ausgedacht, Merlin hat den Zauber gewirkt, und …« Er sah seine Frau an und schien seine nächsten Worte mit Bedacht zu wählen. »Und mehr als ein Dutzend walisische Clanfürsten kamen ihm mit ihren Talenten und ihrer Magie zu Hilfe, um es Wirklichkeit werden zu lassen. Wir Wechsler stammen von diesen Herrschern und Clanführern ab, die beim Wirken des Zaubers mitgeholfen haben.«

»Walisische Clanführer mit magischen Kräften?« Jax kratzte sich am Kopf. Für ihn hörte sich das noch immer lächerlich an.

»Es gibt auf der ganzen Welt Menschen mit magischen Fähigkeiten«, erklärte Mrs Crandall. »Auf jedem Kontinent. Mystiker, Schamanen und Fakire. Wir sind nicht die Einzigen.«

»Aber wer ist die Sippe?« Jax sah Riley an. »Sind das die Menschen, die nur am Grunstag leben – so wie das Mädchen?«

»Die Sippe sind Menschen, deren Magie weitaus mächtiger ist als die der meisten anderen«, erläuterte Mrs Crandall. »Sie trafen vor etwa dreitausend Jahren auf den britischen Inseln ein. Laut der Legenden stammen sie aus dem Norden, aber ich bezweifle, dass das irgendjemand mit Sicherheit sagen kann.«

Jax stellte sich die Weltkarte vor und versuchte, sich daran zu erinnern, was sich über den britischen Inseln befand. Er war in Erdkunde nicht wirklich besser als in Geschichte, glaubte jedoch, dass es da nicht mehr viel gab.

»Über lange Zeit lebten sie friedlich Seite an Seite mit den ansässigen Briten. Familien der Sippe verbündeten sich mit walisischen Clans und nahmen unsere Gebräuche an, hatten sogar Vasallen. Aber vor etwa zweitausend Jahren zogen einige der mächtigsten Clans der Sippe mit ihrer Magie in den Krieg gegen die Normalen. Sie zerstörten das Land, versklavten die Bewohner und hätten letzten Endes vielleicht sogar die Herrschaft über die ganze Welt erlangt, hätte Nimue nicht den Achter-Tag-Zauber ersonnen, um ihnen Einhalt zu gebieten. Sie verschaffte den walisischen Clans den Vorteil, dass für sie sieben Tage vergingen und die Sippe dann nur einen Tag erlebte.«

»Merlin war ein Emrys und gehörte somit zu einer der bekanntesten Sippenfamilien«, fügte Riley hinzu. »Aber er und einige andere Sippenclans hielten sich an ihr Bündnis mit unserem Volk, kämpften an unserer Seite und wirkten den Zauber mit, obwohl sie dadurch zusammen mit den anderen am achten Tag gefangen wurden. Merlin Emrys hat sich für uns geopfert. Nicht alle aus der Sippe waren böse.«

»Melinda kann dir noch mehr erklären, wenn ihr euch kennenlernt«, meinte Mrs Crandall an Jax gewandt.

»Wer ist Melinda?«

»Eine von Rileys Vasallen. Du wirst sie mögen.«

Jax schaute sich im Zimmer um. »Gibt es noch mehr von euch? Von Rileys Vasallen, meine ich.«

»Nur noch Miller.« A.J. räusperte sich.

»Miller wirst du nie kennenlernen«, sagte Riley. »Er ist nicht in der Stadt, sondern geschäftlich unterwegs.«

Das plötzliche Schweigen und Mr Crandalls versteinerte Miene gaben Jax zu verstehen, dass ihn Millers Geschäfte rein gar nichts angingen.

12

Jax gab sich die größte Mühe, nicht wie eine ausgehungerte Hyäne über Mrs Crandalls Abendessen herzufallen, aber Riley und A.J. hielten sich auch nicht zurück. Daher beschloss Jax, ordentlich reinzuhauen, solange noch etwas da war, und griff nach einem Hühnerbein.

»Iss dich satt, Jax. Du siehst ziemlich unterernährt aus.« Mrs Crandall warf Riley einen vorwurfsvollen Blick zu.

»Er isst alles, was ihm vor die Nase kommt«, protestierte Riley mit vollem Mund. »Ich kann gar nicht schnell genug neue Lebensmittel einkaufen!«

Jax blickte erstaunt auf. Er dachte genau dasselbe über Riley.

»Kein Mensch kann so viel essen wie ein Teenager.« Mrs Crandall gab noch eine Kelle Kartoffelbrei auf Jax' Teller. »Ihr beide zusammen gleicht vermutlich einem Teich voller Piranhas.«

Nach dem Essen warf Mr Crandall Riley einen Blick zu und deutete mit dem Kopf in Richtung Tür. Riley nickte und ging mit ihm hinaus. A.J. wollte den beiden schon folgen, doch seine Mutter trug ihm und Jax auf, den Tisch abzuräumen. »Ich koche. Du machst Ordnung«, sagte sie. »So läuft das hier. Und mach die

Teller ordentlich sauber, bevor du sie in die Spülmaschine stellst, Arnold Joseph.«

»Das mache ich doch immer«, protestierte A.J.

Seine Mutter gab ihm einen Klaps mit einem Holzlöffel. »Hörst du endlich auf zu lügen?«

A.J. wirkte zerknirscht, bis Mrs Crandall den Raum verlassen hatte, dann grinste er Jax an. »Das ist echt übel – eine Mutter zu haben, deren Talent die Wahrheit ist. Aber sie kann nur direkte Lügen erkennen. Lässt man einfach was weg, merkt sie es nicht. Hin und wieder muss man ihr allerdings einen Knochen hinwerfen, sonst schöpft sie Verdacht.«

»Wie viele verschiedene Talente gibt es denn?«, erkundigte sich Jax.

A.J. beseitigte einige Essensreste, indem er sie sich in den Mund stopfte. »Wahrscheinlich so viele, wie es Familien gibt«, murmelte er mit vollem Mund. »Melinda kann dir das viel besser erklären als ich.«

Jax zog die Mülltüte aus der Tonne und brachte sie durch die Hintertür nach draußen. Er stopfte sie gerade in einen Metallcontainer, als er Mr Crandall fragen hörte: »Was hast du dann mit dem Jungen vor?«

Jax erstarrte. Mr Crandall und Riley standen gleich um die Ecke im Garten.

»Keine Ahnung. Ich hatte wirklich nicht damit gerechnet, dass er ein Wechsler ist, und erst recht nicht damit, dass sein Talent schon vor Beginn der Ausbildung zutage tritt.«

»Er ist ein bisschen jung, um dir die Treue zu schwören, aber bei uns wäre er in Sicherheit, und wir könnten einen Inquisitor gut gebrauchen.«

»Nein.« Rileys Stimme klang entschieden. »Hast du auch nur die leiseste Ahnung, wie es für mich war, ihn von seiner Tante wegzuholen?«

»Dir blieb keine andere Wahl.«

»Er hatte eine Familie, die bereit war, ihn bei sich aufzunehmen. Ich bringe ihn dorthin zurück, sobald es geht.«

Einige Zeit schwiegen die beiden Männer. Dann sagte Mr Crandall: »Junge, du hattest mit uns immer eine Familie. Wir wollten dich bei uns aufnehmen. Wenn du nicht so ein Dickkopf gewesen wärst …«

»Ich hatte eine Zielscheibe auf dem Rücken«, fiel Riley ihm ins Wort. »Und ich wusste genau, was ich tat.«

* * *

In der Schule sah Giana Jax an, als wäre er ein Hundehaufen, in den sie getreten war. Jax musste ihr notgedrungen im Wissenschaftsunterricht gegenübersitzen, doch er starrte stur geradeaus und tat so, als wäre sie gar nicht da, während Billy ihm haarklein jede ihrer Bewegungen schilderte.

»Alter, sie hat dir eben den Todesblick zugeworfen. Was hast du ihr nur angetan?«

»Gar nichts.«

Er konnte nur hoffen, dass Gianas Abneigung gegen ihn irgendwann nachlassen würde. Seine Abneigung gegen Riley war nicht mehr so stark wie am Anfang, wütend war er aber immer noch. Jetzt, da Jax wusste, wozu sein Vormund in der Lage war, hatte er erkannt, dass Riley der Sachbearbeiterin befohlen hatte, zu glauben, Jax wäre glücklich. Bestimmt hatte er seine Magie auch eingesetzt, damit Naomi den Kampf um das Sorgerecht aufgab. Das erklärte auch, warum die Anhörung abgesagt worden war.

Ein Radiergummi prallte von Jax' Kopf ab, das Gianas Freundin Kacey geworfen hatte. Jax ballte die Fäuste und ermahnte sich, ja nicht durchzudrehen. Giana wusste gar nicht, warum sie ihn derart hasste; für sie war nur klar, dass Jax sie irgendwie dazu gebracht hatte, mit ihm zu reden, und dafür verabscheute sie ihn.

Dabei hatte er ihr gar keine Angst einjagen wollen, und er bereute sehr, dass er es getan hatte. Nun traute er sich jedoch nicht mehr, sie anzusprechen. Riley hatte ihn vor der Schule gewarnt. »Versuch ja nicht, irgendjemanden zu verhören, solange du nicht genau weißt, was du tust, verstanden?« Aus diesem Grund wagte Jax es nun kaum, überhaupt den Mund aufzumachen. Doch es nagte elendig an ihm, dass Giana nicht die geringste Ahnung hatte, was sie da Obercooles verpasste.

Immenses Talent. Jax hatte einen zusätzlichen Tag pro Woche und verfügte über Magie. Zwischen ihm und Personen aus Legenden wie Merlin und der Herrin vom See gab es eine Verbindung. Er hatte sogar eine geheimnisvolle Nachbarin, die im Haus nebenan »spukte« – ein Mädchen, das nur einen Tag in der Woche lebte und morgen wieder da sein würde. Ein Mädchen, über das ihm niemand etwas sagen wollte. Ein Mädchen, von dem er sich laut Riley fernhalten sollte.

Aber du hast mir keinen Befehl gegeben, Riley. Dein Fehler.

* * *

Mrs Unger schwenkte einige Geldscheine durch die Luft, als Jax an diesem Abend einige Lebensmittel bei ihr vorbeibrachte. »Ich habe hier dein Geld und einen kleinen Bonus.«

»Sie müssen mir keinen Bonus zahlen, Mrs Unger«. Jax verstaute die Lebensmittel im Kühlschrank und zog ein letztes Objekt aus der Tüte. »Ich habe Ihnen noch etwas besorgt. Es ist für Ihren Garten.«

»Oh!«, rief Mrs Unger aus. »Wie niedlich!«

Auf diese Reaktion hatte Jax gehofft. Endlich war ihm aufgegangen, wer sich um Mrs Ungers Garten kümmerte, und er vermutete, dass dieses lustige Objekt jemandem, der Freude an der Gartenarbeit hatte, gefallen würde. Es war ein dreißig Zentimeter großer Gartenzwerg inmitten von Sonnenblumen, der ein Schild mit der Aufschrift *Hab einen SONNIGEN Tag!* in der Hand hielt.

Um sicherzustellen, dass seine Nachricht auch richtig ankam, hatte Jax eine große Karteikarte an das Schild geklebt, auf der stand: *Grüße vom Nachbarn Jax.*

Mrs Unger wollte sein Geschenk gern vom Haus aus bewundern können. »Ich gehe nicht so oft in den Garten«, sagte sie. Daher stellte Jax den Gartenzwerg unter ihrer Anleitung zwischen die Blumentöpfe vor der Küchentür.

Etwas noch Freundlicheres und weniger Bedrohliches war ihm nun wirklich nicht eingefallen.

13

Evangeline kaute auf ihrer Unterlippe herum und betrachtete das Ding vor der Küchentür nachdenklich. Sie war sich nicht sicher, ob das ein Kobold oder ein Goblin sein sollte. Was immer es auch war – das blöde Wortspiel auf dem Schild erschien ihr wie ein Verbrechen gegen jeglichen Humor.

Sie ging davon aus, dass die an diesen seltsamen Gegenstand angebrachte Nachricht für sie bestimmt war. Mrs Unger wusste ja, wer er war. Evangeline stemmte die Hände in die Hüften und fragte sich, was in aller Welt sich der Neue dabei dachte, Kobolde vor ihre Tür zu stellen und Nachrichten durch den Briefschlitz zu schieben, in denen er vorschlug, »Zeit miteinander zu verbringen« und »eine Limo zu trinken«.

Er schien nicht zu begreifen, dass sie eine Gefangene war und lebenslang eingesperrt sein würde wegen eines Verbrechens, das andere begangen hatten – in erster Linie ihr Volk und in zweiter Linie insbesondere ihr Vater.

Nichtsdestotrotz musste Evangeline zugeben, dass der Rote sie in den letzten acht Monaten – oder viereinhalb Jahren, je nachdem, aus welchem Blickwinkel man es betrachtete – anständig behandelt hatte. Manchmal war er sogar richtig freundlich.

Eines Tages im vorletzten Winter war sie aufgewacht und

draußen hatte Neuschnee gelegen. Die Flocken fielen vom Himmel, was nur bedeuten konnte, dass es auch im Augenblick des Wechsels geschneit hatte. Am achten Tag kam es nie zu irgendwelchen Anhäufungen – in Echtzeit konnte nun mal nur eine begrenzte Menge an Schnee fallen –, aber Evangeline genoss dieses seltene Gefühl, die Flocken wie kalte Küsse auf ihrem Gesicht zu spüren.

Sie war nicht hinausgegangen, solange der Rote zu Hause war, weil sie ihm nicht begegnen wollte, aber als sie sein Motorrad wegfahren hörte, kramte sie Mrs Ungers Gummistiefel und Wollmantel aus dem Schrank. Kaum war sie durch die Hintertür getreten, sah sie die drei Schneemänner, die in einer Reihe an der Grundstücksgrenze standen, dem Unger-Haus zugewandt. Jedem ragte ein gerader Ast aus der Schulter, als würde er winken. *Hallo. Hallo. Hallo.*

Lachend hatte Evangeline die Steine und Karotten aus ihren Gesichtern gezogen. Als der Rote wieder nach Hause kam, war Evangeline längst wieder im Haus verschwunden. Sie hatte ihre Fußspuren im Schnee mit einem Besen verwischt, und die Schneemänner schauten nun in die andere Richtung und winkten zum Haus des Roten hinüber. *Hallo zurück. Hallo zurück. Hallo zurück.*

Dieser kleine Spaß und hin und wieder ein Korb mit Keksen war alles, was sie diesem Jungen von nebenan an Freundlichkeit erwies, auch wenn sie in den fünf Jahren der Isolation sehr einsam geworden war. Er hatte sich dazu entschieden, sie ehrenhaft zu behandeln, doch aufgrund der Vergangenheit ihrer beider Familien war die ganze Angelegenheit höchst – unangenehm.

Nachdem sie die Tür geschlossen hatte und den seltsamen

Kobold des Neuen nicht mehr sehen musste, machte sich Evangeline Frühstück und räumte dabei auch gleich auf, um dafür zu sorgen, dass der einzige Beweis für ihre Mahlzeit im mysteriösen Verschwinden von einem Ei, einer Scheibe Brot und einem Teebeutel bestand. Draußen und nebenan brüllte jemand: »Jax?« Evangeline spähte hinter dem Vorhang des Küchenfensters hervor. Der Rote stampfte die Treppe vor dem Haus hinunter und in den Garten. Das Fahrrad des Neuen stand nicht an seinem üblichen Platz, und der Rote drehte sich einmal im Kreis und bemerkte das ebenfalls. Er ging einmal im Garten auf und ab, drehte sich zum Unger-Haus um und zuckte mit den Achseln, als wollte er sagen: *Ich hab nicht die geringste Ahnung, wo der Bengel steckt.*

Er konnte sie nicht sehen, schien jedoch davon auszugehen, dass sie ihn beobachtete. Das war schon ein wenig arrogant, andererseits tat sie das im Grunde genommen tatsächlich die ganze Zeit. Was hätte sie auch anderes tun sollen?

Als Evangeline einige Zeit später hörte, wie das Motorrad wegfuhr, steckte sie sich eine Waffe in die Gesäßtasche ihrer Jeans – nur zur Sicherheit – und ging in Mrs Ungers Garten. Sie streckte die Arme aus, genoss das Sonnenlicht und bewunderte den rosafarbenen Himmel. Evangeline wusste, dass der Himmel eigentlich blau sein sollte – sie hatte Fotos davon gesehen. Aber sie wusste nicht, warum er eigentlich blau war. Ein rosafarbener Himmel kam ihr viel natürlicher vor.

Dann machte sie sich an die Arbeit. Sie war seit zwei Tagen nicht mehr vor der Tür gewesen. Stattdessen hatte sie vom Fenster aus zugesehen, wie der Neue im Viertel Amok lief und am Tag danach vom Roten über die Grundlagen des achten Tags belehrt wurde. Das mochte unterhaltsam gewesen sein, aber diese beiden Tage entsprachen zwei Wochen, was das Unkraut in Mrs Ungers Blumenbeeten anging.

Als sie in der Nähe des hinteren Gartenzauns Löwenzahn herausrupfte, fiel ihr ein farbiger Fleck ins Auge. Ein Schmetterling! Sie konnte sich nicht mehr daran erinnern, wann sie an einem achten Tag zuletzt eine andere Kreatur als irgendeinen Schädling gesehen hatte. *Wichtel* natürlich, aber die waren ja überall. Ihr kleiner Bruder Elliot hatte sogar mal einige Monate lang einen als Haustier gehalten, bis ihre Mutter ihn dabei erwischte.

Evangeline verfolgte den Schmetterling mit dem Blick, als er von einer Azalee zur nächsten flog, und dachte an Elliots geheimes Haustier und an Adelina, die sich immer ein Pony gewünscht und nie eins bekommen hatte.

»Äh, hi?«

Evangeline sprang auf und wirbelte herum.

Der Neue stand mitten im Garten, sein Fahrrad neben sich, und sah sie mit offenem Mund an.

Derart erschrocken, dass er sich an sie anschleichen konnte, während sie beschäftigt gewesen war, rannte sie los zur Küchentür, doch er ließ sein Fahrrad fallen und lief ihr hinterher. »Nein, nein, nein – warte!« Er erreichte die Küchentür vor ihr und stellte sich mit ausgebreiteten Armen davor.

Wut brandete in ihr auf. Wie konnte er es wagen, ihr den Weg zu versperren?

Evangeline zog ihre Waffe aus der Tasche und ging auf ihn los.

14

Sie stürzte sich so schnell auf ihn, dass Jax gar nicht reagieren konnte. Mit der Wildheit eines kleinen Panthers prallte sie gegen ihn, und er ging zu Boden. Im Handumdrehen lag er auf dem Rücken und spürte ihr Knie, das sich in seine Brust bohrte. Sie wedelte bedrohlich mit einem Objekt vor seinem Gesicht herum.

Pfefferspray.

»Nicht bewegen«, forderte sie mit leiser, heiserer Stimme.

»Hab ich nicht vor«, versprach er.

Doch er neigte den Kopf und blickte um das Pfefferspray herum in die blauesten Augen, die er je gesehen hatte. Ihr Blick wirkte gehetzt. Jax begriff, dass sie nicht wusste, was sie jetzt, wo er in ihrer Gewalt war, mit ihm anfangen sollte.

»Zeig mir, wer du bist«, verlangte sie schließlich.

»Ich bin Jax«, sagte er. »Jax Aubrey. Hast du meine Nachricht nicht gelesen?«

»Namen können sich ändern. *Zeig* mir, wer du bist.« Ihr Blick zuckte zu seiner linken Hand. Jax drehte sie um, damit sie sein Tattoo sehen konnte.

Er wusste nicht, welche Informationen ihr sein Familienwappen vermittelte, aber jetzt wirkte sie sogar noch unglücklicher.

Das Pfefferspray befand sich nun noch dichter vor seinem Gesicht. »Es tut mir leid«, krächzte er. »Es war falsch von mir, mich zwischen dich und die Tür zu stellen. Ich wollte nur Hallo sagen« – *und herausfinden, wer du bist* –, »aber das war die falsche Methode. Wenn du mich aufstehen lässt, steige ich auf mein Fahrrad und verschwinde.«

Sie schien darüber nachzudenken und biss sich auf die Unterlippe. Dann stand sie auf und wich einige Schritte zurück. Jax setzte sich hin. Er rechnete damit, dass sie die Flucht ergreifen würde, doch stattdessen behielt sie ihn genau im Auge und richtete weiterhin das Pfefferspray auf ihn.

»Entschuldige, dass ich dich erschreckt habe.« Er stand auf. »Von jetzt an lasse ich dich in Ruhe.« Das war ohnehin das, was Riley ihm geraten hatte, aber, verdammt noch mal, er wollte das nicht. Sie stellte ein viel zu verlockendes Geheimnis dar, und diese Gelegenheit war einfach viel zu gut. »Vorher würde ich dir aber gern noch etwas sagen …«

Sie zog die Augenbrauen hoch und musterte ihn abwartend.

»Wenn du mich damit besprüht hättest, während du auf mir kniest, hättest du auch was abbekommen. Du musst es auf Armeslänge von dir weghalten.« Er machte eine Pause, bevor er weitersprach. »Außerdem hast du die Sicherheitskappe noch nicht abgeschraubt.« Bei diesen Worten demonstrierte er ihr die Bewegung mit den Händen. »So kannst du es nicht benutzen, und man könnte es dir aus der Hand schlagen und dich überwältigen. Ich würde so was nie tun, aber jemand, der gefährlicher ist als ich, vielleicht schon.«

Sie drehte den Deckel und sah Jax an. »So?« Dann hielt sie das Spray auf Armeslänge von sich weg und richtete es auf ihn.

»Jaaaaa«, murmelte er und fragte sich, ob er gleich eine Ladung abbekommen würde. Doch ihre Lippen zuckten, als würde sie sich ein Grinsen verkneifen, und er wagte es, ihr eine Frage zu stellen. »Gehört es Mrs Unger?«

Sie nickte. »Sie hat es in eine Schublade gelegt und vergessen, glaube ich.« Ihre Stimme klang heiser, als würde sie nur selten sprechen.

Jax hob sein Fahrrad vom Boden auf und setzte sich darauf. »Entschuldige die Störung. Ich wollte bloß nett sein. Wenn ich damit eine Regel gebrochen habe, dann wusste ich nichts davon.«

»Du weißt nicht besonders viel, oder?« Nervös schob sie sich eine Strähne ihres Haars, das ihr wie ein silberner Wasserfall über die Schultern fiel, hinter ein Ohr.

Jax schüttelte den Kopf. »Leider nicht.«

»Wieso hat *er* dir nicht alles erklärt?« Sie deutete mit dem Kopf auf Rileys Haus.

»Er meinte, ich soll dich in Ruhe lassen. Aber ich bin kein besonders guter Zuhörer.«

Endlich lächelte sie. »Du musst nicht gehen«, entschied sie. »Ich habe mich schon sehr lange nicht mehr mit jemandem unterhalten und bin aus der Übung.« Sie verschloss das Pfefferspray und verstaute es wieder in ihrer Gesäßtasche.

Das war Jax Einladung genug. Er stieg vom Fahrrad herunter, schnappte sich einen der rostigen Klappstühle, die der vorherige Besitzer vermutlich am Haus stehen gelassen hatte, und stellte ihn genau jenseits der Grundstücksgrenze auf Mrs Ungers Rasen. Danach baute er einen weiteren genau gegenüber auf Rileys Seite auf und setzte sich.

Das Mädchen zog seinen Stuhl etwas weiter weg und nahm dann auf der Stuhlkante Platz, als wollte es jeden Augenblick weglaufen. Sie erinnerte Jax an ein halb zahmes Reh.

»Wie lange ist es her?«, erkundigte er sich. »Dass du mit jemandem geredet hast, meine ich.«

»Sehr lange«, antwortete sie.

Jax wusste nicht, was er als Nächstes sagen sollte, und während er sich den Kopf nach einem neuen Gesprächsthema zermarterte, brach sie das Schweigen. »Für mich müssen es ungefähr fünf Jahre gewesen sein, in deiner Welt waren es deutlich mehr.«

»In meiner Welt?«

Sie hielt einen Finger hoch. »Ich habe einen Tag, während in der normalen Welt sieben verstreichen. Rechne es selbst aus.«

Meinte sie damit das, was er dachte? »Soll das heißen, du hast seit *fünfunddreißig Jahren* mit niemandem mehr gesprochen?«

Sie zupfte an ihrer Bluse. »Sieht man das nicht?«

Jetzt, da sie es erwähnte, fiel ihm auch ihre seltsame Kleidung auf. Ihre Jeans waren mit Strasssteinen und diversen Reißverschlüssen besetzt. Ihre Bluse hatte Fledermausärmel und diagonale Streifen.

»Diese Kleidung hat Mrs Ungers Töchtern gehört«, erklärte sie. »Ich trage sie schon, seitdem sie modern war.«

Jax starrte sie völlig verdutzt an. Dieses Mädchen schien dem Aussehen nach nur wenige Jahre älter zu sein als er, dabei lebte sie schon seit den Achtzigern im Haus der Ungers. Sie bedachte ihn mit einem traurigen Blick, während er sich das klar machte. In diesem Moment hätte Jax nur zu gern die Schaufenster irgendwelcher Geschäfte im Einkaufszentrum eingeschlagen und ihr geklaut, was immer sie haben wollte, nur um sie erneut zum Lächeln zu bringen. »Hast du denn keinen Zugriff auf etwas … Moderneres?«

Sie zuckte mit den Achseln. »Zeitschriften. Zeitungen. Bücher.«

»Bücher aus der Bibliothek.« Jax schnappte nach Luft. »Ich habe sie die ganze Zeit für dich ausgeliehen.«

»Vielen Dank dafür«, sagte sie.

Er konnte es nicht fassen. Mrs Ungers Geist war überaus real und überhaupt kein Geist. »Limo«, erinnerte er sich. »Ich hatte dir eine Limo versprochen. Wie wäre es, wenn ich schnell ein paar Dosen hole?«

Aus irgendeinem Grund biss sie sich wieder auf die Unterlippe. Es sah beinahe so aus, als wollte sie loslachen. »Okay.«

»Warte hier. Ich bin gleich wieder da.« Jax rannte ins Haus und hoffte darauf, dass sie noch Limo dahatten. Er riss die Kühlschranktür auf, entdeckte einen halben Sechserpack, riss zwei Dosen aus den Plastikringen, stopfte sich eine angefangene Chipstüte unter den Arm und eilte wieder hinaus.

Zwar hatte er befürchtet, sie könnte längst gegangen sein, doch sie saß noch immer auf der Stuhlkante und wirkte nervös und so, als könnte sie es selbst nicht fassen, dass sie noch da war. Er reichte ihr eine Limo und stellte die Chipstüte neben ihre Füße auf den Boden. »Es grenzt an ein Wunder, dass wir überhaupt noch Chips haben«, meinte er und setzte sich. »Riley isst manchmal gleich die ganze Tüte auf.«

Jax öffnete seine Limodose und als er aufblickte, sah ihn das Mädchen fragend an. »Ist das sein Name?«, fragte sie. »Riley?«

»Ja.« Wusste sie das denn nicht? »Riley Pendare.«

»Pendare«, wiederholte sie und zog einen Mundwinkel hoch. »So nennen sie sich also heute?«

»Wer?«

»Seine Familie.«

»Ich wüsste nicht, dass er eine Familie hat. Ich habe auch keine«, fügte Jax betrübt hinzu und trank einen Schluck Limo. »Was ist mit dir?«

Lange Zeit herrschte Schweigen, und Jax bemerkte, dass ihre Miene, die zuvor heiter gewirkt hatte, jetzt eisig aussah. Er ließ die Limodose sinken und fragte sich, ob er etwas Falsches gesagt hatte.

»Versuchst du jetzt, deine Inquisitorenfähigkeiten an mir auszuprobieren?«, fragte sie mit ausdrucksloser Stimme.

»Nein! Wirklich nicht! Jedenfalls nicht mit Absicht«, korrigierte er sich. Bei Giana hatte er das auch nicht tun wollen, es aber trotzdem getan. »Ich habe erst vor wenigen Tagen davon erfahren und kann eigentlich noch gar nicht damit umgehen. Woher weißt du davon?«

Sie legte den Kopf schief und beäugte ihn verwirrt. »Dein Zeichen hat es mir verraten.«

»Soll das etwa heißen, dass die Symbole eine Bedeutung haben?«

Sie stellte ihre Limodose auf den Boden und griff nach der Chipstüte. »Das ist die Definition eines Symbols. Es hat eine Bedeutung.«

Jax schlug sich mit einer Hand vor die Stirn. »Ich meinte eigentlich … Viele Leute lassen sich Bilder tätowieren, die ihnen gefallen. Und sie wissen oft gar nicht, was diese Bilder bedeuten, oder es ist ihnen egal.«

»Hättest du das bei deinem Zeichen getan, würde es nicht funktionieren.«

Er hatte sich nie wirklich gefragt, was die Symbole in seinem Familienwappen bedeuteten, sondern geglaubt, sie hätten einen rein dekorativen Zweck. Sein Blick wanderte zum linken Handgelenk des Mädchens, doch die Haut dort war blass und unmarkiert.

»Wir brauchen so etwas nicht«, beantwortete sie seine unausgesprochene Frage. »Ebenso wenig wie Ehrenklingen.«

Daraufhin rasten unzählige neue Fragen durch seinen Kopf, beispielsweise, wen sie mit *wir* meinte, doch zuerst wollte er etwas anderes wissen. »Verrätst du mir deinen Namen?«

Abermals zog sie die Augenbrauen hoch.

»Du kannst dir auch einen ausdenken, wenn dir das lieber ist«, schlug Jax vor. »Du hast selbst gesagt, dass sich Namen ändern können. Sag mir einfach, wie ich dich nennen soll. Ich kann ja nicht immer *Hey, du* sagen.« Als sie nichts erwiderte, fuhr er fort: »Okay, ist auch nicht weiter wichtig. Dann denke ich mir eben einen aus. Wie Mildred. Oder Lulu.«

»Evangeline«, sagte sie unverhofft.

Hatte sie sich den Namen ausgedacht? Er bezweifelte es. Ein erfundener Name wäre weniger außergewöhnlich gewesen, eher so wie Jessica oder Caitlyn. »Freut mich, dich kennenzulernen, Evangeline«, erwiderte er. »Ich bin Jax.«

»Das weiß ich. Ich habe deine Nachricht gelesen.« Wieder lächelte sie. »Und deinen Kobold gesehen.«

Meinen was?

Das Motorgeräusch eines Motorrads drang an ihre Ohren.

Sie hatte die Chipstüte fallen gelassen und war von ihrem

Stuhl aufgesprungen, bevor Jax auch nur ein Wort sagen konnte. Als er auch aufgestanden war, hatte sie sich längst verdünnisiert. Die Küchentür von Mrs Ungers Haus fiel zu.

»Verdammt, Riley.« Jax ließ sich wieder auf den Stuhl fallen.

Wenige Sekunden später fuhr Riley vor, hielt sein Motorrad an und schaltete den Motor aus. Jax trank seine Limo, während Riley abstieg und den Helm abnahm. »Was machst du da?«, erkundigte sich Riley.

»Limo trinken und Chips essen.«

»Mit wem?« Riley blickte vielsagend zu dem zweiten Stuhl und der zweiten Limodose. Dann sah er zum Unger-Haus hinüber. »Ist. Nicht. Wahr.«

Jax zuckte mit den Achseln und griff nach der Chipstüte. Es fiel ihm ungemein schwer, sich das Grinsen zu verkneifen. »Ich kann euch miteinander bekannt machen, wenn du willst«, prahlte er.

Riley schaute zwischen Jax und dem Unger-Haus hin und her und bekam den Mund gar nicht mehr zu. Dann richtete er den Blick auf Jax. »Nein.« Er warf den Helm in den zweiten Stuhl, der daraufhin umkippte. »Sie will mich nicht kennenlernen. Ich bin ihr Gefängniswärter.«

Jax verschluckte sich an seiner Limo, und Riley machte auf dem Absatz kehrt und ging ins Haus.

15

Jax folgte ihm, in einer Hand die Chipstüte, in der anderen die Limo. »Was genau meinst du damit?«

Riley riss die Schranktüren in der Küche auf und knallte sie wieder zu. »Wieso ist eigentlich nie was zu essen da?«, knurrte er.

»Wer ist sie?«, verlangte Jax zu erfahren.

»Ich hab dir doch gesagt, dass du sie in Ruhe lassen sollst.« Rileys Blick fiel auf die Chipstüte. »Her damit.« Er nahm Jax die Tüte ab und griff hinein.

»Ich habe sie nicht gestört. Als ich mit dem Fahrrad zurückkam, war sie gerade im Garten.« Tatsächlich hatte sie ihn sogar umgerannt, aber Jax hätte eher Kreide gefressen, als zuzugeben, dass sie ihn zu Boden geworfen hatte. »Du musst es mir verraten. Selbst sie war erstaunt, dass du mir überhaupt nichts erzählst.«

»Hat sie das gesagt?«

»Mehr oder weniger. Wer ist sie? Und warum ist sie hier?«

»Was hat sie noch gesagt?« Riley wirkte verletzt.

»Nicht viel. Du kamst zurück und hast uns unterbrochen.«

Riley beantwortete zuerst Jax' zweite Frage. »Sie versteckt sich hier.«

»Aber du hast gesagt, du wärst ihr Gefängniswärter. Hältst du sie hier am Grunstag fest oder in diesem Haus?«

»Sie kann dem Grunstag nicht entrinnen.« Rileys Stimme hörte sich belegt an. »Und was das Haus angeht, so soll ich dafür sorgen, dass sie dortbleibt, allerdings bezweifle ich, dass sie überhaupt wegwill.«

»Woher weißt du das?«

»Mein Vater hat mit den Leuten von der Sippe gesprochen, die sie hergebracht haben. Vor langer Zeit. Das hast du bestimmt auch rausgefunden, oder? Dass sie älter ist, als sie aussieht? Ich meine …« Riley ruderte zurück. »Sie ist kaum alt genug, um Auto zu fahren, aber sie wurde vor über einem Jahrhundert geboren.«

»Okay.« Jax versuchte, die Puzzleteile zusammenzusetzen. »Der Grunstag an sich ist schon ein Gefängnis, aber Evangeline ist auch in ihrem eigenen Haus gefangen?«

»Das ist ihr Name?«, fragte Riley leise. »Evangeline?«

»Wie könnt ihr nebeneinander wohnen und eure Namen nicht kennen?«

»Wir kannten unsere Nachnamen«, brummte Riley. »Das hat gereicht.«

»Und wie lautet ihrer?«

Riley hielt inne, und zuerst glaubte Jax schon, er würde nicht antworten. Doch dann sagte er: »Ihr Nachname ist Emrys.«

Merlin Emrys. »Im Ernst? Dann ist sie …«

»Eine direkte Nachfahrin von Merlin. Ganz genau. Sie ist sehr wichtig, und sehr viele Leute – Wechsler und Leute von der Sippe – würden sie nur zu gern in die Finger bekommen. Und sie haben nichts Gutes mit ihr vor.«

»Aber ich dachte, wir – also die Wechsler – wären die Guten. Du weißt schon ... Wir haben den Achter-Tag-Zauber gewirkt, um die Bösen einzusperren ...« Hatte Mr Crandall das nicht gesagt?

»Nein«, widersprach Riley energisch. »Du hast mir nicht richtig zugehört. Heutzutage nutzen die meisten Wechsler den zusätzlichen Tag für ihre egoistischen Ziele. Früher war es eine Ehre und Ritterlichkeit galt noch etwas. Aber die Welt hat sich verändert, Jax. Jetzt geht es nur noch um Macht und Gier.« Riley verschränkte die Arme vor der Brust. »Aber nicht für mich. Ich habe einen Job zu erledigen, und ich werde das genau so machen, wie mein Vater es getan hätte. Es ist meine Aufgabe, dafür zu sorgen, dass das Emrys-Mädchen verborgen und sicher bleibt – und du solltest dich da raushalten. Und jetzt hol deine Ehrenklinge. Ich bringe dich zu Melinda.«

Aber Jax rührte sich nicht. »Seit wann wohnst du schon in diesem Haus?«

Riley runzelte die Stirn. »Als ich herzog, war ich ungefähr in deinem Alter, vielleicht etwas älter. Wieso?«

»Mit wem hast du zusammengelebt?«

»Mit niemandem.«

»Ein Dreizehnjähriger kann nicht ganz allein in einem Haus wohnen.«

»Jetzt komm schon, Inquisitor. Finde es selbst heraus. Was glaubst du denn, was mit jedem Lehrer und Nachbar passiert ist, der wissen wollte, wo meine Eltern sind?«

Jax biss die Zähne zusammen und ihm fiel wieder ein, wie ihn Riley dazu gezwungen hatte, sich tätowieren zu lassen, schlafen zu gehen, sich hinzusetzen und den Mund zu halten. »Dasselbe, was mit jedem passiert, der dein Recht darauf, mein Vormund zu sein, infrage stellt?«

»Ganz genau.«

»Hast du dafür gesorgt, dass Naomis Mann gefeuert wird?«

Riley zuckte zusammen. »Nein! Für was für einen Menschen hältst du mich denn?«

»Aber du hast ihr befohlen, sich nicht länger dafür zu interessieren, was aus mir wird.«

»Das habe ich nicht.« Riley sah zu Boden. »Ich habe ihr nur gesagt, dass sie mich dich mitnehmen lassen muss. Außerdem habe ich sie dazu gebracht, mich älter in Erinnerung zu behalten, und ich habe der Sachbearbeiterin eingeredet, dass du glücklich bist und dich gut einlebst. Und ich habe einen Gerichtsangestellten dazu veranlasst, die Anhörung abzusagen.« Erneut sah er Jax an. »Falls dich das trösten sollte, kann ich dir versichern, dass Naomi ein echt harter Brocken war. Ich musste sie immer wieder anrufen und meine Befehle erneuern.« Als Jax ihn entsetzt anstarrte, sah Riley richtiggehend beschämt aus. »Ich bringe es wieder in Ordnung. Wenn die Zeit gekommen ist und du zu ihnen zurückkehren kannst, dann mache ich alles wieder gut, das verspreche ich.«

Ja, indem du Leute zwingst, Dinge zu tun, die sie nicht tun wollen, und Sachen zu denken, die sie nicht denken möchten. »Was ist mit deiner Familie?« Jax versuchte, das Inquisitionstalent einzusetzen, das er ja angeblich hatte.

»Deine Anfängermagie zieht bei mir nicht, Kleiner.«

»Wieso nicht? Bei A.J. hat es doch auch geklappt.«

»Weil ich damit gerechnet habe.« Riley holte tief Luft. »Aber ich werde dir die Frage beantworten, wenn du der Meinung bist, dass du das verkraften kannst. Sie wurden ermordet. Meine Eltern, meine Schwester, meine Tanten, Onkel, Cousinen und Cousins. Einfach alle.«

Jax drehte sich der Magen um. »So wie mein Dad?«

»Ja, sie wurden ermordet, genau wie dein Dad.«

Lange Zeit herrschte Schweigen in der Küche. Riley stand da, ganz blass, aber so emotionslos wie ein Holzscheit. Jax wollte sich seine Schwäche nicht anmerken lassen, aber er musste sich an der Arbeitsplatte festhalten, um aufrecht stehen zu bleiben. »Von denselben Leuten?«, wollte er nach einer Weile wissen. »Wer war das? Und warum?«

»Es waren nicht dieselben Leute. Außerdem ist es für dich sicherer, je weniger du weißt. Willst du wissen, wer die Guten sind? Ich bin einer davon. Du solltest vorerst davon ausgehen, dass alle Wechsler und Sippenangehörige gefährlich sind, solange ich dir nichts anderes sage.« Riley räusperte sich. »Und jetzt hol deine Klinge, damit du etwas lernen kannst.« Dann tat er etwas, was er noch nie zuvor gemacht hatte: Er legte Jax eine Hand auf die Schulter und drückte sie brüderlich.

Jax wandte sich ab und rannte nach oben, wo er die Chips und die Limonade in die Toilette erbrach.

Es dauerte volle zehn Minuten, bis er wieder aufstehen konnte. Eigentlich wollte er Melinda gar nicht kennenlernen. Viel lieber hätte er sich vor dem Grunstag und den blutrünstigen Leuten, die darin lebten, in seinem Zimmer versteckt. Aber er hatte das Gefühl, dass er diese Lektion nicht ausfallen lassen durfte, und je eher er lernte, was sie ihm beibringen wollten, desto schneller konnte er von hier verschwinden.

Als er mit dem Dolch seines Vaters in der Hand nach unten

ging, drückte ihm Riley kommentarlos einen Ersatzhelm in die Hand und erwähnte die lange Verzögerung mit keiner Silbe.

Die Fahrt in die Stadtmitte dauerte nicht lange. Riley parkte vor einem Doppelhaus und führte Jax die Stufen hinauf zur linken Tür. Die Veranda war mit Spielzeug übersät – Dreirädern, Kipplastern und einem kleinen Ofen mit Plastiklebensmitteln. Eine Frau öffnete die Fliegengittertür, als sie näher kamen.

»Hey, Melinda.« Riley deutete auf Jax, der vor ihm ging. »Das ist Jax.«

»Schön, dich kennenzulernen.« Sie war groß, ungefähr Anfang dreißig und hatte braune Haut und fröhliche hellbraune Augen. Als sie die linke Hand hob, als wollte sie ihm zuwinken, begriff Jax, dass sie ihm ihr Wappen zeigte. »Mein Name ist Melinda Farrow, aber so heiße ich erst seit meiner Hochzeit. Von Geburt und Talent bin ich eine Llewelyn. Kommt rein.«

Sie führte sie durch ein Wohnzimmer, in dem noch mehr Spielzeug herumlag, in die Küche. Die Vorhänge waren aufgezogen und ließen das rosafarbene Sonnenlicht herein, und die Hängelampe über dem Küchentisch spendete ein seltsames Licht. Jax begriff, dass es keinen Strom gab und von der Glühbirne nur das Nachbild des um Mitternacht abgegebenen Lichts ausging.

»Das Mittagessen ist schon fertig.« Melinda zeigte auf eine Platte mit Aufschnitt und Käse. »Ich dachte mir, dass ihr bestimmt Hunger habt. Haut rein. Ich habe nicht vor, irgendwas davon wieder im Kühlschrank zu verstauen.«

Riley zögerte keine Sekunde. Er schnappte sich einen Pappteller und machte sich ein Sandwich. »Nicht dass ich mich beschweren will, aber du weißt schon, dass du dir auch einen Generator besorgen kannst.«

Melinda schüttelte den Kopf. »Dazu müsste ich den Stromkasten draußen austauschen, und das könnte ich Scott nie im Leben erklären. Es fällt mir schon schwer genug, das Funkgerät zu verstecken.« Sie wandte sich an Jax. »Mein Mann weiß nichts von alldem.«

»Deine Kinder werden älter«, murmelte Riley. »Irgendwann wirst du es ihm sagen müssen.«

»Das haben wir doch schon besprochen, und außerdem geht dich das gar nichts an«, entgegnete Melinda im selben Ton und drehte sich zu Jax um. »Wo wir gerade von Funkgeräten sprechen: Du hast mir letzte Woche einen Riesenschreck eingejagt.«

»Melinda ist eine Sensitive«, erklärte Riley. »Meine erste Verteidigungsfront. Kommt uns jemand mit einem Talent näher als acht Kilometer, spürt sie es. Letzte Woche bist du am Grunstagmorgen mit deinem Fahrrad aus der Stadt hinausgefahren, richtig?«

»Ja, ich bin über den Highway geradelt.«

»Als du wieder in die Stadt gekommen bist, hat Melinda es gespürt. Sie wusste nicht, wer du bist, und hat Alarm geschlagen. Ich war gerade auf der Suche nach Eindringlingen, als wir uns zu Hause über den Weg gelaufen sind.«

»Ich stelle es mir als Netz vor, das über der Stadt liegt«, erläuterte Melinda. »Wenn ein Talent reinkommt, merke ich es.« Sie sah Riley an. »Aber ich habe nicht gespürt, wie er die Stadt verlassen hat. Das tut mir wirklich leid. Diesen Fehler konnte ich bisher noch nicht beheben. Ich wünschte, ich wäre stärker und könnte dir besser helfen …«

Riley schüttelte den Kopf. »Hör auf damit, Melinda. Du leistest gute Arbeit.«

Derweil runzelte Jax die Stirn, als er sich daran erinnerte, wie er Riley letzte Woche in der Tür begegnet war. »Dann warst du die ganze Zeit zu Hause?«

»Ich lag im Bett und hab tief und fest geschlafen. Hast du nicht nachgesehen?«

Nein, das hatte er nicht. In der Vorwoche war Riley auch nicht zu Hause gewesen. Zu diesem Zeitpunkt war Jax felsenfest davon ausgegangen, an diesem Tag zwischen Mittwoch und Donnerstag ganz allein zu sein.

Inzwischen hatte sich Riley drei Sandwiches gemacht und auf seinem Teller gestapelt. Nun legte er einen zweiten Pappteller obendrauf und hob das ganze Gebilde an. »Die esse ich unterwegs.«

Melinda seufzte. »Auf deinem Motorrad? Lass mich dir wenigstens eine Tüte geben.«

Riley wandte sich an Jax. »Melinda wird sich gut um dich kümmern. Ich habe den letzten Teil meiner Ausbildung ebenfalls bei ihr gemacht.«

Weil du deine Eltern verloren hast, als du ungefähr so alt warst wie ich.

Auf einmal dämmerte Jax, dass er mehr mit Riley gemeinsam hatte, als ihm bisher klar gewesen war. Und wenn Riley allein lebte, seitdem er zur Waise geworden war, erklärte das auch, warum er sich nie die Mühe machte, für Jax zu kochen, seine Wäsche zu waschen oder sich überhaupt um ihn zu kümmern. Riley lebte schon viel zu lange ohne jemanden, der all das für ihn tat. Jax sah seinen Vormund jetzt mit anderen Augen.

»Alles okay?«, erkundigte sich Riley und musterte ihn ebenso kritisch.

Jax schaute sich in der gemütlichen Küche um und betrachtete die Aufschnittplatte – die nach Rileys Überfall immer noch gut gefüllt war – und Melinda. Sie war die am wenigsten unheimliche Person, der Jax in der letzten Zeit begegnet war - Evangeline und ihr Pfefferspray eingeschlossen. »Ja. Alles okay.«

Als Jax satt war, räumte Melinda den Tisch ab. »Zeigst du mir dein Tattoo?«, bat sie, als wäre es eine Ehre, und er streckte die Hand aus.

Sie umfasste sie mit ihren Händen. »Dein Zeichen befindet sich an deinem linken Handgelenk direkt über dem Pulspunkt, der mit deinem Herzen verbunden ist.« Sie fuhr mit dem Zeigefinger leicht an der Innenseite seines Arms entlang. »Es gibt an, was du bist, und verstärkt dein magisches Potenzial. Diese Tradition ist so alt, dass wir ihren Ursprung vergessen haben.«

»Älter als der Grunstag?«, fragte Jax.

»Viel älter. Und Grunstag ist nur ein alberner Name, den Arnie Crandall für etwas, das wir respektieren sollten, erfunden hat. Es ist gefährlich, sich über den achten Tag lustig zu machen, denn es ermutigt einen zu einem schlampigen Umgang mit mächtiger Magie.«

Jax zog erstaunt die Augenbrauen hoch.

»Du bist ein Inquisitor. Riley sagte, dass du das bereits herausgefunden hast. Ist dir bewusst, was passiert ist?«

Er zuckte zusammen. Bei dem Begriff Inquisitor musste er an Menschen denken, die auf einer Streckbank gefoltert wurden.

»Ich habe Fragen gestellt, und sie wurden mir beantwortet. Aber ich weiß nicht, warum oder wie ich das geschafft habe.«

Melinda ließ seinen Arm los. »Sobald du den Wechsel zum achten Tag erstmals vollzogen hattest, ist dein magisches Potenzial aktiviert worden.«

»Riley sagte, ich hätte es von meinem Dad geerbt.«

»Du hast die Fähigkeit, in die andere Zeitlinie zu wechseln, und die Art deines Talents von deinem Vater geerbt. Aber wäre der Wechsel nie eingetreten, hätte sich das dazugehörige magische Potenzial nie gezeigt. Du wärst ein Normaler gewesen, genau wie deine Mutter eine Normale war. Selbst bei Kindern zweier Wechsler kommt es gelegentlich vor, dass sie den Wechsel nicht machen und kein Talent entwickeln.«

Jax nickte zaghaft. »Kein achter Tag, kein Talent.«

»Das ist eine Nebenwirkung des Achter-Tag-Zaubers, den unsere Vorfahren gewirkt haben und der ihnen die Fähigkeit verlieh, zwischen den Zeitlinien zu wechseln. Unsere Magie ist gewissermaßen an diesen Tag gebunden.«

»Wieso müssen wir diesen Wechsel überhaupt machen?«

»Um die Angehörigen der Sippe zu überwachen, die dort gefangen sind. Darf ich deine Ehrenklinge sehen?«

Jax verzog das Gesicht, als Evangeline abermals als Gefangene bezeichnet wurde, holte jedoch ohne Widerspruch die verzierte Holzkiste hervor.

»Darf ich?« Er reichte ihr den Dolch, und sie fuhr mit den Fingern über die Klinge und den gravierten Griff. »Das ist keine sehr alte Klinge«, stellte sie fest. »Und sie wurde noch nicht oft benutzt.«

»Ist das jetzt was Schlechtes?«

»Es ist einfacher, als mit einer neuen anzufangen, weil dein Vater sie vor dir verwendet hat.« Erneut griff sie nach Jax' Arm und drehte seine Hand so, dass sie sein Handgelenk sehen konnte. »Dein Zeichen ziert ein Weißkopfadler, aber auf der Klinge deines Vaters ist ein Falke.«

Jax beugte sich vor, um sich den Vogel auf dem Griff genauer anzusehen. »Vermutlich gefallen A.J. Weißkopfadler besser. Ist das wichtig?«

Melinda schüttelte den Kopf und schnalzte mit der Zunge. »Wir haben ihm schon öfter gesagt, dass er bei etwas derart Wichtigem nicht zu kreativ werden darf. Aber es sind beides Raubvögel, und dein Talent scheint nicht beeinflusst worden zu sein. Hast du auch eine Scheide für den Dolch?« Als Jax den Kopf schüttelte, gab Melinda ihm die Waffe zurück. »Besorg dir eine. Du kannst ihn nicht in einer Kiste im Regal aufbewahren und erwarten, dass er dir hilft. Dazu musst du ihn schon tragen.«

Genau dort hatte sein Vater ihn jedoch aufbewahrt – in einer Kiste im Regal. Das sagte Jax ihr allerdings nicht, damit sie nicht noch glaubte, sein Dad hätte keine Ahnung gehabt, was er da tat. »Ich kann doch nicht damit zur Schule gehen«, merkte er stattdessen an. »Dann wirft man mich raus!«

»Nicht zur Schule, aber überall sonst – und immer am achten Tag. Vor sehr langer Zeit wurden die Ehrenklingen genutzt, um blutende Wunden zu verursachen und damit die eigene Magie zu stärken, aber damit geht ein dunkles Element einher, darum machen es die ehrenwerten Menschen heute nicht mehr. Die Klinge hat inzwischen fast nur noch symbolische Bedeutung.«

»Puh, jetzt bin ich aber erleichtert!«, gab Jax zu.

»Wenn du die Klinge in der Hand hältst, während du deine Magie wirkst, wird die Wirkung gesteigert, weil die Symbole deiner Blutlinie darauf zu sehen sind. Es ist nicht unbedingt erforderlich, die Klinge festzuhalten, wenn du Magie wirkst, aber damit dein Talent präzise und effektiv eingesetzt werden kann, ist die Ehrenklinge sehr hilfreich. Etwas anderes, das die Magie stärkt, sind starke Emotionen. Du hast doch bestimmt schon Geschichten von verängstigten Müttern gehört, die ein Auto von einem Kind heben?«

»Adrenalin«, sagte Jax.

»Magie«, korrigierte Melinda ihn. »Adrenalin lässt dein Herz rasen. Magie hebt das Auto an. Zorn ist ebenfalls sehr mächtig. Früher einmal nahmen Krieger eine Droge zu sich, die sie in unkontrollierbare Wut versetzte, und in diesem Berserkerzustand wurden sie von ihrer Magie geschützt. Auch Treue seinem Lehnsherrn gegenüber kann sich als sehr mächtig erweisen.«

»Wer ist denn berechtigt, Lehnsherr zu sein?«

»Rein theoretisch kannst du jedem die Treue schwören, dem du zu folgen bereit bist, aber in der Praxis sind es meist Menschen mit sehr mächtigen Talenten.« Melinda lächelte kläglich. »Niemand würde einer Sensitiven folgen. Aber als Inquisitor kannst du dir eines Tages vielleicht einen eigenen Clan aufbauen.«

Das hörte sich nicht besonders verlockend an, denn Jax wollte nicht das Sagen über einen Haufen Leute haben. »Warum hast du dich Riley verschworen?«, sprudelte es aus ihm heraus. »Oder ist es unhöflich, dich das zu fragen?«

»Ganz und gar nicht. Meine Mutter war Rileys Vater treu ergeben, genau wie ich. Nach seinem Tod habe ich keinen Moment gezögert und seinem Sohn denselben Eid geleistet. Das war direkt an Rileys Krankenbett.«

»Wie meinst du das? Wieso lag Riley im Krankenhaus?«

Melinda zögerte. »Er wurde bei der Explosion schwer verletzt«, antwortete sie schließlich. »Bei der seine Familie umgekommen ist. Hat er dir das denn nicht erzählt?«

Jax schüttelte den Kopf und bekam einen ganz trockenen Mund. Riley hatte nicht erwähnt, dass er die Ermordung seiner Familie mitangesehen hatte – oder dass er dabei fast selbst umgekommen wäre.

»Es geschah bei der Verlobungsparty seiner Schwester.« Melindas Gesicht war ernst. »Er hat seine gesamte Familie und fast alle Vasallen seiner Familie verloren.«

Eine Verlobungsparty. Das war … extrem krank.

Als sie Jax' Miene bemerkte, stand Melinda von ihrem Stuhl auf und wechselte das Thema. »Komm mit ins Wohnzimmer, dann prüfen wir dein Talent.«

Jax folgte ihr und setzte sich aufs Sofa. Melinda zündete Kerzen an, damit es im Raum etwas heller wurde, was Jax überhaupt nicht gefiel. Dadurch wirkte das Ganze noch viel mehr wie Hexenwerk. »Dein Talent einzusetzen ist eine Frage der Intention«, erklärte Melinda. »Du musst lernen, wie du es ein- und ausschalten kannst – andernfalls antwortet man dir immer, sobald du eine Frage stellst.«

»So wie ich Riley nicht immer gehorchen muss, wenn er mir etwas aufträgt«, erkannte Jax. »Nur manchmal.«

»Rileys Talent wird Befehlsstimme genannt. Mit etwas Übung wirst du erkennen können, wann er es einsetzt – selbst, wenn er es gegen jemand anderen richtet. Bei jemandem wie dir, der den

Wechsel gerade erst hinter sich hat, kommt es häufiger vor, dass dein Talent nicht wirkt, als dass du es versehentlich benutzt. Allerdings meinte Riley, du wärst eine Ausnahme, was mich vermuten lässt, dass du sehr stark bist.« Melinda setzte sich neben ihn auf die Couch. »Da außer uns niemand hier ist, musst du mir eine Frage stellen, und ich werde herausfinden, wie schwer es ist, dagegen anzukämpfen.« Sie schenkte ihm ein schiefes Grinsen. »Also frag mich was Persönliches.«

Aber was? Jax' Wangen brannten vor Scham. Um ihr nicht in die Augen sehen zu müssen, sah er seinen Dolch an und fuhr mit dem Daumen über die Symbole, die das Wappen bildeten: den Falken und die Flammen, das Auge in der Mitte einer Schriftrolle. Er könnte sie fragen, warum sie ihrem Mann nichts von ihrer Magie und dem achten Tag erzählt hatte. Aber das interessierte ihn eigentlich gar nicht. Stattdessen setzte er im Geist nach und nach ein Bild zusammen und hielt Ausschau nach den noch fehlenden Teilen.

Die Pendare-Familie war bei einem Massaker ermordet worden, nur Riley hatte als Einziger überlebt. Die letzten verbliebenen Vasallen seines Vaters hatten Riley die Treue geschworen, obwohl er noch ein Kind gewesen war, und Jax' Vater hatte sich Hilfe suchend an ihn gewandt. Riley verbarg sein Familienwappen absichtlich unter anderen Tattoos. Es machte nicht den Anschein, als wäre er intelligent genug, um sich zu merken, an welchem Tag die Gasrechnung bezahlt werden musste, doch dann zitierte er auf einmal Einsteins Relativitätstheorie und benutzte Worte wie Ritterlichkeit. Als Jax Evangeline Rileys Namen genannt hatte, war es ihm so vorgekommen, als müsste sie lächeln, weil sie sich darüber amüsierte.

So nennen sie sich also heute?

»Wie heißt Rileys Familie wirklich?«, fragte Jax.

Melinda zuckte zusammen. Sie schlug sich eine Hand vor den Mund, als wollte sie verhindern, dass ihr die Antwort über die Lippen kam, und riss die Augen auf.

Jax nahm das jedoch kaum zur Kenntnis. Er stand auf, ohne es bewusst zu merken, als würde er auf die Beine gezerrt, und durchquerte den Raum, um zu einem eingebauten Bücherregal neben dem Kamin zu gehen. Seine Hände griffen nach einem Band einer alten Encyclopedia Britannica und zogen ihn aus dem Regal, ohne dass er sich bewusst dazu entschieden hätte. Ihm brummte der Kopf, und seine Finger führten ihn zu der Seite, die er aufschlagen wollte, als wüsste er ganz genau, wo er suchen musste.

Er war nicht so erstaunt, wie er erwartet hätte. Irgendwie schien er es in einem Teil seines Gehirns längst gewusst zu haben. All dieses Gerede über die Herrin vom See und Merlin – und es gab nur eine Person, die bislang nie erwähnt worden war. Diese Auslassung war schon mehr als auffällig, jetzt wo er darüber nachdachte – als hätten alle mit Absicht vermieden, den Namen auszusprechen.

Jax blickte auf den Eintrag von König Artus Pendragon hinab.

»Ist nicht wahr.«

Melinda bestätigte es. *Riley* – derselbe Riley, der das Waschbecken im Badezimmer immer mit Zahnpasta vollschmierte – stammte von König Artus ab.

»Es ist über hundert Generationen her.« Melinda nahm Jax die Enzyklopädie ab und betrachtete die Abbildung, auf der Artus von einer wunderschönen Frau ein Schwert übergeben wurde. »Aber die Pendragon-Blutlinie ist gut dokumentiert. Ebenso wie die der Dulacs. Das kommt von *du lac,* Jax, was auf Französisch ›vom See‹ heißt.«

»Also bezieht sich das auf Nimue?«

»Die Dulac-Familie ist sehr mächtig und sehr gefährlich. Wir gehen fest davon aus, dass sie die Pendragons ermordet haben.« Melinda klappte das Buch zu und stellte es zurück ins Inventar. »Ich habe noch nie erlebt, dass ein Inquisitor seine Antwort aus einem Buch erhalten hat.«

»Wieso sollten die Dulacs die Pendragons umbringen? Waren sie nicht Verbündete? König Artus und die Herrin vom See, meine ich?«

»Ja, vor eintausendfünfhundert Jahren waren sie das. Aber die heutigen Dulacs sind kaum mehr als Gangsterbosse. Die Anführerin ihres Clans hat ihre Finger in so gut wie allem vom Immobilienhandel bis hin zu Regierungsverträgen, und ich möchte gar nicht wissen, wie viele Politiker sie mit ihrer Magie schon beeinflusst hat. Rileys Vater hat bei jeder sich bietenden Gelegenheit versucht, sie daran zu hindern. Er war stets dagegen, dass Wechsler ihre Talente einsetzen, um Normale zu beeinflussen und sich so finanzielle Vorteile zu verschaffen, und der Name Pendragon hatte in der Tafelrunde sehr viel Gewicht.«

»In der Tafelrunde?«, wiederholte Jax. »Meinst du etwa …?«

Ein leises Lächeln umspielte Melindas Lippen. »Ja, es gibt noch immer so etwas wie eine Tafelrunde – einen Rat der höchsten Wechslerfürsten. Ich weiß nicht, ob die Tafel tatsächlich rund ist, und wahrscheinlich steht sie eher in irgendeinem Besprechungsraum eines Unternehmens.«

»Diese Wechslerfürsten …« Jax spürte noch immer dieses magische Summen im Kopf, während sich das Bild weiter zusammensetzte. »Sind das dieselben walisischen Fürsten, die laut Mr Crandall den Achter-Tag-Zauber gewirkt haben? Okay, natürlich nicht dieselben, aber ihre Nachfahren?«

»Das ist korrekt, Jax. Und du kennst diese ›walisischen Fürsten‹ vermutlich eher als Ritter der Tafelrunde.«

Jax schlug sich mit einer Hand vor die Stirn. Wie hatte ihm das entgehen können?

»Riley könnte einen Platz an dieser Tafelrunde beanspruchen, wenn es sicher genug wäre, dass er sein Versteck verlassen kann. Die Crandalls und ich gehen jedoch nicht davon aus. Da Rileys Vater im Laufe der letzten Jahre nicht an ihre Ehre appellieren konnte, sind zu viele Wechsler inzwischen von Ursula Dulac gekauft worden.« Melinda umfasste Jax' Arm. »Niemand darf erfahren, dass ein Pendragon überlebt hat. Ursula würde ihn sofort umbringen lassen.«

»Ich werde es niemandem verraten«, versicherte Jax ihr. *Wer würde mir das auch glauben?* »Vielleicht hätte er seinen Namen noch mehr abändern sollen.«

»Das haben wir ihm auch geraten, aber er war dreizehn und trauerte … Und er ist sehr stur.«

Jax stöhnte auf. »Ich habe es nicht mal geschafft, für den Geschichtsunterricht Washingtons Generäle auswendig zu lernen, und jetzt soll ich mir all diese Clans merken?«

»Brauchst du einen Spickzettel?« Melinda hob eine Kinderzeichnung vom Boden auf und legte die leere Seite nach oben. Dann malte sie mit einem Buntstift eine Linie in die Mitte und beschriftete die beiden Spalten mit *Wechsler* und *Sippe*. »Am Achter-Tag-Zauber waren sehr viele Personen beteiligt, aber drei übernahmen die wichtigsten Rollen bei der Zeremonie: Nimue vom See, die den Zauber erdachte und alle zusammenbrachte, Artus Pendragon mit seiner Befehlsstimme und Merlin Emrys, der Zauberwirker.« Sie schrieb die ersten beiden Namen unter *Wechsler* und den letzten unter *Sippe*, um dann Sterne neben die Namen zu malen. »Riley stammt von Artus ab und die Dulac-Familie von Nimue.« Sie malte Pfeile von den alten Namen zu den modernen Nachfahren.

»Okay.« So weit konnte Jax ihr folgen.

»Artus' Ritter waren ebenso anwesend wie einige der bekanntesten Anführer der damaligen Zeit. Ihre Teilnahme stärkte den Zauber und machte all ihre Nachfahren zu Wechslern mit der Fähigkeit, zwischen den Zeitlinien zu wandeln. Deidre hast du schon kennengelernt, nicht wahr? Sie stammt von Morgan LeFay ab. Miller ist ein Nachfahre von Sir Owain.«

»Miller kenne ich noch nicht.«

»Ich weiß.« Weiter ging Melinda nicht darauf ein.

Jax war versucht, erneut sein Talent einzusetzen, aber er wollte noch so viel mehr wissen, was wichtiger war als dieser geheimnisvolle Miller. »Was ist mit dir – und mir? Von wem stamme ich ab?« Er hoffte sehr, dass es einer der Ritter war.

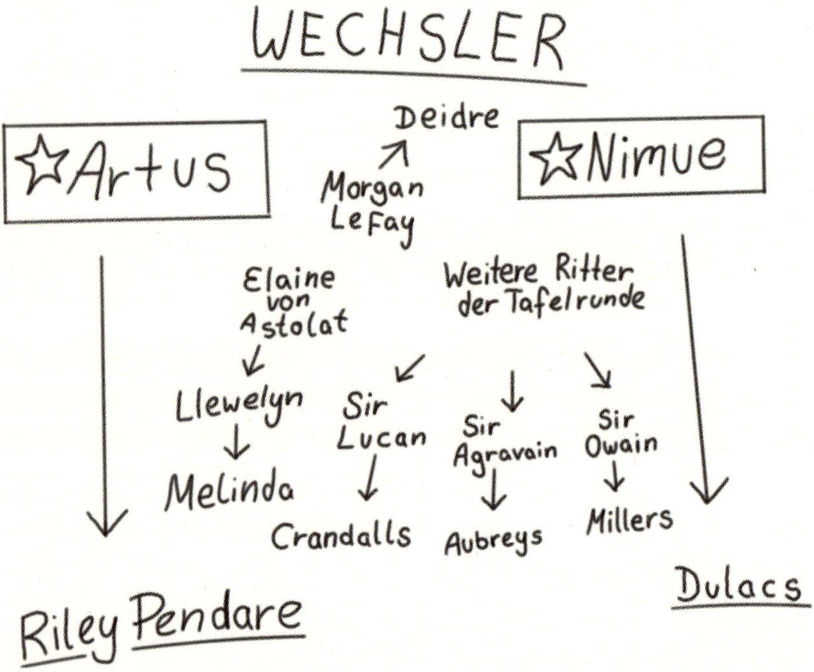

»Das ist nicht ganz so einfach«, gab Melinda zu. »Nach der langen Zeit sind viele Stammbäume nicht mehr so gut nachvollziehbar. Es gab Ehen, die zwischen den Clans geschlossen wurden, und Talente haben sich unter den richtigen Umständen weiterentwickelt oder verändert. Aber eine Adlige namens Elaine von Astolat war ebenfalls anwesend und eine Sensitive, daher ist es sehr wahrscheinlich, dass meine Familie auf sie zurückgeht.« Melinda malte eine Linie, die an den Ast eines Baums erinnerte, von Elaine zu ihrem Familiennamen Llewelyn. »Die Crandalls stammen vermutlich von Sir Lucan ab, der Künstler war. Und du, Jax, bist wahrscheinlich ein Nachfahre von Sir Agravain, einem Inquisitor.«

Agravain. Das hörte sich cool an. »Und was ist mit der Sippe? Gab es da nur Merlin?«

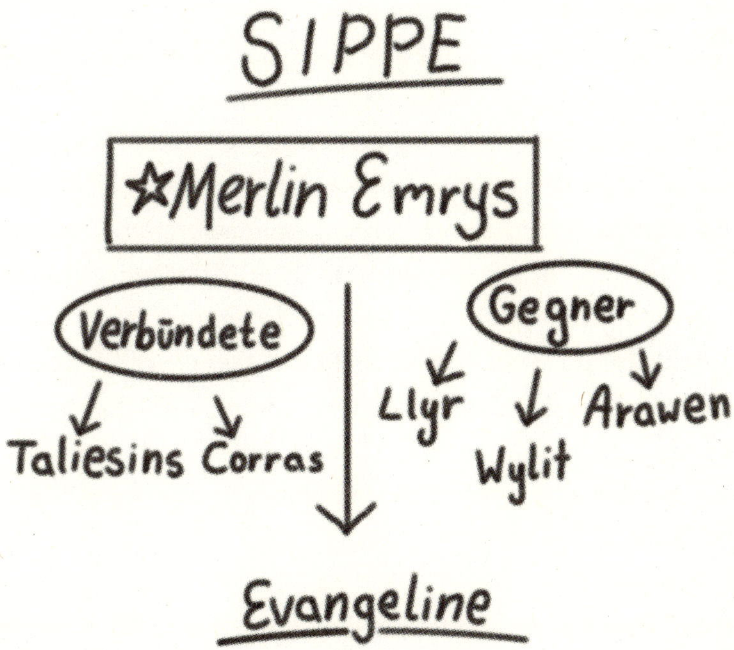

»Nein. Die Sippe stellen ein ganz eigenes Volk dar – sie haben hellere Haut und helleres Haar und blauere Augen, als du sie jemals gesehen hast. Merlin war der einzige Angehörige der Sippe, der am Wirken des Zaubers beteiligt war, aber es gab andere Sippenfamilien, die wir als Verbündete ansahen. Dazu gehören vor allem die Taliesins und die Corras. Ich weiß nicht, ob die Corras-Familie überhaupt noch existiert, aber Taliesins gibt es noch, und sie unterstützen uns hin und wieder.« Melinda fügte diese Namen hinzu. »Aber unsere Hauptgegner waren die mächtigen Sippenclans mit ihren Vasallen und angeschlossenen Familien.« Unter *Gegner* listete sie auf: *Llyr, Wylit, Arawen.*

»Existieren sie noch?«, fragte Jax.

»Ihre Nachfahren leben noch, aber die Schlimmsten von ihnen sitzen im Gefängnis, und das sogar am achten Tag.«

»Die Nachfahren dieser bösen Leute«, wiederholte Jax, nur um ganz sicherzugehen, dass er alles richtig verstand. Diese Mitglieder der Sippe waren am achten Tag eingesperrt und saßen darin hinter Gittern – wegen etwas, das ihre Vorfahren getan hatten. Das gefiel ihm überhaupt nicht, und da fiel ihm auch ein, was in der Aufzählung noch fehlte. Er nahm sich den Stift und malte einen Pfeil von Merlin Emrys nach unten, um dort *Evangeline* hinzuschreiben.

»Ist das ihr Vorname?« Melinda seufzte. »Den wollte ich nun wirklich nicht wissen.«

»Wieso nicht?«

»Weil es dann zu etwas Persönlichem wird. Ich kann es mir nicht leisten, sie zu bedauern. Sie ist gefährlich.«

»Warum ist sie gefährlich?«

»Als Mitglied der Emrys-Familie kann sie den Achter-Tag-Zauber verändern, und wenn sie den falschen Sippenangehörigen in die Hände fällt, können die sie dazu zwingen. Die Wechsler wollen um jeden Preis verhindern, dass der achte Tag gebrochen wird und die Sippe freikommt, aber es gibt einige, darunter auch die Dulacs, die nur zu gern einen Emrys-Erben unter ihrer Kontrolle hätten. Ihre Zeitlinie verläuft anders als die unsrige, daher ist sie vermutlich nur zehn Generationen von Merlin entfernt. Ihr Blut könnte zum Wirken mächtiger Magie benutzt werden.«

Jax schluckte schwer. »Du hast doch gesagt, dass man heutzutage kein Blut mehr für Zauber nimmt.«

»Ich sagte, dass ehrenhafte Leute so etwas nicht tun. Verstehst du, was ich damit meine?«

Jax nickte benommen. Ihm war vor allem klar, dass er sein Training so schnell wie möglich abschließen musste, damit er am Ende des Schuljahrs zu Naomi zurückkehren konnte. Der achte Tag war voller schrecklicher Leute, die ganze Familien bei Verlobungsfeiern in die Luft sprengten, Magie mithilfe von Blut wirkten und ein Mädchen im Teenageralter einsperrten, weil ihr Urururururururururgroßvater ein legendärer Zauberer gewesen war.

Am Freitagvormittag entdeckte Jax eine interessante E-Mail in seinem Posteingang.

Hi Jaxattax! Mein Name ist Lexi. Terrance sagte, du wärst neu und würdest gern andere kennenlernen. Ich kenne weitere Kinder wie uns, und wir haben eine Gruppe, die sich manchmal trifft. Wenn du nicht zu weit weg wohnst, könntest du ja vielleicht mal vorbeikommen. Wo wohnst du denn? Schreib mir!
Lexi

Lexis Profilbild war so clever angeschnitten, dass man ein hübsches Mädchen erahnen konnte: Man sah ein braunes Auge, eine perfekte Nase und die Andeutung eines Lächelns. Der Rest ihres Gesichts war abgeschnitten, als wollte man den Betrachter neugierig machen. Wollte Jax denn nicht gern ein hübsches Mädchen kennenlernen, das mehr über den Grunstag wusste und vielleicht sogar noch in der Nähe wohnte?

Auf gar keinen Fall!

»Scheiße!« Jax löschte die E-Mail mit einer schnellen Bewegung der Maus und des Zeigefingers.

»Gibt's ein Problem?« Riley tauchte in der Küchentür auf und trank den letzten Rest Milch aus der Packung.

»Nein«, antwortete Jax und schloss das Mailprogramm. »Ich hab nur vergessen, was zu speichern.« Riley verließ wortlos das Zimmer, während Jax lautlos in Panik geriet.

Lexi wollte wissen, wo er wohnte. Terrance hatte dasselbe gefragt. Mit rasendem Herzen löschte Jax das »Zwischen Mittwoch und Donnerstag«-Forum aus seinem Browserverlauf. Er hatte ihnen geschrieben, in welchem Bundesstaat er lebte, aber ansonsten nichts Verfängliches verraten. Oder? Pennsylvania war ziemlich groß.

Du solltest vorerst davon ausgehen, dass alle Wechsler und Sippenangehörige gefährlich sind, solange ich dir nichts anderes sage. Aber Riley hatte ihn erst derart gewarnt, nachdem Jax bereits Kontakt zum Forum aufgenommen hatte. Er hatte es nicht besser gewusst. Es war nicht seine Schuld. Außerdem wussten sie nicht, wer er war.

Sonst hätten sie ihm diese Fragen gar nicht gestellt.

* * *

Am Samstag fuhr Riley mit Jax zu einem Sportgeschäft, damit er sich eine Scheide für den Dolch kaufen konnte, wie Melinda es vorgeschlagen hatte. Danach betrachtete Jax sein Spiegelbild mit dem Messer an seiner Seite und seinem Familienwappen am Handgelenk. *Naomi wird durchdrehen, wenn sie mich sieht.*

Da er sich hart und abenteuerlustig fühlte, googelte er seinen berühmten Vorfahren. Leider fand er nur heraus, dass Sir Agravain ein ziemlicher Blödmann gewesen war – ein egoistischer

Ritter, der vor allem seine eigenen Interessen verfolgte und seine Verbündeten hinterging. Anscheinend waren selbst zu König Artus' Zeiten nicht alle Leute auf einer Seite gut miteinander ausgekommen.

Dadurch bekam Jax' Enthusiasmus einen gewaltigen Dämpfer, und er wurde an das erinnert, was die Dulacs Rileys Familie angetan hatte. Und weswegen? Damit sie mehr Politiker bestechen konnten, ohne dass ehrenwerte Männer Einspruch erhoben? Je mehr er über diese Leute erfuhr, desto weniger konnte er sie leiden.

Seine Laune verschlechterte sich noch mehr, als Melinda ihm per E-Mail Hausaufgaben schickte. Sie wollte, dass er sich vor ihrer nächsten Sitzung am Grunstag einige meditative Verse einprägte, damit er sich besser konzentrieren konnte. *Meditation? Echt jetzt?* Sie schlug vor, dass er sein Talent zur Informationsbeschaffung bei seinen Schulbüchern einsetzte und herausfand, was genau er für die Prüfungen lernen musste.

Falls sein neu hinzugewonnenes Talent ihm in der Schule wirklich Vorteile verschaffte, konnte Jax sie bisher nicht erkennen. Seine Noten waren so schlecht wie eh und je. Er achtete gerade genug auf seine Umgebung, um über die Runden zu kommen – beispielsweise schaffte er es, über Gianas ausgestreckten Fuß zu springen, als sie ihm am Montag im Wissenschaftsunterricht ein Bein stellen wollte. Ihre feindselige Haltung hatte sich nicht gebessert, viel mehr sah es so aus, als hätte sie Freude daran, ihn zu quälen.

Im Grunde genommen ging der Großteil seiner mentalen Energie für die Planung des nächsten Grunstags drauf. Er wollte wieder mit Evangeline reden – einerseits, weil es Riley mächtig nervte, und andererseits, weil ihre Gefangenschaft so unfair war –, aber ihm war völlig schleierhaft, wie er das anstellen sollte, ohne dass Ihre Hoheit, der verdammte Erbe von König Artus, sich einmischte. Seine Rettung kam Dienstagabend, als Riley mit dem Handy in der Hand nach Hause kam. »Hey, ich muss mich Grunstag mit Deidre treffen, um mir etwas anzusehen, das sie gebaut hat. Kann ich mich darauf verlassen, dass du hier bist – und die Augen offenhältst?«

Jax setzte sich auf. »Klar. Kein Problem.«

Riley machte schon den Mund auf, um noch mehr zu sagen, und Jax wartete auf den »Lass das Mädchen in Ruhe«-Befehl. Doch Riley sprach ihn nicht aus, sondern steckte einfach sein Handy ein und ging wieder.

* * *

»Kann ich mich gegen Rileys Befehle wehren?«, fragte Jax Melinda, als sie am Grunstagnachmittag mit ihrer nächsten Lektion anfingen.

Sie musterte ihn kritisch. »Wenn du das Talent einer Person kennst, kannst du deinen Verstand darauf vorbereiten, ihre Magie abzuwehren.«

»Aber A.J. konnte nicht aufhören, meine Fragen zu beantworten, selbst nachdem er gemerkt hatte, was ich mache.«

»Es ist leichter, Magie von vornherein abzublocken, als sie zu bekämpfen, wenn sie erst einmal im Einsatz ist und wirkt. Rileys Befehlsstimme ist ein seltenes Talent und noch dazu ein sehr starkes, aber es ist nicht unaufhaltsam. Wir werden an der Verteidigung arbeiten, sobald du deine Magie präziser einsetzen kannst.« Sie kniff die Augen zusammen. »Allerdings bin ich nicht der Ansicht, dass es notwendig sein sollte, sich gegen Riley zu verteidigen.«

»Das war nur eine Frage.« Jax sah sie mit Unschuldsmiene an. Melinda reagierte mit dem durchdringenden Blick einer misstrauischen Mutter, bevor sie sich der eigentlichen Aufgabe zuwandte: Jax beizubringen, wie er auf sein Talent zugreifen konnte, wann er es wollte, und nicht jedes Mal, wenn er jemanden mit »Wie geht's?« grüßte.

Jax dachte noch über Melindas Worte nach, als er nach Hause radelte, und überlegte, wie er Rileys Magie abwehren konnte. Er wollte nicht von irgendwelchen Befehlen daran gehindert werden, Evangeline an diesem Abend aus ihrem Haus zu locken. Niemand sollte so einsam sein, wie sie leben musste.

»Bist du das, Jax?«, rief Riley aus dem ersten Stock herunter, kaum dass Jax das Haus betreten hatte.

»Ja«, antwortete Jax matt und nahm seine Ehrenklinge in die Hand. I*ch kenne sein Talent, und ich blocke es ab. Er kann mich nicht zu etwas zwingen, was ich nicht tun will.*

»Du musst heute um Mitternacht die Generatoren abbauen«, sagte Riley, als er die Treppe herunterkam. »Kannst du das für mich machen?«

»Wow«, staunte Jax.

»Was ist?«, fauchte Riley und fummelte an seinem Hemdkragen herum, als wüsste er nicht, wie viele Knöpfe er schließen sollte und ob es okay war, welche offenzulassen.

Jax musste zugeben, dass sich Riley Pendare ordentlich herausgeputzt hatte. Er trug eine Stoffhose – mit Bundfalten und gebügelt. Ein Oberhemd. Glänzende Stiefel. Sein Haar war nach hinten gekämmt und mit Gel gebändigt.

»Du hast also ein Date«, schlussfolgerte Jax.

»Nein.«

Jax schnaubte.

»Ich treffe mich mit Deirdre an ihrem College«, erklärte Riley. »Sie setzt alte und neue Technologie zusammen und versucht, mir einen Bewegungsdetektor zu bauen, der auch am Grunstag funktioniert. Heute will sie mir ihre Fortschritte zeigen, und wir werden vermutlich den ganzen Abend im Labor verbringen.« Er blickte an sich herab. »Aber sie hat verlangt, dass ich mich anständig anziehe, ansonsten soll ich gleich wegbleiben.«

»Ja, klar«, meinte Jax. »Du hast die Befehlsstimme, aber das Mädchen mit der Pistole im Stiefel sagt, wo's langgeht.«

»Halt die Klappe.« Riley ließ seinen Kragen in Ruhe und sah durchs Fenster zu Mrs Ungers Haus hinüber. »Wenn du …« Er runzelte die Stirn und zögerte, und Jax wappnete sich.

»Wenn du noch mal mit ihr redest«, fuhr Riley fort, »dann sag ihr, dass du nicht zu meinem Clan gehörst.«

Damit hatte Jax nicht gerechnet. »Warum sollte sie sich dafür interessieren?«

»Sag es ihr einfach.«

Jax nickte. Riley riss die Haustür auf und ging, ohne ein weiteres Wort zu verlieren. Jax wartete im Haus und lauschte auf das Dröhnen des Motorrads. Als es verklungen war, sprang er auf und rannte nach draußen, um die Kühlbox zu holen, die er im Keller versteckt hatte.

19

Als Evangeline aufwachte, spürte sie ein seltsames Flattern in der Magengrube. Es dauerte einen Moment, bis ihr der Grund dafür einfiel, und als sie ihn wieder wusste, setzte sie sich ruckartig im Bett auf.

Gestern hatte sie sich zum ersten Mal seit Jahren mit einer anderen Person unterhalten. Sie hatte Zeit mit dem Neuen verbracht und eine Limo mit ihm getrunken.

Was hatte sie getan? *Ich habe den Damm gebrochen.*

Evangelines Leben war nicht besonders glücklich, aber erträglich, solange ihre Einsamkeit hinter einem Betondamm eingesperrt blieb.

Warum war sie nicht weggelaufen, als sie die Gelegenheit dazu gehabt hatte? Sie wusste, dass Jax nur versucht hatte, ihr Vertrauen zu gewinnen, als er ihr von der Sicherheitsverriegelung des Pfeffersprays erzählte, aber es hatte trotzdem funktioniert. Man hatte ihm die Aufrichtigkeit deutlich ansehen können.

Die Unterhaltung mit Jax hatte Risse in ihrem Damm erzeugt, und sie konnte förmlich spüren, wie Wasser hindurchsickerte, was die Lücken größer und gefährlicher machte.

Sie fühlte sich ruhelos.

Am frühen Nachmittag fuhr Jax mit seinem Fahrrad weg und

der Rote arbeitete im Garten an seinem Motorrad. Evangeline schlich zur Küchentür und legte eine Hand auf den Türknauf. Dass sie gestern vor ihm weggelaufen war, erschien ihr heute wie eine übertriebene Reaktion. Schließlich hatte er sie an seinem ersten Tag hier zu einem Gespräch eingeladen. Es war ihre Entscheidung gewesen, es ihm zu verwehren und danach auf Distanz zu bleiben. Sie war diejenige, die sich für das Schweigen entschieden hatte, nicht er.

Was würde passieren, wenn sie jetzt einfach rausging und sich vorstellte?

Aber er wusste bereits, wer sie war: die Tochter eines Verräters, der versucht hatte, den Achter-Tag-Zauber zu brechen. Evangelines Vater hatte sich mit schlimmen Sippenclans zusammengetan und verschworen. Schlimmer noch: Er hatte einen Plan geschmiedet, um die bösesten Sippenmitglieder aller Zeiten aus der Festung in Wales zu befreien, in der sie eingesperrt waren. Er hatte all das missachtet, woran ihr berühmter Vorfahr Merlin geglaubt und wofür er sich geopfert hatte.

Evangeline verbarg sich in diesem Haus, damit die Komplizen ihres Vaters sie nicht finden und diesen Plan mit ihr fortsetzen konnten. Keinen interessierte, was sie über die ganze Angelegenheit dachte.

Draußen hörte sie etwas Metallisches klappern, das in den Werkzeugkasten geworfen wurde. Sie legte die Hand fester um den Türknauf. Es gab keinen Grund, sich bei ihm vorzustellen, aber sie konnte ihm die Frage stellen, die ihr auf der Seele brannte. *Wie lange muss ich noch hierbleiben?*

Doch die Antwort darauf kannte sie ebenfalls. Man würde sie hier so lange einsperren, bis seine Seite sie für irgendetwas brauchte. Oder bis die Taliesins der Ansicht waren, dass sie alt genug wäre, um jemanden zu heiraten, den sie für sie ausgesucht hatten, als wäre sie die Tochter eines Adligen im Mittelalter. Sehr viele aus der Sippe verhielten sich so, als würden sie noch immer in diesen finsteren Zeiten leben und nicht im einundzwanzigsten Jahrhundert. Das befeuerte nicht gerade Evangelines Willen, sich ihnen wieder anzuschließen.

Sie ließ den Türknauf los. Es wäre sinnlos, mit dem Pendragon-Jungen zu reden. Er war ihr Gefängniswärter und konnte ihr nichts Gutes erzählen. Sie hatten keine gemeinsame Basis.

Daher hielt sie sich von den Fenstern fern und beschäftigte sich im Haus, wischte Staub und ordnete die Gewürzgläser in alphabetischer Reihenfolge – denn es machte keinen Spaß, ein Geist zu sein, wenn man keine unerklärlichen Dinge tun konnte. Sie versuchte, sich in die neuesten Bücher aus der Bibliothek zu vertiefen, doch die Erzählungen aus dem Leben der normalen Mädchen aus den Büchern stellten sie nicht länger zufrieden. *Noch ein Riss im Damm,* dachte sie. Stattdessen widmete sie sich den Zeitungen und Zeitschriften und träumte nicht zum ersten Mal davon, dieses Haus zu verlassen und sich in der Welt zu verlieren.

Am frühen Abend hörte sie das Motorrad wegfahren, und nicht viel später drang Rauchgeruch zu ihr herüber.

Sie sprang auf und lief in die Küche. Eine ihrer größten Ängste war die vor dem Feuer – genau wie bei allen Angehörigen der Sippe. An den Tagen, an denen sie nicht anwesend waren, konnte man sie viel zu leicht durch einen Brand ausschalten. Aber in der Küche war alles in Ordnung, und Evangelines Blick wanderte zum Fenster, das zum Garten hinausging.

Aus dem Haus nebenan drang Rauch.

Sie hatte kaum Zeit, um nach Luft zu schnappen, da sah sie auch schon, wie Jax irgendein brennendes Objekt mit einer Zange aus dem Fenster hielt. Er wirkte nicht verängstigt, nur verärgert, und wedelte den Rauch mit einem Handtuch aus dem Fenster. Das Haus stand nicht in Flammen, Jax war nur das Abendessen angebrannt.

Erst jetzt entdeckte Evangeline, was alles auf dem Rasen zwischen den Häusern aufgebaut war. Ein Klapptisch. Zwei Gartenstühle. Zwei Platzdeckchen mit Tellern, Servietten, Gabeln und Messern. Kerzen. Jax plante eine Gartenparty, und Evangeline ahnte bereits, wer sein Gast sein sollte.

Sie schlug sich beide Hände vors Gesicht. Dieser törichte Junge. Das würde sie nicht tun. Es ging einfach nicht.

Aber Jax verabscheut mich nicht. Vielleicht weiß er gar nicht, was mein Vater getan hat.

Als sie durch ihre Finger spähte, entdeckte sie noch ein weiteres Objekt auf dem Rasen, und sie spürte eine seltsame Regung aufsteigen. Neugier. Vielleicht drang auch nur noch mehr Wasser durch die Risse im Damm. Sie war schon durch die Küchentür und über den Rasen gestürmt, bevor sie wusste, wie ihr geschah.

Jax kam aus der Haustür und trug einen Teller in der Hand, den er mit einem weiteren abgedeckt hatte. Als er sie sah, grinste er sie an. »Da bist du ja. Ich wollte eben bei dir klingeln.«

Selbstverständlich wollte er das. Als wäre sie eine Normale Nachbarin.

»Ich hoffe, du magst Hamburger.« Jax stellte den abgedeckten Teller auf den Tisch und fügte leise hinzu: »Ich hoffe, du stehst total auf Hamburger, denn so gut sind sie nicht geworden.«

»Ich kann nicht bleiben«, entschuldigte sie sich. Das durfte sie wirklich nicht tun. »Ich wollte mir nur dein Teleskop ansehen.«

»Gefällt es dir?« Jax schaute zum Teleskop hinüber, das er auf ein Stativ gestellt und zum Himmel gerichtet hatte, der sich langsam lila färbte. »Ich habe es letztes Jahr zum Geburtstag bekommen. Aber du musst unbedingt zum Essen bleiben. Ich habe extra all das hier eingekauft.« Er öffnete eine Plastikkühlbox und holte mehrere Sachen heraus. »Ich hab Hamburgerbrötchen. Ketchup und Senf. Einen fertigen Salat. Und, sieh nur, zum Nachtisch gibt es Käsekuchen.« Er zeigte ihr eine cremefarbene Torte in einem durchsichtigen Plastikbehälter. »Mädchen mögen doch Käsekuchen, oder nicht?«

Taten sie das? Evangeline hatte keine Ahnung, was andere Mädchen mochten, und noch nie einen Käsekuchen gekostet. Er sah sehr verlockend aus.

Offenbar merkte Jax, wie ihr Entschluss ins Wanken geriet, denn sein Lächeln wurde etwas zuversichtlicher. »Und die Hamburger sind selbst gemacht. Auch wenn man es nicht sieht, das hab ich zum ersten Mal probiert.« Er nahm mit einer übertriebenen Geste die Abdeckung vom Teller und enthüllte mehrere verschrumpelte Fleischstücke. Sie erinnerten Evangeline an die runden Plastikscheiben, die Mrs Unger unter die Möbelbeine legte. Evangeline musste lachen und warf Jax einen schuldbewussten Blick zu.

Doch Jax lachte ebenfalls. »Ich hätte nicht gedacht, dass sie so leicht Feuer fangen. Fast hätte ich die Küche abgefackelt.«

»Das habe ich gesehen«, erwiderte sie.

Jax pikte mit einer Gabel in einen der Burger und hielt ihn ihr vor die Nase. »Komm schon, Evangeline. Du willst ihn doch kosten.«

Unverhofft fing sie an zu kichern. Ihr war gar nicht bewusst gewesen, wie sehr sie es vermisste, ihren Namen von jemand anderem laut ausgesprochen zu hören. Ermutigt von ihrer Reaktion legte Jax erst richtig los, pikte erneut in die Burger und versicherte ihr, dass sie zwar angebrannt wären, er den Salat jedoch nicht angetastet hätte. »Es sei denn, du isst gern angebrannten Salat«, fügte er hinzu. »Ich gehe gern noch mal in die Küche und werfe ihn in die Pfanne.«

So witzig war das eigentlich gar nicht, aber sie musste auf einmal an ihren Bruder Elliot denken, der immer herumgealbert hatte, um sie zum Lachen zu bringen, und als Jax einen Stuhl vom Tisch wegzog, setzte sie sich ohne weitere Widerrede. Er fragte, was sie gern auf ihrem Burger haben wollte, und sie musste gestehen, dass sie noch nie einen gegessen hatte.

Jax starrte sie verdutzt an, tat dann jedoch rasch so, als wäre das etwas Gutes. »Wenn du nicht weißt, wie sie sein müssen, tue ich einfach so, als hätte ich alles richtig gemacht.« Er legte eine geschwärzte Scheibe auf eine Brötchenhälfte und tat Ketchup und Senf darauf. »Ich muss dir etwas sagen. Ich gehöre nicht zu Rileys Clan. Ich weiß nicht, wieso das wichtig ist, aber ich will nicht, dass du denkst, ich würde dich reinlegen wollen.«

»Schon okay. Ich vertraue dir.« Selbst wenn Jax den Pendragons nicht zur Treue verpflichtet war, wusste Evangeline doch, dass er ihr nicht schaden wollte. Und wo sie gerade von Riley sprachen, konnte sie ihn auch gleich etwas fragen. »Kommt er bald zurück?« Die Vorstellung, er könnte einfach wieder auftauchen, machte sie nervös. Sie wusste nicht, ob er ihr befehlen würde, sich von Jax fernzuhalten und wieder ins Haus zu gehen – oder ob er sich einen Stuhl holen und sich zu ihnen setzen würde.

Oder was davon schlimmer wäre.

»Nicht vor Mitternacht«, antwortete Jax und schaufelte Salat auf ihren Teller. »Er ist bei einem Date mit Deidre. Das ist …«

»Das schwarzhaarige Mädchen mit den vielen Waffen und dem auffälligen Wagen«, vermutete Evangeline.

»Oh, du hast sie schon gesehen. Sie …«

»Was willst du dir mit deinem Teleskop ansehen?«, unterbrach Evangeline ihn. Sie wollte nicht mehr darüber hören, wo der Pendragon war oder mit wem er sich umgab. Daher stand sie auf, ging hinüber und spähte durch die Linse. »Ich sehe nichts.«

»Es ist noch nicht richtig eingestellt. Ich wollte damit warten, bis es dunkler ist. Der Himmel hat am Grunstag eine komische Farbe, und letzte Woche fand ich, dass der Mond und die Sterne seltsam aussahen.«

»Was ist ein Grunstag?«

»Ein blöder Name für heute.« Jax zeigte auf Evangelines Teller. »Ta-da!«

Evangeline kehrte an den Tisch zurück und setzte sich, um zum ersten Mal seit fünf Jahren mit einem anderen Menschen zusammen zu essen. Der Burger stellte sich als außen kross und innen rot und saftig heraus. Sie verspeiste ihn komplett und bat um einen weiteren. Jax sah sie erstaunt an. »Im Ernst?«

»Er schmeckt köstlich«, erklärte Evangeline energisch. Diese Mahlzeit war nicht mit den Resten zu vergleichen, die sie immer im Kühlschrank fand, und den Konserven, die sie aus Mrs Ungers Schränken stibitzte. Sie traute sich ohnehin nie, sehr viel zu nehmen, und nichts davon schmeckte besonders gut.

Der Himmel wurde dunkler, während sie aßen und sich über neutrale Themen unterhielten. Sie fragte Jax nach der Schule, und er erzählte ihr von seinen Fächern und seinen schlechten Noten. Einiges von dem, was er sagte, verstand sie, aber da weder sie noch ihre Geschwister je auf eine Schule gegangen waren, schweiften ihre Gedanken immer weiter ab.

Adelina musste jetzt etwa in Jax' Alter sein. Evangeline hatte keine Ahnung, wo die Taliesins ihre hitzköpfige kleine Schwester versteckten, aber sie wusste, dass Adelina, wo immer sie auch war, ihre Aufpasser in den Wahnsinn treiben würde. Elliot musste jetzt zwölf sein, und Evangeline hoffte, dass er noch immer so süß und witzig war wie mit sieben.

Als Jax ihr alles über die Schule erzählt hatte, wagte sie es, ihn um einen Gefallen zu bitten. »Wenn du das nächste Mal für Mrs Unger in die Bibliothek gehst …«

Jax grinste. »Du meinst, für dich.«

»Okay, für mich. Könntest du dann vielleicht …« Sie hielt inne und wollte nicht zu viel verraten. »Könntest du mir Bücher über die Geschichte und Geografie dieses Ortes mitbringen?« Fotos, Ortsnamen, ein Gefühl für die verfügbaren Transportmittel – darauf war sie aus.

Sie hielt den Atem an und fand, dass ihre Bitte viel zu sehr nach *Fluchtplan* klang, doch Jax schien keinen Verdacht zu schöpfen. Er meinte nur »Was immer du willst« und drehte sich auf seinem Stuhl um, damit er den Mond sehen konnte, der über den Häuserdächern aufging. »Er sieht verschwommen aus. Ich weiß ja, dass der Grunstag vom Rest der Zeit abgeschnitten ist, aber hier gelten doch auch Naturgesetze, oder nicht?«

Evangeline zuckte mit den Achseln. Aus den Büchern, die sie

immer las, wusste sie, dass die Normalen sich auf die Wissenschaft verließen, um das Universum zu verstehen. Ihr war nur schleierhaft, warum sie nicht begriffen, dass die Wissenschaft nicht den geringsten Sinn ergab.

»Warum gibt es am Grunstag keine Tiere?«, wollte Jax wissen.

»Die gibt es schon, aber hier leben nicht besonders viele. Hauptsächlich Insekten und Ungeziefer.«

»Du meinst Ratten?«

»Ein paar Ratten – und andere Schädlinge, die sich an Orten aufhalten, an denen sie nichts zu suchen haben.« Es stand ihr nicht zu, ihm das zu erzählen, aber wenn es kein anderer tat, konnte es nicht schaden, wenn sie es übernahm. »Der ursprüngliche Achter-Tag-Zauber umfasste auch die Tiere, die auf den britischen Inseln leben. Schließlich sollte die Sippe nicht verhungern. Wahrscheinlich leben hier auch die Nachfahren dieser Tiere am achten Tag, aber nur sehr wenige werden wie die Sippe mit dem Schiff nach Amerika gekommen sein. Ich wünschte …«

Er sah sie fragend an, als sie verstummte. »Was denn?«

Sie wusste nicht, warum sie ihm etwas derart Persönliches anvertrauen wollte. Möglicherweise war es einfach nur aufregend, jemand anderem etwas über sich zu verraten. »Zu den Dingen, die ich mir immer gewünscht habe, gehört das Streicheln einer Katze«, gestand sie. »Oder eines Hundes. Im Grunde genommen ist es mir egal, allerdings habe ich gehört, dass Katzen schnurren.« Sie beobachtete, wie er die Mundwinkel herunterzog und die Stirn runzelte, und kam sich sehr albern vor. »Ich habe nicht verlangt, dass du Mitleid mit mir hast.«

»Hab ich auch nicht«, entgegnete er. »Ich überlege nur gerade, wie ich dir eine Katze besorgen kann.«

»Das geht nicht.«

»Wir werden ja sehen.« Er stand auf. »Lass uns das Teleskop einstellen.«

Dazu musste man sehr viele Räder und Knöpfe justieren. Evangeline blieb auf Abstand und schnitt den Käsekuchen an, der ebenso cremig und süß war, wie er aussah. Sie aßen von Papptellern und sahen sich abwechselnd den Mond durch das Teleskop an.

»Hab ich doch gesagt!«, rief Jax aufgeregt. »Alles ist verschwommen. Es sieht aus, als hätte man ein Foto aus einem fahrenden Auto gemacht.«

Evangeline war sich nicht sicher, was er damit meinte, nickte jedoch, als würde sie es verstehen.

Die Sterne stellten Jax auch nicht zufrieden. »Irgendetwas stimmt mit ihrem Licht nicht«, schimpfte er. »Sie erinnern mich an die Glühbirnen, die am Grunstag noch glimmen. Sehen wir uns doch mal einen Planeten an.«

Der Mars war ein Fleck am Himmel und unterschied sich nicht von den anderen Sternen. Trotzdem ärgerte sich Jax über ihn. »Er ist nicht rot«, sagte er immer wieder. »Dabei sollte er rot sein. Alles am Himmel ist falsch.«

»Das heißt also, dass selbst die Sterne an diesem Tag nicht so schön sind, wie sie sein sollten.« Evangeline trat von der Linse zurück und stellte fest, dass Jax sie abermals mitleidig musterte, woraufhin ihr diese Beschwerde sofort peinlich war. »Danke für das Abendessen und dass ich durch dein Teleskop schauen durfte«, versuchte sie, sich ein bisschen Würde zu bewahren. »Jetzt sollte ich aber wieder reingehen.« Es war schon spät.

Jax hob einen Finger. »Nein, warte. Ich zeige dir noch, wie der

Himmel eigentlich aussehen sollte.« Er rannte ins Haus und kehrte mit einem großen Buch wieder zurück. »Das ist eins meiner Schulbücher. Darin sind Fotos von Galaxien und Sternennebeln.«

Sie hielten das Buch zusammen fest und blätterten darin. Weil es schon ziemlich dunkel war, nahm Jax eine Kerze vom Tisch und hielt sie über die Seiten. Evangeline staunte über die leuchtenden Farben, die wie Farbspritzer und Feuer aussahen. »Siehst du normalerweise so was durch dein Teleskop?«

»Na ja, nicht durch meins. Diese Fotos wurden mit dem Hubble-Weltraumteleskop gemacht.«

Sie blickte vom Buch auf. »Es gibt Teleskope im Weltraum?«

»Ja, und Sonden, die Fotos machen …« Die Kerze flackerte.

»Jax!«, kreischte Evangeline. Irgendwie hatten die Seiten des Buchs Feuer gefangen. Sie wichen auseinander, und Jax ließ das Buch fallen. Dummerweise fiel aber auch die Kerze darauf.

»So ein Mist!« Jax trat das Feuer mit einem Fuß aus. Er erstickte die Flammen, aber eine der Seiten war verkohlt und rauchte noch, daher nahm er ein Wasserglas vom Tisch und schüttete es darüber, wodurch die Glut zwar erlosch, das Buch aber noch mehr beschädigt wurde. »Mein Lehrer wird mich umbringen!« Er sah Evangeline an und lachte, da ihn diese Tatsache nicht weiter zu beunruhigen schien. Sie fiel in sein Lachen mit ein.

Bis sie spürte, wie die Welt auf diese vertraute Weise einen Ruck machte.

Es dauerte nur einen Sekundenbruchteil, bevor sie entsetzt begriff, dass sie etwas sehr Dummes und Gefährliches getan hatte.

Jetzt hält sie mich sicher für einen Idioten oder einen Pyromanen. Jax blickte von seinem zerstörten Schulbuch auf. »Mein Lehrer wird mich umbringen.« Immerhin lachte sie, und Jax freute sich sehr, dass er sie zumindest unterhielt.

Doch plötzlich sah sie sehr ängstlich aus.

Und im nächsten Augenblick war sie verschwunden.

Von einem Wimpernschlag zum nächsten war sie einfach nicht mehr da. »Evangeline!«, rief Jax, als könnte er – ja, was denn? Sie etwa zurückholen?

Er schaute zum Himmel hinauf. Selbst mit bloßem Auge waren die Krater auf dem Mond zu erkennen. Ein Stück weiter die Straße entlang fing der Pitbull an zu bellen.

Es war 00.01 Uhr am Donnerstag, und Evangeline saß im Freien fest – unsichtbar, unerreichbar und eine ganze Woche lang verletzlich.

Jax umkreiste die Stelle, an der sie gestanden hatte. *Ach du Scheiße.* Das war noch viel schlimmer als damals, als er das Fenster im Auto seines Vaters über Nacht offen gelassen und es reingeregnet hatte. Aber ihr konnte doch trotzdem nichts passieren, oder? Es sei denn, ein Meteor fiel vom Himmel und schuf genau an dieser Stelle einen Krater, aber andernfalls dürfte sie das überstehen. Nervös betrachtete Jax den Himmel. *Nein, das ist unmöglich. Auf jeden Fall sehr unwahrscheinlich.*

Er musste unbedingt nächsten Mittwoch um Mitternacht an dieser Stelle stehen und dafür sorgen, dass sie sicher zurück in ihr Haus gelangte.

* * *

Als Jax am nächsten Morgen aufwachte, hatte er Schuldgefühle, weil er zu Bett gegangen war, während seine neue Freundin noch immer im Freien festsaß, obwohl er rein gar nichts dagegen tun konnte und sie eigentlich auch nicht wirklich dort war. Außerdem war er wütend. Sie hatte noch nie einen Hamburger gegessen? Sie hatte *gehört,* Katzen würden schnurren? Das war alles so unfassbar falsch.

Im nächsten Moment fühlte er sich schon wieder schuldig, denn wenn er zu Naomi zog, wer würde sich dann noch mit Evangeline unterhalten?

All das ging ihm durch den Kopf, als er nach unten zum Frühstück ging, was vermutlich auch der Grund dafür war, dass er beim Klang von Rileys Stimme einen Satz machte.

»Was hast du gemacht? Hast du den Ofen in Brand gesteckt?«

Jax spähte ins Wohnzimmer. Riley lag langgestreckt auf dem Sofa und trug noch dieselben Klamotten wie am Vorabend. Jax war sich nicht sicher, ob Riley eben erst reingekommen war oder schon ein paar Stunden auf dem Sofa geschlafen hatte.

»Ein kleines Missgeschick beim Burgerbraten«, antwortete Jax. »Ich mache das noch sauber.«

Riley setzte sich auf. »Hast du allein gegessen, oder hattest du Gesellschaft?«

»Ich hatte Gesellschaft«, gab Jax zu.

»Worüber habt ihr geredet?«

»Das geht dich nichts an.«

Nun erhob sich Riley. »Das geht mich durchaus was an. Ich bin schließlich für ihre Sicherheit verantwortlich.«

Irgendwie bezweifelte Jax, dass er aus diesem Grund fragte. »Wir haben darüber geredet, wie mir das Essen angebrannt ist.«

»Worüber noch?«

»Sie hat mir erklärt, warum es am Grunstag nicht viele Tiere gibt. Und wir haben durch mein Teleskop geguckt.«

»Teleskop?«, wiederholte Riley.

»Na ja, der Mond und die Sterne sehen anders aus, aber sie wusste nicht, wieso.«

»Noch etwas?«

Jax traute sich nicht, ihm zu verraten, dass sie seinetwegen zu lange draußen geblieben war und jetzt zwischen den Grunstagen im Garten festsaß. »Ich habe ihr deine Botschaft ausgerichtet«, fügte er hinzu. »Ich habe ihr gesagt, dass ich nicht zu deinem Clan gehöre. Das war ihr aber egal.« Danach stieß er verzweifelt die Luft aus. »Als du gestern gegangen bist, hast du gewusst, dass ich wieder mit ihr reden will. Wieso hast du mir nicht einfach befohlen, es zu lassen, wenn du das nicht willst?«

»Das wäre grausam gewesen. Sie war so lange allein. Wenn sie mit jemandem reden möchte, will ich ihr diese Gelegenheit nicht nehmen.« Riley runzelte die Stirn. »Wahrscheinlich hält sie dich für ahnungslos und harmlos.«

Jax begriff, dass Riley nur nach einer Ausrede suchte, warum

Evangeline nicht mit *ihm* reden wollte. »Vielleicht findet sie auch, dass du gruselig aussiehst«, schoss Jax zurück. Riley drehte sich schnaubend um und ging die Treppe hinauf. Allerdings hatte Jax ganz kurz den Eindruck, Rileys Gefühle verletzt zu haben.

* * *

Am Donnerstag, Freitag und dem Wochenende arbeitete Jax mehr an Melindas Konzentrationsübungen, als dass er sich mit seinen Hausaufgaben beschäftigte, und testete seine Inquisitatorenfähigkeiten an A.J. »Lass das«, knurrte A.J. und zappte mit der Fernbedienung durch die Kanäle. »Noch mal kannst du mich nicht überraschen.«

Einmal probierte er es sogar bei Riley und wurde dafür ausgelacht. »Netter Versuch, Kleiner.«

Es gab keine Wiederholung des einen Mals, bei dem A.J. seine PIN verraten oder sich Melinda den Mund zugehalten hatte, um ja nicht den Namen Pendragon auszusprechen. Du bist stärker, wenn du es wirklich wissen willst, schrieb Melinda im E-Mail-Chat, als er ihr gestand, dass er befürchtete, schwächer zu werden. Mir ist aufgefallen, dass man dich sehr leicht abwehren kann, wenn dich die Antwort eigentlich gar nicht interessiert.

Sie riet Jax, seine Magie nicht in der Schule einzusetzen, aber wo sollte er sie denn sonst ausprobieren? Mit Melinda traf er sich nur an den Grunstagen, weil ansonsten immer ihre Familie dabei gewesen wäre. Und zu versuchen, Melinda dazu zu zwingen, ihm ihre Lieblingsfernsehsendung zu verraten, wäre doch sinnlos gewesen.

Das Hauptproblem dabei, seine Magie bei seinen Klassenkameraden auszuprobieren, bestand darin, dass er nicht auffliegen durfte. Am Dienstag glaubte er, eine Methode gefunden zu haben, und wollte sie ausprobieren.

Als er im Wissenschaftsunterricht an Gianas Platz vorbeikam und sie leise, aber trotzdem noch hörbar »Freak« flüsterte, riss sein Geduldsfaden. Er drehte sich um und baute sich direkt vor ihr auf.

»Hör endlich auf damit! Ich hab nichts weiter gemacht, als mit dir zu reden.« Jax schraubte sein Talent so weit zurück, dass er es sich nur noch wie ein Tröpfeln vorstellte, und fragte: »Glaubst du allen Ernstes, du wärst besser als alle anderen?«

»Ja«, flüsterte Giana und zuckte auf ihrem Stuhl zurück. Kacey keuchte auf, und auch andere Schüler, die Giana gehört hatten, warfen ihr entrüstete Blicke zu.

»Das bist du aber nicht«, versicherte Jax ihr.

»Alter!« Billy sah sehr beeindruckt aus, als Jax sich wieder setzte.

Jax verschränkte die Arme. »Ich war diesen Mist so was von leid.«

Während seine Lehrerin noch einmal den Prüfungsstoff durchging, schrieb Jax etwas in seinen Block und schob ihn zu Billy hinüber.

Bitte sie, uns zu verraten, welche Formeln wir uns merken müssen.

Billy warf ihm einen Blick zu, der ihm zu verstehen gab: *Das wird sie uns niemals sagen.*

»Vertrau mir«, murmelte Jax.

Billy meldete sich. »Miss Cassidy? Können Sie uns genauer sagen, welche Formeln wir uns merken müssen?«

Miss Cassidy sah Billy auf dieselbe Weise an, wie Billy es zuvor bei Jax getan hatte, doch dann rief Jax: »Ja, Miss Cassidy. Welche Formeln werden abgefragt?«

Die Lehrerin rasselte drei Formeln herunter, runzelte dann die Stirn und blinzelte mehrmals schnell. Die anderen Schüler schrieben eifrig mit. Miss Cassidy warf sowohl Billy als auch Jax einen erbosten Blick zu und schien nicht zu wissen, über welchen Jungen sie sich mehr ärgern sollte. Dann versuchte sie, ihren Fehler zu revidieren, indem sie weitere Formeln aufzählte. Billy starrte Jax mit offenem Mund an, und Jax grinste.

Im Englisch- und auch im Matheunterricht versuchte er es erneut. Wann immer er im Anschluss an jemand anderen eine Frage stellte, bekam er die gewünschte Antwort, und die Lehrer schienen nicht zu begreifen, dass Jax der Grund für ihre Informationsfreigiebigkeit war. Er war sehr stolz auf seine brillante Idee.

Nach der letzten Stunde stand Jax an seinem Spind, als er von hinten geschubst wurde. »Hey!«, schrie er auf.

Ein Riese aus der Senior High ragte hinter ihm auf. »Weißt du, wer ich bin?«

»Keine Ahnung«, gestand Jax mit rasendem Herzen. Der Junge war in Begleitung von drei anderen, die ebenso groß und brutal aussahen und alle Footballtrikots trugen.

»Ich bin Enzo Leone«, schnaubte der Junge. »Du hast meine Schwester geärgert? Soll ich dir eine blutige Nase verpassen?«

Oh, Mist! Seine Rache an Giana von diesem Morgen würde ihm noch eine Tracht Prügel einbringen. Enzo packte Jax' T-Shirt, und Jax umklammerte den Arm des Jungen, um ihn auf

Abstand zu halten. Es fühlte sich an, als hätte er die Finger um einen Baumstamm gelegt, doch augenblicklich spürte Jax wieder dieses Summen der Magie, genau wie neulich, als ihn sein Talent in Melindas Haus zur Enzyklopädie geführt hatte. »Wovor hast du Angst, Enzo?«, fragte er, da ihm dieser Gedanke ganz unverhofft gekommen war.

»Was?« Enzo ließ Jax' T-Shirt los und versuchte, ihm seinen Arm zu entziehen.

Doch Jax hielt ihn fest. Melinda hatte gesagt, dass seine Magie verstärkt wurde, wenn er sein Opfer berührte. »Was ist dein tiefstes, dunkelstes Geheimnis?«

»Ich hab noch mit elf ins Bett gemacht.« Enzo fielen beinahe die Augen aus dem Kopf.

Jax hätte beinahe vor Erstaunen aufgekeucht – nicht wegen Enzos Geheimnis, sondern weil er erkannte, dass er sein Talent auch zur Verteidigung einsetzen konnte. »Wie oft hast du ins Bett gemacht, Enzo?«

»Fast jede Nacht.« Enzo legte sich eine Hand an die Kehle, als wollte er sich selbst erwürgen. Er riss sich von Jax los und taumelte gegen seine Freunde, die alle laut lachten.

»Soll ich dir noch mehr Fragen stellen?«, flüsterte Jax.

Angst zeichnete sich auf Enzos Gesicht ab. Er drehte sich um und rannte den Flur entlang, wobei er mehrere jüngere Schüler aus dem Weg schob. Jax grinste triumphierend – bis er die Donovan-Zwillinge bemerkte, die ihn von der anderen Flurseite aus beobachteten und die identischen grünen Augen misstrauisch zusammenkniffen. Tegan wisperte ihrem Bruder etwas zu, der die Fäuste ballte und einen Schritt nach vorn machte.

Jax wappnete sich. *Willst du auch mal? Nur zu, Thomas.*

Plötzlich trat Billy Ramirez zwischen sie. »Was hast du da eben gemacht?«, wollte er von Jax wissen und schien nicht zu bemerken, dass Thomas hinter ihm stand. »Und wie genau hast du das angestellt?«

»Ich weiß nicht, was du meinst«, brummte Jax bloß.

»Miss Cassidy und Gianas Bruder. Was hast du bei den beiden gemacht?«

»Nichts.« Jax stieß Billy einen Ellbogen in die Seite, zwängte sich an ihm vorbei und spähte den Flur entlang. Die Donovans waren verschwunden.

Billy blieb ihm dicht auf den Fersen. »Das kaufe ich dir nicht ab. Ich weiß doch, was ich gesehen habe.«

Jax drehte sich wieder zu Billy um. Wenn es einen Menschen gab, der ihm die Wahrheit glauben würde, dann war das sein Freund. Billy würde den Grunstag für das Unglaublichste seit *Doctor Who* halten.

»Du kannst es mir sagen«, beharrte Billy.

»Nein«, entgegnete Jax leise. »Das kann ich wirklich nicht.«

Glücklicherweise blieb Billy nach der Schule noch zu seinem Robotikkurs, daher musste Jax auf der Heimfahrt keinen weiteren Fragen ausweichen. Der Bus spuckte Jax am Ende des Blocks aus, und direkt nach dem Aussteigen entdeckte er A.J.s Pick-up-Truck und Deidres T-Bird, die an der Straße parkten. Er ging schneller, als er sah, wie Deidre Gewehre vom Rücksitz ihres Wagens nahm und an Mr Crandall und A.J. verteilte, die sie in einer Truhe auf der Ladefläche ihres Trucks verstauten.

»Was ist hier los?«, verlangte Jax zu erfahren.

»Frag Riley«, erwiderte Mr Crandall knapp.

»Wo kommen die ganzen Waffen her?« Jax starrte Deidre an, die ein Gewehr in der Hand hielt, das fast so groß war wie sie. Deidre mochte zwar winzig sein, aber sie ging mit der Waffe um, als wüsste sie, was zu tun war.

»Aus dem Familienunternehmen«, antwortete sie lächelnd.

Jax schluckte schwer. »Und was ist das für ein Unternehmen? Eine Söldnerarmee?«

»Private Sicherheit.« Sie zwinkerte ihm zu.

Was sollte das denn jetzt wieder bedeuten? Dass er beim ersten Mal schon richtig geraten hatte?

Jax rannte ins Haus und nach oben, wo er auf Riley stieß, der in seinem Schlafzimmer eine Reisetasche packte. »Werden wir angegriffen?«, fragte Jax atemlos.

Riley blickte auf. »Nein, so ist das nicht. Ich muss verreisen. Vermutlich bin ich bis Donnerstag oder Freitag weg.«

Er würde am Grunstag also nicht da sein. »Wo willst du denn hin? Und wieso nimmst du Waffen mit?«

»Das solltest du besser nicht wissen«, erklärte Riley. »Dann musst du dir auch weniger Sorgen machen.«

»Aber …« Allein das, was er jetzt wusste, war schon überaus besorgniserregend.

»Ich rechne nicht damit, dass es hier Ärger gibt, aber Melinda schiebt Sicherheitsdienst, und wenn du Hilfe brauchst, rufst du A.J.s Mom an. Ansonsten musst du einfach nur die Stellung halten.«

»Was …«

Riley zog den Reißverschluss der Tasche zu und warf sie Jax in die Arme. »Bring die zur Haustür. Ich bin gleich unten.«

Jax schleppte die Tasche die Stufen hinunter, und als er am Wohnzimmer vorbeikam, erspähte er Rileys Handy auf dem Tisch. Eine Sekunde später hatte er Rileys Gepäck auch schon fallen gelassen und ging die Anrufe durch. Am Nachmittag hatte Riley Mr Crandall und Melinda angerufen, davor jedoch eine Nachricht von Miller erhalten – dem Vasallen, über den niemand reden wollte. Da er Rileys Schritte oben hörte, überflog er rasch die Nachrichten.

Miller: wylits vasallen unterwegs zu taliesins. ankunft vermutlich grunstagabend

Riley: das ist nicht gut
Miller: kann vorher da sein
Riley: flieg bloß nicht auf. komme runter
Miller: sicher? Könnte unschön werden
Miller: 1. kill ist der härteste
Miller: ich glaub, du schaffst das nicht. ich gehe
Riley: ich werde tun, was nötig ist

Als Riley nach unten kam, lag das Handy auf dem Tisch, die Reisetasche stand neben der Tür und Jax zappte lässig durch die Fernsehkanäle. »Es wird wahrscheinlich gar nichts passieren«, meinte Riley. Er steckte das Handy ein und schlang sich den Träger der Tasche über eine Schulter. »Aber behalt dein Handy bei dir. Und schalt am Grunstag das Funkgerät an.«

»Okay.«

Riley ging hinauf, und Jax rannte zu einem Fenster, von dem er beobachtete, wie der Pick-up und der T-Bird wegfuhren. Er versuchte, die Nachrichten irgendwie anders zu interpretieren, was ihm jedoch nicht gelang.

Offensichtlich würde Riley jemanden umbringen.

* * *

An diesem Abend chattete Melinda mit Jax.

Melinda: Alles ok?
Jaxattax: ja, aber wo sind sie hin?
Melinda: Sie müssen sich um ein Sicherheitsproblem kümmern. Mach dir keine Sorgen.

Jaxattax: sie haben waffen mitgenommen
Melinda: Nur als Vorsichtsmaßnahme.

Das kaufte Jax ihr nicht ab. Melinda hatte ihm selbst erzählt, dass irgendjemand Rileys Familie ermordet und ihn beinahe ebenfalls umgebracht hatte. Jax schluckte schwer. *Wann habe ich angefangen, mir Sorgen um Riley zu machen?*

Melinda: Du musst nicht dort bleiben. Riley wohnt schon so lange allein, dass er völlig vergessen hat, was für einen Jungen deines Alters normal ist. Du kannst so lange bei Mrs Crandall wohnen.
Jaxattax: nein, schon ok – ich soll die stellung halten
Melinda: LOL. Dann sehen wir uns bei der nächsten Sitzung am 8. Tag. Melde dich, wenn du was brauchst.

In dieser Nacht konnte Jax kaum schlafen. Am nächsten Tag schwänzte er die Schule, weil er bereute, was er Gianas Bruder angetan hatte, und befürchtete, der Brutalo könnte ihn dafür übel verprügeln. Er wusste außerdem, dass Billy ihn mit Fragen bombardieren würde, die er nicht beantworten konnte, und schon wenige Minuten nach Schulschluss trafen auch schon die ersten Nachrichten ein.

Billy: wo bist du? komm schon, jax. sag mir, was los ist. ich kann helfen.

Jax beantwortete keine der Nachrichten, und als es gegen 20 Uhr an der Tür klingelte, stöhnte er. Das musste Billy sein, der nun persönlich Antworten einfordern wollte. Jax knirschte mit den Zähnen. Sein Vormund war auf irgendeiner James-Bond-Mission unterwegs, er musste sich um Mitternacht mit Evangeline auf dem Rasen treffen, da konnte er nicht noch mehr Scherereien gebrauchen!

Aber als Jax die Tür öffnete, stand er einem fremden Mann gegenüber. »Jax? Ich bin Mrs Ungers Neffe.« Der Mann reichte ihm die Hand, die Jax automatisch schüttelte. »Ich habe gehört, dass du einige Botengänge für sie erledigt hast, und wollte mich dafür bedanken, dass du dich um meine Tante kümmerst.«

Jax zuckte mit den Achseln. »Ist doch keine große Sache.«

»Und ob das eine große Sache ist. Nicht viele Kids nehmen sich die Zeit, nach einer alten Dame zu sehen.« Der Mann musste um die fünfzig sein und hatte einen weißen Haarschopf und eine stämmige Figur. »Ich bringe nur einen Teppich für das Schlafzimmer meiner Tante vorbei. Sie meinte, du könntest mir vielleicht helfen, ihn reinzutragen.« Er deutete mit dem Daumen auf einen Van, der vor Mrs Ungers Haus parkte. Die hintere Beifahrertür stand offen, und Rockmusik drang aus dem Radio.

Als Jax zögerte, fügte der Mann hinzu: »Meine Tante sagte, dass sie dir ein bisschen Geld dafür gibt.«

Jax stöhnte. »Sie muss mich nicht bezahlen.«

Der Mann grinste. »Du weißt doch, wie sie ist.«

»Ja, das weiß ich.« Jax schloss die Haustür und folgte dem Mann zum Wagen, in dem er zwischen den Sitzen einen aufgerollten Teppich liegen sah.

Mrs Ungers Neffe stieg ein. »Ich schiebe von hinten, und du ziehst ihn raus.«

Jax drehte sich zu Mrs Ungers Haus um und rechnete damit, sie vor der Tür stehen und ihr Portemonnaie schwenken zu sehen, doch die Haustür war geschlossen, die Vorhänge waren zugezogen, und hinter den Fenstern sah er kein Licht. »Ähm, wo ist …?«

»Ich glaube, das Plastik hat sich unten am Sitz verhakt«, rief der Mann über die Musik hinweg. »Kannst du mal nachsehen?«

»Klar.« Jax beugte sich in den Van und tastete herum.

Unverhofft schoss Schmerz durch jeden Nerv seines Körpers.

Er schrie auf und spürte, wie seine Gliedmaßen erschlafften. Mit dem Gesicht nach unten ging er zu Boden und kam mit der Nase voran auf. Sein ganzer Körper schien in Flammen zu stehen, und er lag zuckend und bebend da. Es gelang ihm nicht einmal, den Kopf zum Atmen anzuheben.

So plötzlich, wie es angefangen hatte, hörte es auch wieder auf. Das Echo der Schmerzen hallte noch durch seinen Körper, und er rang keuchend nach Luft. Der Bass der Musik ließ das Fahrzeug im Rhythmus seiner Schmerzen wackeln, was sich anfühlte, als würde die ganze Welt pulsieren. Er spürte ein Gewicht auf dem Rücken, und als Jax sich wehrte, drückte eine Hand seinen Kopf nach unten.

»Ja, ich weiß. Getasert zu werden, ist kein Spaß. Bleib ganz still liegen, wenn du nicht willst, dass ich es noch mal mache.«

Seine Arme wurden nach hinten gezogen, und etwas legte sich eng um seine Handgelenke und wurde zugezogen. »Hilfe!«, brüllte er.

»Halt den Mund, Jaxattax«, raunte ihm die Stimme ins Ohr. »Oder du bekommst noch mal den Taser zu spüren. Hier kann dich sowieso niemand hören.«

Die Last verschwand von seinem Rücken, doch bevor Jax reagieren konnte, wurde die Wagentür auch schon zugeschlagen. Füße traten über seinen Kopf hinweg. Dann spürte er, wie der Wagen wackelte, als die Fahrertür geschlossen wurde. Schon setzte sich das Fahrzeug in Bewegung und bebte im Takt des neuesten Songs der Killers.

22

So bescheuert.

Jax' ganzer Körper bebte vor Schmerz und Angst. Wie hatte er nur auf etwas reinfallen können, vor dem jedes Kind gewarnt wurde? Er hätte dem Mann die Haustür einfach vor der Nase zuknallen sollen. Und er hätte loslaufen und seinen Dolch holen müssen.

Seinen Dolch.

Melinda hatte ihm geraten, die Waffe stets bei sich zu tragen, wenn er nicht in der Schule war, und Riley hatte ihm aufgetragen, immer das Handy oder das Funkgerät mitzunehmen. Auch das hatte er nicht getan. Die Scheide störte ihn, wenn er zu Hause rumsaß. Er hatte sie zusammen mit dem Funkgerät auf dem Wohnzimmertisch liegen lassen, und das Handy lud gerade auf. Zwar hatte sich alles in Reichweite befunden, doch jetzt kam er nicht mehr dran.

Jax stöhnte. Er war gebeten worden, *die Stellung zu halten* und auf Evangeline aufzupassen, doch schon nach wenigen Stunden hatte er sich entführen lassen.

Evangeline. Würden sie sich sie als Nächstes schnappen?

Mühsam setzte sich Jax auf. Seine Hände waren hinter seinem Rücken gefesselt. Seine Nase pochte, und seine Zunge tat so weh, dass er vermutete, darauf gebissen zu haben.

Der Mann auf dem Fahrersitz streckte eine Hand in Jax' Richtung aus und richtete eine stumpfe schwarze Waffe auf ihn. »Du kannst dich hinsetzen«, rief er ihm zu, »aber bleib ganz ruhig. Wenn ich anhalten muss, wirst du es bereuen.«

»Du bist Terrance von dieser blöden Website«, mutmaßte Jax.

»Und ich bin auch Lexi.« Der Fahrer lachte auf. »Und was das *Blöd* angeht – blöd ist es, mir denselben Benutzernamen und dasselbe Passwort zu nennen, das du für dein E-Mail-Konto benutzt. Bringt man euch an der Schule denn nichts Besseres bei?«

Jax stöhnte auf. Selbstverständlich hatte man ihm geraten, überall einen anderen Benutzernamen und ein anderes Passwort zu verwenden. Doch er hatte den Ratschlag ignoriert. So wie es alle taten.

Terrance hielt den Taser in der rechten Hand, aber Jax interessierte sich mehr für seine linke. Als der Van nach rechts abbog, bewegte Terrance die linke Hand nach oben und Jax starrte sein Handgelenk an.

Er hatte kein Tattoo. Er war ein Normaler.

Jax ließ den Kopf hängen und versuchte nachzudenken. War er von einem Irren entführt worden, der rein gar nichts über den Grunstag wusste? Nein, auf dieser Website stand einfach zu viel, das zu allem passte, was man ihm erzählt hatte. *Irgendetwas* wusste dieser Kerl. Was hätte Jax jetzt für Rileys Befehlsstimme gegeben! Aber er besaß natürlich auch ein eigenes Talent. Leise murmelte er Melindas Beschwörungsformeln vor sich hin.

Terrance schwang den Taser abermals in seine Richtung, und der Wagen ruckte zur Seite. »Keine Zauber, Jax.«

Er wusste, was Jax tat. Das war nicht gut. »Ich bete«, fauchte Jax. »Ich bete darum, dass Sie in einen Graben fahren, denn ich würde viel lieber bei einem Autounfall umkommen, als von einem Psychokiller in Stücke gehackt zu werden!«

»Ich werde dich nicht in Stücke hacken«, schoss Terrance zurück. »Du bist mein goldenes Ticket, Kleiner. Wenn du tust, was dir gesagt wird, passiert dir nichts. Aber solltest du mir eine Frage stellen – nur irgendeine –, bearbeite ich dich mit dem Taser, bis du ohnmächtig wirst.«

Jax sackte gegen den aufgerollten Teppich. Terrance wusste über sein Talent Bescheid.

»Jetzt lass nicht den Kopf hängen, Jax. Du wohnst doch sowieso nicht gern hier, oder?« Terrance Stimme wurde eine Oktave höher. *»Naomi, es gefällt mir hier nicht. Riley ist gemein, und Mrs Unger ist die einzige Person, die nett zu mir ist.«* Seine Stimme wurde wieder normal. »Aber Naomi ist nicht gekommen, um dich zu holen, nicht wahr? Sie hat dich wie eine heiße Kartoffel fallen gelassen.«

Terrance hatte also seine E-Mails und Chats gelesen. Verdammt, in einer alten Mail, die Jax Naomi kurz nach dem Umzug geschickt hatte, stand sogar Rileys Adresse. Außerdem wusste dieser Kerl alles über Magie, obwohl er selbst kein Talent hatte. Aber er gab Jax auch Informationen, und das sogar bereitwillig. Funktionierte Jax' Talent sogar, wenn er keine direkten Fragen stellte? Melinda hatte gesagt, dass er stärker wäre, wenn er wirklich etwas wissen wollte.

Jax hakte nach, achtete jedoch darauf, keine direkte Frage zu stellen. »Sie wissen rein gar nichts über mich.«

»Ich weiß, dass du diese Woche ganz allein bist.« Terrance

grinste ihn im Rückspiegel an. »Dich wird in den nächsten Tagen niemand vermissen.«

Melinda würde sein Fehlen durchaus bemerken. Sie rechnete damit, dass er morgen zu seiner Lektion auftauchte, und wenn er nicht erschien, würde sie sich bei Mrs Crandall melden und die beiden würden … ja, was würden sie tun? Ein Normaler hatte Melindas Sicherheitsnetz garantiert nicht aktiviert, und sie würden Jax' Verschwinden nicht bemerken. Sie hätte nicht die geringste Ahnung, was ihm zugestoßen war.

* * *

Es war die reinste Folter, stundenlang mit hinter dem Rücken gefesselten Händen dazusitzen. Die Qualen fingen klein an und wurden nach und nach immer unerträglicher. Jax wand sich und versuchte, den Druck auf seine Arme zu verringern. Außerdem sah er sich im Wagen um. Neben dem aufgerollten Teppich, mit dem Terrance ihn in den Van gelockt hatte, standen in der Nähe noch eine große Werkzeugkiste und mehrere Säcke, die wie Müllsäcke aussahen.

Die Säcke bereiteten ihm Sorgen. Leichen wurden in Müllsäcken entsorgt.

Jax sah auf die Uhr am Armaturenbrett. Um Mitternacht würde Terrance verschwinden. Doch Jax war weitaus beunruhigter, weil er nicht wusste, was mit dem Wagen passieren würde. Er erinnerte sich an das Auto, das wie festgefroren auf dem Highway gestanden hatte, weil es sich am Mittwoch um Mitternacht sehr schnell bewegt hatte. Was würde in diesem Fall geschehen? Säße Jax dann im Wagen fest und käme nicht raus? Oder würde

Jax' Anwesenheit im Fahrzeug ausreichen, um ihn mit hundertzehn Kilometern pro Stunde in den Grunstag zu schleudern – allerdings ohne Fahrer?

Um 23.30 Uhr fuhr Terrance von der Interstate ab und in eine Stadt jenseits der Staatsgrenze zu Ohio. Regen prasselte auf die Windschutzscheibe, und Terrance schaltete die Scheibenwischer ein. Er fuhr schnell, und Jax hatte den Eindruck, dass er die Uhr im Auge behielt. Endlich, als es nur noch zehn Minuten bis Mitternacht waren, parkte Terrance vor einem Einkaufszentrum. Er schaltete den Motor aus und stieg auf der Fahrerseite aus. Dann kam er um den Wagen herum, öffnete die hintere Beifahrertür und hielt Jax den Taser vor die Nase. »Steig aus. Aber schön langsam.«

Anders als langsam konnte sich Jax sowieso nicht bewegen. Seine Arme waren nicht zu gebrauchen. Beim Aussteigen stürzte er und schlug sich die Knie auf dem Asphalt auf. Danach legte Terrance eine Hand an Jax' Hinterkopf und drückte ihn nach unten. »Kopf runter.«

Das war's. Terrance würde ihn umbringen. Jax atmete noch einmal tief ein, um zu schreien und zu betteln … als seine linke Hand auf einmal nach vorn fiel. Eine Sekunde später zuckte Schmerz durch seine gepeinigten Armmuskeln.

»Steh auf.« Terrance zerrte an seinem anderen Arm. Auch darin protestierten sämtliche Muskeln. Erst jetzt bemerkte Jax, dass seine rechte Hand an Terrances linke gefesselt war.

»Was zum …«

Terrance lachte. Er hielt ihre miteinander verbundenen Hände hoch und schüttelte die Handschellen. In der anderen Hand hielt er noch immer den Taser. »Du bist an mich gekettet«, erklärte er.

»In wenigen Minuten ziehst du mich entweder mit in die andere Welt oder …« Er grinste. »Oder einem von uns wird eine Hand abgerissen.«

Jax betrachtete die Metallringe, die ihre Hände aneinander fesselten. Wenn er mit allem, was er am Leib hatte, in den Grunstag wechselte – und Terrance derweil mit allem an seinem Körper in den Donnerstag überging –, dann konnten sie die Handschellen nicht beide mitnehmen. Jax brauchte nur eine Sekunde, um sich das Resultat vorzustellen. Dann fing er an zu schreien. Er packte die Handschellen und zerrte daran, versuchte verzweifelt, seine Hand rauszuziehen. Terrance ließ ihn gewähren und warf lachend den Kopf in den Nacken.

In dem Augenblick, in dem Jax eigentlich Evangeline hatte begegnen wollen, wechselte er mit Handschellen an einen Irren gefesselt in den Grunstag.

* * *

Als Terrance das Lachen leid war, packte er Jax und schüttelte ihn, bis er Ruhe gab. »Das reicht jetzt, Kleiner.«

Terrance führte Jax vom Van zu einer Reihe von Einkaufswagen. Ihn schien es nicht weiter zu kümmern, dass der Regen in Nebel umgeschlagen hatte, der nun schwer in der Luft hing. Er bedachte auch den Sportwagen, der wie erstarrt auf der Straße stand, mit keinem Blick. Jax erkannte, dass Terrance nicht zum ersten Mal einen Grunstag erlebte und dass er den Handschellentrick auch schon früher ausprobiert haben musste.

Er hatte Jax nur zum Spaß Angst eingejagt.

Terrance zog den Schlüssel aus der Hemdtasche und löste seine Handschelle, die er um eine Metallstrebe eines Einkaufswagens legte. »Warte hier, Kleiner.«

Als Terrance in den Wagen stieg und über den Parkplatz fuhr, dachte Jax schon, das wäre es jetzt gewesen. Terrance würde ihn hier zurücklassen, nachdem er bekommen hatte, was er haben wollte. Doch dann sah er die Rücklichter, und der Van raste mit quietschenden Reifen nach hinten über den Asphalt – direkt durch die Schaufenster eines Geschäfts.

»Ach du Scheiße!«

Jax blickte an dem Gebäude empor. Das war kein Geschäft, sondern eine Bank. Terrance war ein gottverdammter Bankräuber.

Terrance setzte den Wagen wieder ein Stück vor, bis er auf dem Bürgersteig stand, und stieg fröhlich pfeifend aus. Er ging um den Van herum und öffnete die Hecktür. Jax konnte nicht sehen, was er danach machte, ging jedoch davon aus, dass er die Werkzeugkiste und die Müllsäcke auslud.

Nachdem Terrance in der Bank verschwunden war, wandte Jax seine Aufmerksamkeit wieder dem Einkaufswagen zu, der verrostet, und – mit etwas Glück – schlecht verarbeitet war. Er packte die Metallstrebe mit beiden Händen, stemmte die Füße gegen den Boden und rüttelte daran. Die Handschellen klapperten gegen den Stahl, und die Einkaufswagen ratterten gegeneinander, daher hörte Jax die Schritte nicht, bis Terrance ihm den Taser in den Rücken drückte.

Jax zuckte zusammen. »Willst du mich etwa verlassen, Junge?«, fragte Terrance freundlich.

»Lassen Sie mich gehen«, bettelte Jax. »Sie haben doch bekommen, was Sie wollten. Rauben Sie die Bank aus, und lassen

Sie mich gehen. Ich kann doch sowieso nicht die Polizei rufen.«

»Unsere Partnerschaft ist noch nicht zu Ende. Nimm den Schlüssel, und schließ die andere Handschelle auf. Ich muss dir doch nicht sagen, dass ein Fluchtversuch zwecklos wäre, oder?«

Das war in der Tat nicht nötig.

In der Bank wurde der Hauptraum von der Notbeleuchtung schwach erhellt, und unter ihren Füßen knirschten Glassplitter. »Weißt du, womit ich meinen Lebensunterhalt verdiene?«, wollte Terrance wissen. »Ich baue Tresorschlösser. Und weißt du, woran ich denke, wenn ich sie baue? Ich überlege mir, wie man sie knackt.«

Er stieß Jax mit dem Taser an, damit er in Richtung der Schalter ging. Jax begriff, was von ihm verlangt wurde, und befestigte die offene Handschelle am Sicherheitsgitter.

»Keiner kennt sich besser mit Schlössern aus als ein Schlosser. Das einzige Problem sind die Alarme, die Sensoren und die neugierige Polizei.« Terrance deutete mit dem Kopf in Richtung Decke. »Und die Kameras.«

Jax schaute zu den Sicherheitskameras hinauf. Er konnte die schwachen roten Lichter erkennen, wusste jedoch, dass sie nicht funktionierten.

Terrance zerlegte das Schloss der Stahltür hinter den Schaltern und gluckste zufrieden. Er verschwand, wahrscheinlich wollte er jetzt den Tresor knacken. Sobald er nicht mehr zu sehen war, packte Jax das Sicherheitsgitter und rüttelte frustriert daran, wobei er sich schämte, weil er solche Angst vor dem Taser hatte, dass er alles tat, was von ihm verlangt wurde.

Ihm war schmerzlich bewusst, dass Evangeline vor wenigen Minuten erschienen sein musste. Ging es ihr gut? Terrance schien nichts von ihr zu wissen. Das war das einzig Gute an dieser ganzen Situation. Terrance hatte einen Weg in den Grunstag gesucht; er wusste nicht, dass er in die Angelegenheiten von Riley Pendare und seinen Vasallen reingeplatzt war. Jax vergaß für einen Moment, dass er keiner dieser Vasallen war, und stellte sich vor, wie Riley und seine Gang zu seiner Rettung herbeieilten. Er wünschte sich so sehr, Terrance und sein Taser müssten Mr Crandall und Deidres großem Gewehr gegenübertreten. *Dann würde ihm das Grinsen schon vergehen.*

Die nächsten Sekunden malte sich Jax diese Szene aus, mochte sie auch noch so unwahrscheinlich sein, und als er vor der zerbrochenen Scheibe eine Bewegung wahrnahm, machte sein Herz vor Hoffnung einen Satz. Irgendwie hatten sie ihn bis hierher verfolgt. Sie würden hier reinstürmen, genau wie in den Filmen, und ihn retten.

Eine Gestalt huschte durch das zerstörte Fenster. Sie war zu klein, als dass es sich um Riley oder einen der Crandalls handeln konnte, und als die Person die Kapuze des Sweatshirts vom Kopf zog, keuchte Jax laut auf.

Thomas Donovan legte einen Finger an die Lippen. *Sch!*

Jax hatte ganz weiche Knie. Seine Wahrnehmung der Welt war wieder einmal ins Wanken geraten. Thomas Donovan. Hier. An einem Grunstag. Was nur bedeuten konnte …

Hinten in der Bank keckerte Terrance laut, und Jax hörte das Geräusch eines Bohrers. Thomas deutete in Richtung der offenen Tür und formte eine Hand zu einer Pistole – er streckte den Zeigefinger aus und den Daumen nach oben. Dann zog er fragend die Augenbrauen hoch.

Jax überlegte, wie er darauf antworten sollte. Er machte die Geste nach und schüttelte den Kopf, um dann den Zeigefinger zu krümmen, als wollte er eine stumpfe Waffe nachahmen, ihn sich an die Brust zu drücken und Zuckungen vorzuspielen.

Thomas nickte und lief wieder hinaus.

»Warte«, flüsterte Jax panisch. War Thomas nur vorbeigekommen, weil er sich nach der Bewaffnung eines Bankräubers erkundigen wollte?

Zu Jax' großer Erleichterung tauchte er kurz darauf wieder auf. Thomas betrat das Gebäude und schlich an der Wand entlang. Terrances Bohrer verstummte, und Thomas ging schneller. Als er in der Ecke des Raums angekommen war, die der Stahltür am nächsten lag, ging er hinter einer großen Topfpflanze in Deckung und war nicht mehr zu sehen.

Dann bemerkte Jax eine Bewegung am Eingang der Bank. Eine weitere Person kam herein. Diesmal war es ein Erwachsener, der ebenso rotes Haar hatte wie Thomas. Der Mann nickte Jax zur Begrüßung zu, schwang sich einen Baseballschläger auf die Schulter, drehte sich zum Eingang um und bedeutete noch jemandem, hereinzukommen.

Tegan eilte durch das zerbrochene Fenster. Sie warf Jax nur einen flüchtigen Blick zu, bevor sie sich die Kapuze aufsetzte und hinter dem Mann Aufstellung bezog, der ihr Vater sein musste.

Der ältere Donovan baute sich vor der offenen Stahltür auf. Er hielt den Schläger wie ein Baseballspieler – und machte sogar einige Übungsschläge –, um dann laut zu rufen: »Terrance Hodd, raubst du etwa ohne deinen guten Freund Michael eine Bank aus?«

Bei dem Wort *Freund* wurde Jax das Herz schwer. Die Donovans kannten Terrance. Wahrscheinlich waren sie sogar seine Komplizen.

Terrances Stimme aus dem Hinterzimmer bestätigte es. »Wie hast du mich gefunden, Michael?«

»Ich bin dir auf die Schliche gekommen. Mir war klar, dass du allein zuschlagen willst, aber du hast eins vergessen: Ich weiß, in welchen Banken deine Schlösser eingebaut wurden. Der Rest war nur eine Frage der Zeit.« Donovan beäugte Jax. »Anscheinend hast du dir einen anderen Weg in den achten Tag und wieder raus gesucht. Wolltest du mich etwa um meinen Anteil prellen?«

»Deinen Anteil?« Terrance tauchte wieder auf. Er sah erst Jax an und dann Donovan und Tegan, die hinter ihm standen – als wollte er sich die Position jedes einzelnen einprägen –, und hielt nun eine Waffe in der Hand. Keinen Taser. Einen kleinen schwarzen Revolver mit einem schaurigen, übergroßen Loch im Lauf.

Jax bekam einen staubtrockenen Mund. Terrance hatte doch noch eine richtige Waffe.

»Du hast dir deinen Anteil nie anständig verdient, Michael«, sagte Terrance. »Ich bin derjenige, der weiß, wie man in Banktresore eindringt. Du und dein Kind, ihr habt nichts weiter getan, als mich in diese verrückte Welt rein- und wieder rauszubringen …«

»Und dir überhaupt erst davon zu erzählen«, murmelte Donovan.

»… und wie du sehen kannst, habe ich jetzt jemand anderen, der das erledigen kann.«

»Terry.« Donovan schüttelte den Kopf. »Als Vater kann ich es nicht gutheißen, dass du Kinder entführst, um Banken auszurauben. Das ist etwas anderes, als wenn man dafür geboren wurde.« Er warf Tegan einen Blick zu, die grinste und mit den Schultern zuckte.

»Michael.« Terrance setzte erneut sein irres Grinsen auf, bei dem es Jax jedes Mal eiskalt den Rücken herunterlief. »Als Vater hättest du es besser wissen müssen und dein Kind nicht mit herbringen dürfen. Jetzt werde ich ihn ebenfalls umbringen.«

»Ich habe dir nie alles erzählt, Terry.« Donovans Lächeln blieb ungetrübt. »Und du bist zu bescheuert, um überhaupt zu bemerken, dass … es Zwillinge sind.«

Thomas stürzte aus seinem Versteck und fiel Terrance von

hinten an. Terrance ging zu Boden und feuerte im Fallen den Revolver ab. Instinktiv duckte sich Jax. Der Schuss dröhnte in seinen Ohren und wurde vom Geräusch zersplitternden Glases begleitet. Anscheinend hatte er nur eine weitere Fensterscheibe getroffen.

Donovan ließ den Baseballschläger auf Terrances Hand herabsausen. Der Bankräuber jaulte auf, und seine Waffe schlitterte über den Boden. Thomas fischte den Taser aus Terrances Gesäßtasche, schaltete ihn ein und aktivierte ihn. Terrance zuckte wie wild auf dem Boden herum.

»Wo ist der Schlüssel?«, schrie Tegan Jax an.

»In seiner Hemdtasche!«

Donovan stellte Terrance einen Fuß auf den Hals, drückte ihn zu Boden und schwang den Schläger direkt über seinem Kopf. »Ich hätte besser ein Siebenereisen nehmen sollen«, überlegte er gut gelaunt. Thomas fand den Schlüssel für die Handschellen und warf ihn Tegan zu. Danach zerrten sein Vater und er Terrance auf die Knie und schleiften ihn in den hinteren Teil der Bank.

Sobald Tegan die Handschelle gelöst hatte, packte Jax ihren linken Arm und schob ihren Ärmel nach oben. Er erhaschte einen Blick auf ein tätowiertes Wappen, das aussah wie auf den Hinterbeinen stehende Jagdhunde, bevor sie ihm den Arm entzog und ihn anstarrte. »Du hast über mich Bescheid gewusst«, zischte er, »und trotzdem keinen Ton gesagt.«

»Du hast dich wie ein Idiot verhalten«, fuhr sie ihn schnaubend an. »Zeigst anderen dein Zeichen und setzt deine Magie offen ein. Tommy hätte dich am liebsten verprügelt.« Sie hätte vermutlich noch mehr gesagt, wären keine Schreie aus dem hinteren Teil der

Bank zu hören gewesen. »Komm mit.« Sie nahm seinen Arm. »Vielleicht brauchen sie Hilfe.«

Ein kurzer Flur führte zum Tresor. Jax und Tegan kamen gerade noch rechtzeitig dort an, um zu beobachten, wie Terrance sich auf die Knie aufrappelte, woraufhin er einen weiteren Stoß mit dem Taser abbekam. Beim Anblick des auf dem Boden liegenden zuckenden Mannes wurde Jax übel. »Gib mir die Handschellen«, verlangte Thomas. Seine Schwester eilte auf ihn zu.

Der ältere Donovan kniete vor dem Tresor und steckte einen Finger in eines der Bohrlöcher. Dabei drückte er eine Wange gegen die Tresortür und blickte konzentriert nach oben. »Ich glaube … Ah, das hätten wir.« Er sprang auf und öffnete triumphierend die Tresortür. »Und du dachtest, ich hätte nicht aufgepasst, Terry.«

Terrance reagierte mit einem Schwall Schimpfwörter. Die Zwillinge hatten ihm inzwischen die Hände hinter dem Rücken gefesselt, doch er wehrte sich noch immer. »Machst du dich auch mal nützlich?«, fuhr Thomas Jax an. »Hol das Isolierband aus seinem Werkzeugkasten und hilf uns!« Jax blinzelte mehrmals wie benommen, kam dann jedoch der Aufforderung nach und wickelte das Isolierband um Terrances Fußknöchel, während Tegan auf seinen Beinen saß.

Donovan untersuchte die Tür. »Sie lässt sich noch verschließen, wenn wir fertig sind. Glück gehabt.«

»Ich bringe dich um«, knurrte Terrance.

»Halt die Klappe, Terry, oder Tommy tasert dich noch mal.« Donovan reichte Tegan einen Müllsack. »Wo wir schon mal hier sind …«

»Ja, Dad.« Tegan rannte in den Tresor und machte sich daran, Geldbündel aus den Behältern und Schubladen einzupacken.

Donovan hob ein dickes Bündel Hunderter auf und schlug es gegen Jax' Brust. »Hier, Kleiner. Dein Anteil.«

»Nein, danke!«, erwiderte Jax.

»Wie du willst.«

»Sollen wir Terrance im Tresor einsperren?«, fragte Thomas.

»Das könnt ihr nicht tun!«, protestierte Terrance. »Einer von euch muss mich hier wieder rausbringen!« Jax wusste, dass er damit nicht die Bank meinte.

»Da hast du auch wieder recht.« Donovan und Thomas schleiften Terrance in den Tresor. »Du sitzt hier fest, bis dich irgendjemand rettet. Dummerweise wird dieser Tresor am achten Tag nie geöffnet. Wenn sie am Donnerstag zurückkommen, wirst du jedoch nicht hier sein. Ich rechne nicht damit, dass an den Tagen, an denen du da bist, irgendjemand hier auftaucht … Allerdings wird man sich irgendwann fragen, warum es hier so entsetzlich stinkt …«

Terrance fluchte immer lauter. Selbst nachdem Donovan die Tresortür geschlossen hatte, war er noch leise durch die Bohrlöcher zu hören.

Die Zwillinge schoben Jax durch den Flur in den vorderen Teil der Bank. »Ihr könnt ihn nicht hierlassen!«, schimpfte Jax, dem speiübel war. »So wird er langsam und qualvoll verhungern.«

»Was interessiert es dich?«, konterte Thomas. »Diese Waffe war für dich bestimmt.«

»Keine Sorge.« Michael Donovan grinste Jax an. »Terrance gehört nicht in den achten Tag. Er wird einfach wieder in seiner eigenen Zeit auftauchen. Der achte Tag spuckt jeden Normalen um Mitternacht aus, ob er nun mit Handschellen an einen von uns gefesselt ist oder nicht.«

»Er weiß nur das über den achten Tag, was wir ihm erzählt haben. Und wir haben ihm eine Menge Lügen aufgetischt.« Tegan grinste stolz.

»Schließlich wollten wir nicht, dass er uns in den Rücken schießt, weil er glaubt, er würde uns nicht mehr brauchen«, erklärte ihr Vater. »Aus diesem Grund hat er Tommy und Tegan auch nie zusammen gesehen.«

Jax konnte ihnen nicht mehr wirklich folgen. »Was soll das heißen, dass die Waffe für mich bestimmt war?«

Tegan zuckte mit den Achseln. »Es wäre zu aufwendig gewesen, dich gefangen zu halten, bis er dich das nächste Mal braucht.«

Die ganze Welt schien im Gleichtakt mit Jax' Kopf zu pochen. Wenn die Donovans in dieser Nacht nicht hier aufgetaucht wären, hätte sich seine Lebenserwartung möglicherweise auf diesen Grunstag beschränkt.

»Um Mitternacht wechselt er in seine normale Zeit zurück«, sagte Donovan. »Und nur wenige Minuten später wird die Polizei ihn da rausholen.«

»Haben Sie denn keine Angst, dass er Sie verpfeift?«, wollte Jax wissen.

Aber Donovan lachte nur. »Er kennt nicht einmal unseren Nachnamen, und wir bleiben so oder so nicht lange an einem Ort. Jetzt bringen wir dich erst mal nach Hause. Freundlicherweise hat uns Terrance einen Wagen dagelassen, in dessen Zündschloss sogar der Schlüssel steckt.«

Er sollte diesen Leuten zeigen, wo der letzte noch lebende Pendragon wohnte? Das schien ihm eine sehr schlechte Idee zu sein. »Das ist nicht nötig«, meinte Jax. »Ich rufe am Donnerstag jemanden an, der mich abholt.«

Die Zwillinge sahen einander skeptisch an, und ihr Vater musterte Jax misstrauisch. »Wir fahren ohnehin in die Richtung«, erklärte er. »Wieso sollten wir dich dann hierlassen?«

Es schien keine Möglichkeit zu geben, sie abzuschütteln, erst recht nicht, nachdem sie ihm das Leben gerettet hatten. Daher folgte er ihnen auf den Parkplatz und nannte eine Stadt auf der anderen Seite des Schulbezirks und nicht etwa die, in der er wirklich wohnte.

Ein heruntergekommener Toyota Tercel parkte neben Terrances Van. Michael Donovan warf einen Schlüsselbund auf die Motorhaube, bevor er in den Van einstieg und alle aufforderte, es ihm nachzutun. Jax fragte sich, warum die Donovans ihren Wagen zurückließen. Doch dann ging ihm ein Licht auf: Das Auto war gestohlen.

Donovan fuhr mit Terrances Van auf die Straße. »Lenkt sich wie ein Müllwagen«, meinte er zu Thomas, der auf dem Beifah rersitz saß. »Das A-Team trifft Scooby-Doo.«

»Wusstet ihr, dass Terrance mich entführt hatte?«, fragte Jax.

»Wir wussten, dass er *irgendjemanden* gefunden haben musste, der ihn in den achten Tag bringt«, antwortete Donovan. »Er hat uns letzte Woche bei einem Job hängen lassen und ist verschwunden. Wir mussten ihn erst aufspüren.«

»Du hast dich doch nicht auf einer seiner dämlichen Websites angemeldet, oder?«, erkundigte sich Tegan. »Er sucht seit Monaten online nach Opfern, aber kein Wechsler mit einem Hauch von Verstand würde in eine derart offensichtliche Falle tappen.«

Jax machte sich auf seinem Sitz ganz klein und spürte, dass seine Wangen brannten. Tegan und Thomas grinsten einander an, als wüssten sie *natürlich*, dass er genau das getan hatte, und als hätten sie nichts anderes von ihm erwartet.

* * *

Es blieb den Rest der Nacht über so neblig, dass man durch die Windschutzscheibe kaum etwas sehen konnte. Donovan hielt einmal zum Tanken an, allerdings nicht an einer Tankstelle. Vielmehr saugte er an einem Busbahnhof Benzin aus den dort geparkten Autos ab. Danach hielt er noch wegen »einer anderen Art von Treibstoff« an, womit er das Plündern eines Supermarkts meinte. Die Zwillinge stopften sich die Taschen mit Süßigkeiten und Chipstüten voll. Donovan füllte einen Einkaufskorb mit Limonade und schlenderte fröhlich pfeifend durch die Gänge. Sie schienen nach keiner besonderen Methode vorzugehen; vielmehr machte es den Anschein, als würden sie höchstens ein paar Stunden vorausdenken. Soweit Jax es beurteilen konnte, sahen sie den achten Tag als ihr persönliches Einkaufszentrum an, als wäre er allein für ihre Bereicherung gedacht – so wie es Rileys Warnung nach die meisten Wechsler taten. Trotz seiner Missbilligung war Jax nach der ganzen Tortur derart ausgelaugt, dass er sich mit schlechtem Gewissen eine Flasche Wasser nahm. Beim Rausgehen kam er an einem Stand mit Tierfutter vorbei und blieb stehen.

Ich habe gehört, dass Katzen schnurren, hatte Evangeline gesagt.

»Hey, Thomas«, rief Jax. »Gibt es so was wie eine Grunstagskatze?«

»Was ist ein Grunstag?«, erwiderte Thomas.

»So nenne ich den achten Tag.«

»Du willst eine Katze für den achten Tag?«

»Ich will wissen, ob es so was überhaupt gibt«, erklärte Jax.

»Am achten Tag gibt es nur sehr wenige Katzen oder Hunde.« Michael Donovan warf ihm über ein Regal hinweg einen neugierigen Blick zu. »Die Beschaffung könnte kostspielig werden, aber ich kann dir garantiert ein Tier besorgen.«

»Es wäre dann allerdings das Haustier eines Sippenmitglieds«, fügte Tegan hinzu, die den Mund voller Käsebällchen hatte. »Und die können echt unangenehm werden, wenn man sie beklaut.«

»Ich habe euch nicht gebeten, eines zu klauen. Ich wollte nur wissen …« Jax stöhnte verzweifelt. »Vergesst es einfach. Ich warte im Wagen.«

Wie sich herausstellte, war der beste Weg, ein Gespräch mit den Donovans zu vermeiden, so zu tun, als würde er schlafen, und zu Jax' Erstaunen döste er tatsächlich ein. Thomas musste ihn wachrütteln, als sie sich ihrem Ziel näherten.

»Wo geht es lang, Jax?«, fragte Michael Donovan.

»Geradeaus.« Jax schaute sich nach geeigneten Häusern um. Auf dem Sitz neben ihm schlief Tegan tief und fest. Ihr Kopf war auf ihre Schulter gesackt, und das Haar hing ihr ins Gesicht. »An der nächsten Ampel links«, sagte er.

Dabei bemerkte er im Rückspiegel, wie Donovan die Stirn runzelte. »Bist du dir sicher?«

»Ja.«

Thomas und sein Vater tauschten Blicke, doch Donovan bog ab. Jax leitete sie weiter und orientierte sich dabei allein an der Qualität der Häuser, bis er irgendwann meinte: »Hier könnt ihr mich rauslassen.«

»Welches Haus?« Donovan brachte den Van sanft zum Stillstand und schaute über seine Schultern, wobei sein Lächeln nach Jax' Meinung etwas zu unschuldig wirkte.

»Mir wäre es lieber, wenn ich hier aussteige.« Jax machte ein schuldbewusstes Gesicht. »Ich wohne bei jemandem, der mir den Hals umdrehen würde, wenn er wüsste, dass ich so dumm war, mich von einem Bankräuber entführen zu lassen.«

»Das kann ich verstehen.« Donovans Grinsen wurde breiter.

Jax öffnete die Tür. »Ich bin Ihnen sehr dankbar, Sir. Sie haben mir das Leben gerettet. Äh, wir sehen uns in der Schule, Thomas.«

Thomas musterte ihn über den Sitz hinweg mit einem Grinsen, das dem seines Vaters auf unheimliche Weise ähnelte. »Mach's gut, Jax.«

Als Jax zu Tegan hinübersah, schlief sie noch immer. Er stieg aus dem Wagen und ging die Straße entlang. Als er bemerkte, dass Donovan noch immer nicht losgefahren war, drehte er sich um und winkte, bevor er zwischen zwei Häusern weiterging. Sobald er außer Sichtweite war, hockte er sich hin und wartete. Nach einigen Sekunden hörte er, wie der Rückwärtsgang eingelegt wurde und der Van wendete. Erst als das Motorengeräusch nicht länger zu hören war, sackte er erleichtert zu Boden.

* * *

Zuerst suchte er sich ein Fahrrad.

Er versuchte, sich nicht mit Terrance oder den Donovans zu vergleichen. Stattdessen rief er sich ins Gedächtnis, was Riley ihm gesagt hatte: *Ich bin kein Dieb, habe aber schon gestohlen, wenn es notwendig war*. Als er endlich ein Haus fand, dessen Garagentor nicht abgeschlossen war, und ein Fahrrad entdeckte, fragte sich Jax, wie es kam, dass Riley Pendare auf einmal ein akzeptables Vorbild geworden war.

Er war vielleicht zwölf bis fünfzehn Kilometer von zu Hause entfernt und konnte es mit etwas Glück schaffen, bevor die geplante Sitzung mit Melinda anfing. Niemand würde jemals erfahren, dass er weg gewesen war.

Mit Ausnahme von Evangeline.

Als er sich auf das »geborgte« Fahrrad schwang, überlegte Jax, was er ihr sagen sollte.

25

Evangeline schaute sich entsetzt um.

Sie stand umgeben von feuchtem Nebel ganz allein und verletzlich unter dem Nachthimmel. Wie hatte sie nur derart unvorsichtig sein können? Das Erste, was ihre Eltern ihr eingebläut hatten, noch bevor sie in der Lage gewesen war, ganze Sätze zu bilden, war die eindringliche Warnung, sich um Mitternacht an einem sicheren Ort aufzuhalten.

Evangeline rannte in Richtung Haus, musste aber feststellen, dass die Hintertür verriegelt war. Eine Sekunde lang überkam sie Panik, und sie hielt Ausschau nach einem Stein, mit dem sie die Scheibe einschlagen konnte. Doch bevor sie einen fand, bekam sie wieder einen klaren Kopf. Ein kaputtes Fenster würde Mrs Unger erschrecken. Es gab noch einen anderen Weg ins Haus. Schon vor Jahren hatte sie einen Ersatzschlüssel für die Haustür stibitzt und für so einen Notfall an einer bestimmten Stelle deponiert.

Sie brauchte einige Minuten, bis ihr das richtige Fenster wieder einfiel, und sogar noch länger, um den Schlüssel aus der Ritze zwischen der verputzten Hauswand und der Unterseite des Fensterbretts herauszuziehen. Damals waren ihre Finger noch kleiner gewesen. Während sie dort herumfummelte, warf sie immer wieder wütende Blicke nach nebenan, wo Jax' Fahrrad an seinem üblichen Platz stand. Jax hatte sie draußen stehen lassen und war nicht einmal um Mitternacht aufgetaucht.

Sobald sie das Haus mithilfe des Schlüssels betreten hatte, knallte sie die Tür hinter sich zu und schloss ab. *Ich sollte mich eigentlich mehr über mich selbst ärgern*, dachte sie. *Jax hat ja keine Ahnung, wie das ist. Ich habe mich von jemandem ablenken lassen und die Zeit aus den Augen verloren, und das war dumm.*

Mein Leben wird von der Zeit bestimmt.

In dieser Nacht schlief sie nicht besonders gut, weil sie zu sauer auf sich selbst, zu enttäuscht von Jax und zu überwältigt von ihrer Sehnsucht nach ihrer Familie war.

Wenn ich den Taliesins vor fünf Jahren eine andere Antwort gegeben hätte, wären wir dann vielleicht zusammengeblieben?

Nachdem Evangeline und ihre Geschwister durch den Wald und an einen sicheren Ort gebracht worden waren, hatten die Taliesin-Brüder sie voneinander getrennt und Evangeline befragt – weil sie die Älteste war und die Situation vermutlich am besten verstand. »Weißt du, warum wir euch gerettet haben?«, hatte der mit der Adlernase wissen wollen.

Zu diesem Zeitpunkt glaubte sie noch, Verbündete ihres Vaters vor sich zu haben. Schließlich gehörten sie zur Sippe, und man hatte ihr gesagt, alle Sippenangehörigen würden dasselbe wollen. »Um das Exil der Sippe zu beenden und den Achter-Tag-Zauber aufzulösen«, antwortete sie prompt.

Als er sie schlug, empfand sie erst Überraschung und danach Schmerz. Der Schlag war hart genug, um sie auf den Boden zu schleudern.

»Ich hab dir doch gesagt, dass sie zu alt ist«, meinte er zu seinem Bruder. »Wir hätten sie zurücklassen sollen. Die beiden jüngeren Kinder kann man vielleicht noch umerziehen.«

»Da bin ich mir nicht so sicher«, murmelte der andere und rieb sich das Bein. Addie hatte ihm gegen das Schienbein getreten.

Derweil wand sich Evangeline auf dem Boden, da ihre Gliedmaßen ihr nicht länger gehorchen wollten. Zu alt? Sie war gerade mal elf! Zudem verstand sie nicht, wieso die Brüder wütend waren. Sie hatte keine Ahnung, was sie von ihr wollten. *Das war nicht ernst gemeint*, hätte sie am liebsten gesagt. *Sagt mir, welche Antwort ihr hören wollt, und ich gebe sie euch*. Doch ihre Kiefer und ihre Zähne pochten viel zu sehr.

»Jeder fehlgeleitete Versuch, den Achter-Tag-Zauber zu verändern, hat zu einer Katastrophe geführt«, sagte der Mann mit der Adlernase und blickte finster auf sie herab. »Wir haben Aufzeichnungen – ein Desaster nach dem anderen im Laufe der Jahrhunderte, alle verursacht von Narren wie deinem Vater.«

Der zweite Mann wollte ihr aufhelfen, doch der Grausame schritt ein, packte sie an der Kehle und zog sie auf die Beine. »Du bist nichts als ein Gefäß, Mädchen. Ein Gefäß für die Blutlinie, die den achten Tag bewahrt.«

Sie kratzte nach seinen Fingern, und er umklammerte ihre Kehle noch fester, bis schwarze Punkte vor ihren Augen tanzten.

»Wir bringen dich an einen sicheren Ort«, fuhr er fort. »Aber sollte ich auch nur für eine Sekunde glauben, du hättest dich der Sache deines Vaters verschrieben, bringe ich dich eigenhändig um. Hast du verstanden?«

Um sie herum verblasste alles. Die Welt um sie herum drehte sich, und ihre Hände fielen schlaff herunter.

»Wenn wir dich nicht versteckt halten können, müssen wir

verhindern, dass du als Waffe eingesetzt wirst.« Die Stimme des anderen Mannes klang eindringlich, als wüsste er, dass sie kurz davor stand, das Bewusstsein zu verlieren. »Das musst du begreifen, Kind. Niemand wird dich um deinetwillen retten.«

Evangeline hatte sich oft gewünscht, ihr elfjähriges Ich wäre clever genug gewesen, sich von ihrem Vater loszusagen und zu erklären, dass der achte Tag um jeden Preis aufrechterhalten werden musste. Wahrscheinlich hätte man ihr dennoch nicht geglaubt und keine Antwort hätte etwas an ihrer Situation verändert.

Niemand würde sich jemals genug für sie interessieren, um sie allein um ihretwillen zu retten.

* * *

Als der Morgen dämmerte, gab sie den Versuch, noch etwas Schlaf zu bekommen, auf und ging nach unten, wo sie die Bücher, um die sie gebeten hatte, auf der Küchenarbeitsplatte vorfand – hiesige Geschichte und Geografie. Jax war so freundlich gewesen, sie ihr zu besorgen, was die Tatsache, dass er letzte Nacht nicht nach ihr gesehen hatte, noch seltsamer erscheinen ließ.

Als sie nach draußen sah, schien sich sein Haus seit Mitternacht nicht verändert zu haben, doch Evangeline hatte trotzdem ein mulmiges Gefühl im Bauch. Irgendwie fühlte sich das Haus leer an. Sie konnte den Grund dafür nicht genau benennen, hatte jedoch den starken Eindruck, dass niemand zu Hause war – genau wie letzte Nacht bei ihrem Wiederauftauchen. *Irgendetwas stimmt nicht. Jax wäre da gewesen, wenn er gekonnt hätte.*

Sie huschte hinaus und überquerte die Grundstücksgrenze, um die Schuppentür zu öffnen und hineinzuspähen. Da stand das Motorrad, und dieser Anblick alarmierte sie. Beide Jungen schienen nicht zu Hause zu sein und hatten nicht ihre üblichen Transportmittel benutzt.

Allerdings waren sie auch nicht verpflichtet, Evangeline über ihre Reisepläne zu informieren. Der Dicke hatte einen Pick-up-Truck und die Schwarzhaarige einen Wagen. Die Jungs konnten mit einem der beiden mitgefahren sein.

Der Weg zur Haustür fiel ihr weitaus schwerer als der zum Schuppen. Trotz ihrer zunehmenden Gewissheit, dass niemand zu Hause war, musste sie ihren ganzen Mut zusammennehmen, um die Stufen vor dem Haus zu erklimmen. Die Tür war nicht verschlossen und ging auf, sodass Evangeline einen Blick hinein werfen konnte.

Verwahrlost war das erste Wort, das ihr in den Sinn kam.

Dieses Haus war viel kleiner als das von Mrs Unger und sah aus, als wäre es von einer alten Frau eingerichtet worden und anschließend einigen unbeaufsichtigten Jungs in die Hände gefallen – Jungs, die nicht wussten, wie man einen Staubsauger benutzte, und die es mit dem Abwasch nicht besonders eilig hatten. Auf links gedrehte Sweatshirts lagen über Stühlen und zusammengerollte Socken auf dem Boden. Auf einem niedrigen Tisch im Wohnzimmer entdeckte Evangeline eine Messerscheide, in der Jax' Dolch steckte, neben einem Walkie-Talkie.

Wo war Jax ohne seine Ehrenklinge hingegangen? Wohin waren sie beide verschwunden, ohne die Haustür abzuschließen?

Sie konnte nach ihnen suchen. Dafür benötigte sie nichts weiter als einen kleinen persönlichen Gegenstand.

Dieser Gedanke machte sie mutiger, und sie lief nach oben. Die völlige Stille im Haus sagte ihr, dass sie allein war, dennoch verstieß sie gerade gegen sämtliche Regeln, die sie für sich aufgestellt hatte. Sie schob die Tür des ersten Schlafzimmers auf und wusste beim Anblick des an der Wand lehnenden Teleskops, dass es Jax' war. Aus einer Haarbürste auf dem Nachttisch zog sie einige braune Haare, die sie sorgsam in der hinteren Tasche ihrer Jeans verstaute.

Fehlte noch der andere.

Sie überquerte den Flur und betrat das zweite Schlafzimmer. Zwar hatte sie nicht das Recht, seine Habseligkeiten zu durchstöbern, aber sie ging trotzdem zu seiner Kommode, auf der zwischen Kleingeld, zerknitterten Kassenbons und Kaugummiverpackungen ein Kamm mit einigen rotbraunen Haarsträhnen darin lag. Als sie danach griff, fiel ihr Blick auf ein Foto, das im Rahmen seines Spiegels steckte.

Ein Mädchen – aber nicht das schwarzhaarige. Wie viele Freundinnen hatte Riley Pendragon?

Evangeline kam sich töricht vor. All das hier ging sie eigentlich gar nichts an, und er würde sich garantiert nicht darüber freuen, dass sie ihm hinterherspioniert hatte. Sie wandte sich ab, hielt dann aber inne und drehte sich erneut zu dem Foto um.

Das Mädchen hatte rotbraunes Haar, und ihr Gesicht kam Evangeline bekannt vor. Sie war keine Freundin, sondern gehörte zu seiner Familie. Jax hatte gesagt, Riley hätte keine lebenden Verwandten mehr, aber dieses Mädchen war jemand, der ihm am Herzen lag, den er vermisste, dessen Bild ihm wichtig war. Wahrscheinlich eine Schwester. Evangeline wünschte sich, auch ein Foto ihrer Schwester zu besitzen.

Mit plötzlicher Entschlossenheit zupfte sie einige Haare aus dem Kamm, steckte sie in eine andere Hosentasche und verließ das Haus.

Zurück in Mrs Ungers Küche füllte sie eine Backform aus Metall mit Wasser, trug sie zum Tisch und warf Jax' Haare hinein. Während sie darauf wartete, dass sich das Wasser beruhigte, holte sie den Safran und legte sich einige seidige Fäden auf die Zunge, damit sie sich auflösten. Sie schloss die Augen und rezitierte die Beschwörungsformel in der alten Sprache.

Als sie die Augen aufschlug, sah sie zuerst nur die Spiegelung der Deckenlampe auf der Wasseroberfläche. Sie wisperte die Worte des Zaubers und beugte sich weiter vor. Die Reflexion waberte, und ein Bild von Jax tauchte auf. Er saß auf einem Fahrrad – nicht seinem üblichen, sondern einem sehr schicken. Evangelines Erleichterung wurde rasch durch Zorn ersetzt. Sie hatte sich Sorgen um ihn gemacht, dabei ging es ihm gut. Er war letzte Nacht nicht zu ihr zurückgekehrt, weil er in den sieben Tagen ihrer Nichtexistenz etwas Besseres gefunden hatte.

Evangeline blinzelte, um das Bild zu verscheuchen, und das Wasser sah wieder normal aus. Jax war in Sicherheit, und dasselbe galt vermutlich auch für Riley. Es gab keinen Grund, ihn zu suchen.

Wenn sie schlau war, hörte sie jetzt damit auf.

Aber Evangeline biss sich auf die Unterlippe, klaubte Jax' Haare aus dem Wasser und gab die anderen hinein. Sie schüttelte noch einige Safranfäden aus dem Gewürzglas und legte sie sich auf die Zunge, um danach die Formel zu wiederholen. Es dauerte nicht lange, bis ein anderes Bild im Wasser auftauchte.

Riley lehnte sich seitlich gegen den Wagen der Schwarzhaarigen. Sie hatte das Verdeck geschlossen, doch es schien keinem der beiden etwas auszumachen, im Regen zu stehen. Während des angespannten Gesprächs strich sich Riley das nasse Haar aus der Stirn und wirkte besorgt. Die Schwarzhaarige blickte lächelnd zu ihm auf und stieß ihn mit einem Ellbogen an. Er entspannte sich ein wenig und grinste ihr zu.

Evangeline fuhr mit den Fingern durch das Wasser, um das Bild verschwinden zu lassen.

Riley war bei einer Verabredung, und Jax hatte ein neues Fahrrad. Wie schön, dass sie ein derart normales Leben genießen durften.

Sie nahm die Backform und schleuderte sie quer durch die Küche ins Spülbecken. Das Wasser spritzte alles nass, und die Form kam so heftig im Spülbecken auf, dass die Teller in den Schränken klirrten.

* * *

Als es einige Stunden später an der Tür klingelte, wusste Evangeline, wer vor dem Haus stand. Nur eine einzige Person hatte die Nerven, die Stufen hinaufzumarschieren und derart auf die Klingel zu drücken, und das wieder und wieder. Als sie nicht reagierte, hämmerte er gegen die Tür. »Evangeline? Bist du da? Ich weiß, dass du sauer auf mich bist, aber du musst mich wenigstens wissen lassen, dass es dir gut geht.« Er schlug erneut gegen die Tür. »Evangeline?«

Nach einer Weile gab sie auf und öffnete die Tür.

Jax atmete erleichtert auf. »Du hast jedes Recht, wütend auf mich zu sein, aber ich wollte dich letzte Nacht nicht im Stich lassen.« Er rieb sich mit einer Hand das Gesicht, das ganz feucht geworden war. »Darf ich reinkommen und es dir erklären?«

»Nein.«

»Kommst du raus?«

»Nein.«

»Es tut mir leid«, entschuldigte er sich.

»Jax.« Sie umklammerte den Türknauf sehr fest und wappnete sich. »Ich möchte, dass du mich in Ruhe lässt. Keine Nachrichten oder Geschenke mehr. Keine Gartenpartys, keine Elektrizität. Hör einfach mit allem auf.«

Er schien in sich zusammenzusinken. Evangeline kaute auf ihrer Unterlippe herum. Es war nicht seine Schuld, und sie fand, dass er eine Erklärung verdient hatte. »Dein Leben verläuft für mich viel zu schnell«, sagte sie. »Ich kann nur kurze Blicke darauf erhaschen, aber nicht daran teilnehmen.«

»Oka-a-ay.« Er runzelte die Stirn. »Aber ich begreife nicht, wieso wir keine Freunde sein können.«

»Weil es wehtut, Jax.«

Sie sah, wie er die Augen aufriss, weil er es verstand. Er fuchtelte mit den Händen, als würde er nach einer Erwiderung suchen. Doch dann machte er nur einen Schritt nach hinten und ging die Stufen wieder hinunter.

Evangeline schloss die Tür.

Am Freitagnachmittag saß Jax vor seinem Mathebuch und stach mit dem Dolch seines Vaters darauf ein. Damit musste er jetzt schon zwei ruinierte Schulbücher zurückgeben, doch er hatte größere Sorgen als das Missfallen seiner Lehrer.

Die Donovans waren weder am Donnerstag noch am Freitag in der Schule aufgetaucht. Jax hätte eigentlich erleichtert sein sollen. *Sie sind bestimmt auf der Flucht und kommen nie mehr wieder.* Aber ihre Abwesenheit machte ihn nervös, als wäre es gefährlich, sie aus den Augen zu verlieren.

Billy ließ ihn hingegen nicht in Ruhe. »Du gehst mir auf die Nerven«, beschwerte sich Jax.

»Das sagen auch alle über dich«, konterte Billy.

Im Wissenschaftsunterricht machte sich Giana an ihrem Tisch ganz klein. Sie hatte ihm seit ihrer letzten Auseinandersetzung weder Beleidigungen zugezischt noch versucht, ihm ein Bein zu stellen. Jax ignorierte sie. Er konnte es nicht fassen, dass er sich früher danach gesehnt hatte, mit ihr zu reden, denn sie war gemein, tyrannisch und feige. Giana hätte nie den Mumm gehabt, sich einem bewaffneten Bankräuber in den Weg zu stellen.

Wodurch Jax der Platz hinter ihm nur noch leerer vorkam.

Billy senkte die Stimme. »Enzo erzählt allen, du hättest ihn mit einem Zauber belegt.«

»Ja, genau. Ich bin ein Hexer«, flüsterte Jax zurück. »Du bist mir auf die Schliche gekommen.«

»Ich wünschte, das wäre wahr. Denn das wär echt cool.«

Als er allein zu Hause saß, weil Riley noch immer unterwegs war, überlegte Jax, sich ein Paar Handschellen zu besorgen und Billy einzuladen, nächsten Mittwoch bei ihm zu schlafen. Dann stach er wieder auf das Algebrabuch ein. Was würde passieren, wenn er sich mit Handschellen an Evangeline fesselte? Konnte er sie dann in den Donnerstag ziehen? Oder würde sie ihn einfach sieben Tage weiter zum nächsten Grunstag befördern?

Es war einen Versuch wert. Dummerweise hatte sie ihn jedoch gebeten, sie in Ruhe zu lassen. Diesmal stach Jax so fest auf den Einband des Mathebuchs ein, dass der Dolch zitternd darin stecken blieb.

Die Haustür wurde aufgerissen, und Riley und die Crandalls betraten lachend und mit den Gewehren in den Armen das Wohnzimmer, als wären sie von einem Jagdausflug zurückgekehrt. Jax musste an Terrances Waffe denken, und ihm drehte sich der Magen um.

Die Waffe war für dich bestimmt, hatte Thomas gesagt.

Die anderen schienen Jax nicht zu bemerken, der sie einen Moment lang beobachtete, bevor er rief: »War die Mission erfolgreich?«

»Ja«, antwortete Riley. »Ist hier alles in Ordnung?«

»Alles bestens«, brummte Jax. Terrance saß hinter Gitter, wie er in den Onlinenachrichten gelesen hatte. Die Behörden waren von den Umständen des Bankraubs »verwirrt«, hatten jedoch nicht vor, ihren Verdächtigen in absehbarer Zeit laufen zu lassen.

Jax fragte sich, inwieweit sich sein Vormund von Terrance unterschied. »Hast du jetzt deinen ersten Kill?«, wollte Jax wissen.

Riley starrte ihn an. »Was?«

A.J. und sein Vater tauschten Blicke.

»Hast du jetzt deinen ersten Kill?«, wiederholte Jax seine Frage. »Miller hat nicht geglaubt, dass du es kannst.«

Miller hat nicht geglaubt, dass du es kannst. Jax beobachtete, wie Riley die Worte lautlos wiederholte. Dann zog Riley sein Handy aus der Tasche und rief die Nachrichten auf. »Du kleiner Schnüffler.«

Mr Crandall tippte Riley auf die Schulter. »Ich hab's dir doch gesagt! Wenn du einen Inquisitor im Haus hast, erwartet dich notgedrungen Ärger.«

Riley tippte auf seinem Handy herum und löschte vermutlich die Nachrichten.

»Es wurde niemand getötet«, versicherte Mr Crandall Jax.

»Wo ist Deidre?«, erkundigte sich Jax. »Wofür habt ihr die ganzen Waffen gebraucht? Weshalb hat sie überhaupt so viele?«

»Deidre ist wieder am College«, antwortete Riley. »Und der Rest geht dich nichts an.«

»Erzähl es ihm, Junge«, forderte Mr Crandall Riley auf. »Das alles wäre weitaus einfacher, wenn du endlich akzeptierst, dass der Junge zu uns gehört.« Mr Crandall schob A.J. in Richtung Tür und rief Jax im Gehen zu: »Mach weiter. Ich erkenne ein Talent, wenn es vor mir steht.«

Jax und Riley beäugten einander misstrauisch. Dann nahm Riley seine Reisetasche und ging an Jax vorbei nach oben.

Jax zog die Ehrenklinge seines Vaters aus dem Mathebuch. *Seine* Ehrenklinge. Wenn Melinda recht hatte, musste er sie als sein Eigentum ansehen, damit sie funktionierte.

»Und, was hatte *sie* diese Woche zu sagen?«

Riley stellte ihm die Frage noch auf der Treppe und bewusst beiläufig, als würde ihn die Antwort nicht interessieren, aber Jax fiel nicht darauf rein. »Nichts«, erwiderte Jax. »Sie will, dass ich sie in Ruhe lasse. Angeblich ist es schmerzhaft für sie, Freunde zu haben.«

Bei seinen Worten versteifte sich Riley leicht. »Ich hab dich gewarnt.«

»Wieso muss sie so leben?«, verlangte Jax zu erfahren. Als Riley schwieg, fügte er hinzu: »Soll ich mich lieber allein umhören?«

»Sie ist eine Emrys.« Riley setzte sich auf die Schreibtischkante. »Merlin Emrys hat den Zauber gewirkt, durch den der Grunstag geschaffen wurde. Er hat mit Nimue und Artus zusammengearbeitet und sein eigenes Volk verraten, um sich bereitwillig mit ihm in Gefangenschaft zu begeben. Aber eintausendfünfhundert Jahre sind eine lange Zeit, selbst für einen Zauber, es sei denn, er wird von einer Blutlinie weitergetragen. Die Emrys-Familie hält den Zauber aufrecht, und wenn sie ausstirbt, hört die alternative Zeitlinie einfach auf zu existieren.« Riley schnippte mit den Fingern. »Genau wie alle, die darin gefangen sind.«

Jax zuckte zusammen, als er sich vorstellte, wie der achte Tag wie eine Seifenblase zerplatzte.

Riley zeigte zum Nachbarhaus. »Der Vater dieses Mädchens hatte vor, den Zauber zu brechen. Er hat sich mit einigen sehr üblen Sippenclans zusammengetan, wurde jedoch aufgehalten, bevor er handeln konnte.«

»Aufgehalten?«, fragte Jax skeptisch. »Du meinst wohl, er wurde getötet.«

Riley nickte. »Doch seine Verbündeten haben versucht, ohne ihn weiterzumachen. Vor zwanzig Jahren hat ein Sippenfürst versucht, den Grunstag-Zauber zu verändern, und der magische Rückstoß seines Scheiterns hat eine Stadt im Mittleren Westen verwüstet. Eine ganze Gemeinde wurde zwischen Mittwoch und Donnerstag gesprengt – Dutzende verloren dabei ihr Leben. Man hat es auf einen verrückten mitternächtlichen Tornado geschoben. Danach meldete sich mein Vater freiwillig, um dabei mitzuhelfen, die verbliebenen Emrys-Erben unter Kontrolle zu behalten.«

»Dann ist Evangeline nicht die Einzige?«

»Es gibt noch mindestens einen weiteren. Wer das ist oder wo diese Person lebt, geht mich jedoch nichts an. Erinnerst du dich noch, dass ich an deinem ersten Grunstag nicht da war? An diesem Tag habe ich ein Sippenmitglied verfolgt, das Informationen über einen versteckten Emrys-Erben verkaufen wollte. Wie sich herausstellte, handelte es sich um einen Hochstapler, der rein gar nichts wusste.«

»Du bist eigentlich gar nicht Evangelines Gefängniswärter«, erkannte Jax. »Du passt auch auf sie auf.«

Riley zuckte mit den Achseln. »Aus ihrer Perspektive ist das vermutlich ein und dasselbe. Meine Familie hat schon vor meiner Geburt über sie gewacht, allerdings nur aus der Ferne. Es war meine Entscheidung, direkt nebenan einzuziehen.«

»Warum?«, fragte Jax.

»Wenn man als Einziger noch übrig ist, um etwas sehr Wichtiges zu bewachen, sollte man es nicht aus den Augen lassen.« Riley richtete den Blick auf Jax. »Als dein Dad hier aufgetaucht ist, war ich besorgt, bis sich herausstellte, dass er auch nur helfen wollte.«

»Mein Dad …?«

»Er wurde angeheuert, um sie zu finden, und hatte entschieden, seinen Teil der Abmachung nicht einzuhalten. Sein Auftraggeber war ein Sippenfürst namens Wylit – das ist derjenige, der auch diese Stadt zerstört hat. Wylits Vasallen sind seit Jahren hinter Evangeline her, weil sie glauben, sie könnte ihnen helfen, den Zauber aufzuheben. Dein Vater kannte meinen Vater schon sehr lange, und er hat mich mit demselben Talent aufgespürt, das du ebenfalls besitzt. Er hat nur versucht, das Richtige zu tun.«

Jax schluckte schwer. Immer, wenn Riley ihm etwas über seinen Vater erzählte, kam es ihm so vor, als würde ein weiteres Stück seines alten Lebens abgehackt. Diesmal hatte Jax jedoch den Eindruck, etwas zurückzubekommen. Sein Vater hatte sich für die Seite entschieden, die Evangeline beschützte.

»Wäre das denn so schlimm?«, fragte Jax. »Wenn der Zauber gebrochen wird? Dass Evangeline und ihre Leute an allen Wochentagen leben?«

»Ja«, antwortete Riley grimmig. »Wylit und einige andere aus der Sippe dürfen auf gar keinen Fall auf die Welt losgelassen werden. Und was Evangeline angeht, so hast du vermutlich nicht die geringste Ahnung, wie stark sie wirklich ist oder zumindest sein könnte, wenn sie von den richtigen Leuten ausgebildet würde. Oder von den falschen.«

Jax schüttelte ungläubig den Kopf. Er hatte nie erlebt, dass sie irgendein magisches Talent zeigte. Schließlich hatte sie ihn sogar mit Pfefferspray angegriffen. Ohne die Dose vorher zu entsichern.

Riley fuhr fort. »Dein Dad wusste, dass es gefährlich war, sich mit Wylit anzulegen. Ich glaube, er hatte geplant, auf die andere Seite des Landes zu ziehen und wie ich seinen Nachnamen zu ändern. Mich darum zu bitten, auf dich aufzupassen, war nur sein Plan B. Ich hätte mich so oder so nicht geweigert, aber er hat mir einen großen Gefallen getan.«

»Was hat er denn gemacht?«

»Wylit ist ein gerissener Bursche, Jax. Mein Vater hat es nicht geschafft, ihn zu fassen, ebenso wenig wie die Morgans, die Dulacs und jeder andere Clan, der es versucht hat. Aber dein Dad hat irgendwie Verbindung aufgenommen – er hat für Wylits Vasallen gearbeitet und dann mir dabei geholfen, einen Spion bei ihnen einzuschleusen. Das war mein Gewinn bei diesem Abkommen, und ich schwöre dir, dass ich seitdem versuche, bei dir alles richtig zu machen.«

»Dann verrat mir, wo du diese Woche gewesen bist«, verlangte Jax.

Riley seufzte. »Ich wollte einige Sippenmitglieder davon überzeugen, von dem Ort wegzuziehen, an dem sie sich seit vierzig Jahren verstecken. Angeblich wurde ihr Aufenthaltsort entdeckt und Wylits Vasallen haben es auf sie abgesehen. Aber das hast du ja alles auf meinem Handy gelesen, nicht wahr?«

»Und die Waffen waren nur für den Fall, dass die anderen vor euch dort ankommen?«

»Hauptsächlich. Allerdings sind diese Leute vom Taliesin-

Clan diejenigen, die Evangeline versteckt haben und die wahrscheinlich auch wissen, wo sich der Rest ihrer Familie aufhält. Sie sind gewissermaßen unsere Verbündeten, waren jedoch nie bereit, ein freundschaftliches Verhältnis zu uns zu pflegen. Wenn sie nicht bereitwillig kooperiert oder sich meinen Befehlen widersetzt hätten, wäre die Sache … unangenehm geworden.«

»Du hast doch nicht etwa …«

»Nein, das war nicht nötig«, fiel Riley ihm ins Wort. »Deidre schlug vor, sie auf den Campus ihres Colleges unterzubringen, weil sie dafür garantieren kann, dass es dort keine Sippenmitglieder und Wechsler außer ihr gibt, und sie waren einverstanden.«

Jax runzelte die Stirn. »Ist Evangeline jetzt in Sicherheit?«

Riley fuhr sich mit einer Hand durchs Haar. »Davon bin ich nicht überzeugt. Ich wollte mich auf die Suche nach einem anderen Versteck machen. Danach muss ich sie von diesem Umzug überzeugen. Und eines sollte dir klar sein, Jax: Ich muss dann ebenfalls umziehen. Ich werde immer dort hingehen, wo sie ist.«

»Und was ist mit mir?«

»In dieser Hinsicht hat sich nichts geändert. Ich möchte dich noch immer zurück zu deinen Verwandten bringen.«

Erneut stach Jax mit seinem Dolch in das Mathebuch. Riley sprang erschrocken vom Schreibtisch herunter. »Da irrst du dich«, teilte Jax ihm mit. »Ich habe mich verändert.«

* * *

Am Samstagvormittag fuhr Jax sehr lange mit dem Fahrrad herum. Dazu nahm er sein eigenes Rad. Das gestohlene hatte er am

Abend des Grunstags zusammen mit der Adresse des Besitzers vor einem Polizeirevier abgestellt. *Entschuldigung,* hatte er noch auf die Nachricht geschrieben.

Riley wusste noch immer nichts von Jax' Entführung. Jax war noch rechtzeitig zu seiner Lektion bei Melinda zurückgekehrt, daher wusste außer Evangeline niemand, dass er überhaupt weg gewesen war. Und sie würde es bestimmt niemandem verraten.

Während er ziellos durch die Stadt radelte, überlegte Jax, was er jetzt tun wollte. Vor allem dachte er aber an all das, was er auf gar keinen Fall tun wollte.

Er verspürte nicht länger den Wunsch, bei Naomi zu wohnen. Das Leben bei Normalen erschien ihm nicht mehr so sicher wie früher. Als er von Terrance entführt worden war, hatte Jax darauf gehofft, dass ihn Riley und die Crandalls retten würden, war jedoch letzten Endes von den Donovans befreit worden.

Er hatte aber auch nicht vor, Riley die Treue zu schwören. Zwar konnte er Riley inzwischen besser leiden und gestand sich sogar ein, dass er einige bewundernswerte Eigenschaften besaß, doch Jax wollte nicht Teil von Rileys »Befehlskette« werden.

Außerdem wollte er Evangeline nicht aufgeben. Er war noch nie jemandem begegnet, der dringender einen Freund brauchte als sie, ob es nun schmerzte oder nicht. Wenn Riley sie an einen anderen Ort bringen wollte, würde Jax die beiden begleiten. Wenn sie schon zu ihrer eigenen Sicherheit eingesperrt werden musste, dann wollte Jax verdammt noch mal dafür sorgen, dass es wenigstens einen Menschen gab, mit dem sie reden konnte. Die Frage war nur, ob Riley ihm den Umzug gestattete, da Jax keiner seiner Vasallen war. Deidre vertraute er ganz offensichtlich, obwohl sie ebenfalls nicht zu seinen Vasallen gehörte.

Wahrscheinlich besaß sie andere Talente, die Riley wichtig waren.

Jax grinste, lehnte sich auf seinem Fahrrad nach hinten und ließ sich treiben.

Er hatte ebenfalls ein Talent.

An diesem Nachmittag erstellte er eine Liste aller Anforderungen an ein »Safehouse« für Evangeline und hatte eine hervorragende Idee. Was wäre, wenn sie sie in einem Internat versteckten? Sie mochte Bücher. Dort stünde ihr eine ganze Bibliothek zur Verfügung. Zudem konnte sie sich Kleidungsstücke von den anderen Mädchen »ausborgen«, da sie ihre 1980er-Jahre-Klamotten ja nicht mehr leiden konnte. Verschwundene Lebensmittel würden den anderen Schülern zugeschrieben, und welche Schule hätte nicht gern einen Hausgeist? Nach dem wenigen, was Jax über Evangeline wusste, wollte ihm kein anderer Ort einfallen, der ihr besser gefallen würde.

Zumindest solange sie sich weiterhin verstecken musste.

Er setzte sich vor seinen Computer, legte seinen Dolch neben die Tastatur und sagte leise einen von Melindas Meditationssprüchen vor sich hin, die ihm bei der Anwendung seines Talents helfen sollten. Bis Riley von der Arbeit nach Hause kam, wollte Jax eine Liste mit Internaten sowie wohlüberlegten Argumenten gegen jedwede Einsprüche erstellt haben.

Doch er hatte gerade erst mit der Suche angefangen, als die Haustür aufging und Michael Donovan hereinkam.

Jax stand so schnell auf, dass sein Stuhl umfiel. »Was machen Sie denn hier?«

»Ist das die passende Art, einen Freund zu begrüßen?«, fragte Donovan fröhlich und stellte eine Transportbox für Haustiere auf dem Wohnzimmertisch ab.

»Wie haben Sie mich gefunden?«

»Wir haben dich aufgespürt, Junge!« Donovan grinste. »Ich wusste, dass du nicht in der Gegend wohnst, in der wir dich abgesetzt haben. Daher haben wir uns einfach in den umliegenden Städten umgesehen, bis wir auf dich gestoßen sind. Wie hätte ich dir denn sonst deine Achter-Tag-Katze vorbeibringen sollen?«

Aufgespürt? So wie Spürhunde? Jax starrte den Mann entgeistert an, beugte sich dann vor und spähte in die Transportbox.

Sie war leer.

»Jetzt ist sie natürlich nicht da«, sagte Donovan. »Sie taucht erst am achten Tag wieder auf.«

Als Jax gerade den Mund aufmachen wollte, um Donovan zu fragen, für wie dumm er ihn hielt, klingelte sein Handy. *Oh nein!* Jax wusste schon, wer es war, bevor er ranging. »Ja?«

»Melinda hat angerufen«, sagte Riley. »Es sind Wechsler in der Stadt. Ich bin unterwegs, und A.J.s Mom kommt ebenfalls rüber.«

Jax starrte Donovan an, der auf der anderen Seite des Raumes stand, und Riley hakte lauter nach: »Hast du mich gehört, Jax?«

»Ja.« Mehr brachte Jax nicht heraus.

»Es ist vermutlich nur ein Fehlalarm. Leute auf der Durchreise, die nichts von uns wissen. Aber falls du jemanden siehst, haust du ab. Hast du gehört?« Das Motorengeräusch des Motorrads übertönte Rileys Stimme.

Jax beendete das Gespräch. »Sie müssen von hier verschwinden.«

Donovan grinste noch immer. »Aber wir haben uns nie auf einen Preis für die Katze geeinigt.«

Jax hob die Transportbox hoch und warf sie ihm zu. »Das ist mein Ernst! Es kommen Leute her, die sich nicht freuen werden, Sie zu sehen.« Wenn Riley diesen Mann in seinem Haus antraf, würde er vielleicht doch zum ersten Mal töten. Und es stand zu befürchten, dass Jax das Opfer sein würde.

»Hier riecht es, als würde in diesem Haus jemand Bedeutsames wohnen, Dad. Aber es ist keiner seiner Verwandten.«

Jax sperrte den Mund auf, als Thomas die Treppe aus dem ersten Stock herunterkam. »Wie bist du da raufgekommen? Und was hast du da oben gemacht?« Noch panischer fügte er hinzu: »Und wo ist Tegan?«

»Sie sieht sich draußen um.« Thomas schlenderte in die Küche und öffnete den Kühlschrank. »Hast du was zu essen da?«

Jax rannte ihm hinterher, und als ihm die Katzenkasse auf der Arbeitsplatte ins Auge fiel, hatte er eine Idee. »Hier ist Bargeld.« Er zog einige zerknüllte Geldscheine heraus und drückte sie Thomas in die Hand. »Und jetzt nehmt eure ›Katze‹ und verschwindet aus diesem Haus! Seht zu, dass ihr die Stadt verlasst!«

»Das ist keine besonders freundliche Begrüßung für Menschen, die dir das Leben gerettet haben«, stellte Donovan fest.

»Ich versuche gerade, euch das Leben zu retten!« Jax lief durch das Haus und zur Vordertür, weil er herausfinden wollte, was Tegan gerade trieb.

Er traf sie im Garten an, wo sie schnüffelnd die Nase in die Luft hielt. »Tegan!« Jax packte sie am Arm. »Ihr habt ein Sicherheitssystem aktiviert, und jetzt kommen Leute her. Haut sofort ab!«

Sie kniff die Augen zusammen. »Ein Sicherheitssystem?«

Als einen Block weiter Reifen quietschten, drehten sie sich beide um. Michael und Thomas verließen gerade das Haus. Thomas zählte das Geld, und Michael hatte sich die Transportbox unter den Arm geklemmt. »Verteilen«, sagte Tegan.

Jax hatte sie anderthalb Minuten lang angeschrien, aber Tegan musste nur ein Wort sagen und die drei rannten los. Thomas sprang hinter dem Haus über den Zaun, während sein Vater scharf nach links abbog, die Straße überquerte und zwischen zwei Häusern entlangging. Als sich Jax wieder umdrehte, war auch Tegan verschwunden.

Mrs Crandalls Wagen fuhr vor Rileys Haus vor. Die Fahrertür wurde aufgerissen, und Mrs Crandall stieg aus. Sie marschierte auf Jax zu und schaute sich dabei in alle Richtungen um. Mr Blum, der seinen Rasen düngte, musterte sie neugierig.

»Hast du jemanden gesehen, Jax?«, rief Mrs Crandall ihm zu.

Er erinnerte sich sehr gut an ihr Talent. »Keine Fremden.« Das entsprach sogar der Wahrheit. Sie musterte ihn kritisch, wurde dann jedoch von Rileys näherkommendem Motorrad abgelenkt.

Sofort hob sie einen Arm und ließ einen Finger durch die Luft kreisen. Riley hob eine Hand, um zu bestätigen, dass er die Geste gesehen hatte, und setzte zu einer Runde um den Block an. Mrs Crandall stellte den Motor ihres Wagens ab. »Warte im Haus, Jax.«

Jax ging wieder hinein und atmete aus. Bestand das Talent der Donovans darin, dass sie Leute aufspüren konnten? Das war ja widerlich! Und was hatte Thomas oben getrieben? Jax nahm immer zwei Stufen auf einmal, als er hinaufrannte. Eines der hinteren Fenster stand offen, und direkt darunter befand sich der Schuppen. *So ist er also ins Haus gelangt.* Jax schloss das Fenster und verriegelte es.

Er schaute sich auch in Rileys Zimmer um, konnte jedoch nicht erkennen, ob irgendetwas fehlte. Auf dem Weg nach draußen warf er einen Blick auf das Foto des Mädchens, das an Rileys Spiegel hing. *Ist das seine tote Schwester?* Mit dieser Erinnerung an das, was auf dem Spiel stand, ging Jax wieder nach unten und wartete.

* * *

Später sah Jax Riley direkt in die Augen und sagte: »Ich bin rausgegangen, um mich umzusehen, und hab niemanden entdeckt, der hier nicht hergehörte. Dann kam auch schon Mrs Crandall und hat gesagt, ich soll im Haus warten.«

Er rechnete schon mit Rileys Befehl: *Ich verlange, dass du mir die Wahrheit sagst*. Doch das passierte nicht. »Melissa sagte, diese Leute wären schon einmal durch ihr Netz gekommen. Sie vermutet, dass es Einzelgänger sind, die ganz in der Nähe wohnen und hin und wieder im Walmart einkaufen oder zum Tanken vom Highway abfahren.«

Jax konnte gerade so verhindern, dass man ihm sein Erstaunen ansah. *Aber natürlich.* Melinda hatte die Donovans schon früher bemerkt. Wahrscheinlich wohnten sie keine zwanzig Kilometer entfernt. Wenn Jax sie irgendwann erwähnt hätte, nachdem er herausgefunden hatte, dass einige seiner Klassenkameraden Wechsler waren, wäre Riley nicht einmal überrascht gewesen. Er hätte kein Wort über die Entführung verlieren müssen.

Dummerweise hatte er sie Riley gegenüber jedoch nicht erwähnt und nun auch noch direkt gelogen. Wenn er seine Geschichte jetzt anpasste und die Wahrheit sagte, würde Riley jegliches Vertrauen in ihn verlieren. Und wenn Riley ihm nicht vertraute, würde er Jax nicht mitnehmen, wenn er mit Evangeline woanders hinzog. Dann würde Jax doch noch bei Naomi landen und jeden Grunstag ganz allein verbringen müssen.

Daher musste er wohl oder übel bei seiner Lüge bleiben und darauf hoffen, dass die Donovans nie wieder auftauchten. Er hatte ihnen Geld gegeben, und das war doch alles, was sie interessierte. Sie hatten keinen Grund, noch einmal in dieses Haus zurückzukehren. Jax konnte ihnen nichts weiter anbieten.

»Dann ist alles gut?«, fragte er mit, wie er hoffte, unschuldiger Stimme.

»Ich schätze schon«, antwortete Riley. Aber es klang, als müsste er sich selbst ebenfalls davon überzeugen, und er sah noch immer besorgt aus. »Man kann nicht vorsichtig genug sein.«

* * *

Am Montag meldete sich Riley krank, weil er das Haus nebenan im Auge behalten wollte, und er verlor beinahe seinen Job, da er sich schon wieder freinahm. Zwar erteilte er seinem Boss nicht direkt den Befehl, ihn nicht zu feuern, aber Jax hörte ihn am Telefon sagen: »Haben Sie ein bisschen Mitleid.« Jax erschauderte. Wie Melinda vorhergesagt hatte, bekam er langsam ein Gefühl dafür, wann Riley sein Talent einsetzte.

Jax ging zur Schule und schrieb die letzten Klausuren. Zu seiner Erleichterung tauchten die Donovans nicht wieder auf.

»Vielleicht sind sie umgezogen«, mutmaßte eines der anderen Kinder.

»Ich hoffe, es macht ihnen Spaß, die siebte Klasse an ihrer neuen Schule zu wiederholen«, grummelte Miss Cassidy. Als sie den leeren Test von Tegans Tisch nahm, hörte Jax sie jedoch murmeln: »Was für ein Jammer. Sie hatte zumindest Potenzial.«

An diesem Abend klingelte es an der Tür, und Jax erstarrte und stellte sich vor, wie die Donovans, vielleicht sogar noch mit der Katzentragebox, davor standen. Als

Riley die Tür öffnete und stattdessen Mr und Mrs Crandall hereinließ, wurde Jax vor Erleichterung ein wenig schwindlig. Riley machte jedoch ein grimmiges Gesicht.

Mr Crandall räusperte sich. »Wir erbitten eine formelle Audienz.«

»Ja, damit habe ich gerechnet.« Riley folgte den beiden ins Wohnzimmer.

Recht steif legten die Crandalls ihre Ehrenklingen auf den Tisch, bevor sie sich aufs Sofa setzen. Kurz vermutete Jax schon, sie würden Riley die Treue entsagen, aber als Riley seinen Dolch danebenlegte, beschloss Jax, dass es sich um ein merkwürdiges

Ritual handeln musste. Okay, da konnte er mithalten. Er legte seine Klinge dazu. Mrs Crandall nickte zustimmend.

Mr Crandall räusperte sich erneut. »Samstag«, setzte er an.

»Das war ein falscher Alarm«, erwiderte Riley.

»Wir waren schlecht vorbereitet und unterbesetzt.«

»Es war ein falscher Alarm«, wiederholte Riley. »Nur ein paar zufällige Wechsler. Außerdem habe ich mit Miller gesprochen. Er hat nichts gehört.«

»Miller weiß auch nicht alles«, merkte Mrs Crandall an. »Außerdem hat Arnie recht. Wir hatten nicht genug Leute, um dieses Haus zu schützen.«

»Ich war drei Minuten nach Melindas Anruf hier.«

»In drei Minuten kann viel passieren«, sagte Mr Crandall. »Außerdem gehst du immer davon aus, dass sie das Ziel ist, dabei kann man es genauso gut auf dich abgesehen haben.«

»Es ist nicht deine Schuld«, versicherte Mrs Crandall ihm. »Du musst zur Arbeit gehen. Wir müssen alle arbeiten, damit wir die Rechnungen bezahlen können. Das Problem besteht darin, dass wir schlichtweg zu wenige sind.«

»Du bist nicht nur unser Lehnsherr. Für uns bist du wie ein Sohn. Darum möchten wir von dir wissen, ob du über das Angebot der Morgans nachgedacht hast. Sie haben dich all die Jahre vor den Dulacs abgeschirmt und niemanden wissen lassen, dass du noch am Leben bist, und du weißt ganz genau, dass sie das nur getan haben, weil sie damit rechnen, dass du irgendwann mit Deidre zusammenkommst.«

»Aber da liegen sie falsch«, erklärte Riley leise. »Ich habe nicht die Absicht, mich mit Deidre zu verloben.«

Jax schnappte nach Luft. Riley sollte die schwer bewaffnete

Deidre heiraten? Wenn Riley das erste Mal vergaß, auf dem Heimweg einzukaufen, würde sie ihn doch eiskalt erschießen!

»Eine Verbindung der Familien würde sowieso nicht ausreichen, um Deidres Mutter zufriedenzustellen«, fuhr Riley fort. »Sheila Morgan wird erwarten, dass ich ihr die Treue schwöre. Ich müsste ihr meine Vasallen überlassen. Willst du etwa den Morgans dienen, Arnie?«

»Du weißt ganz genau, dass ich das nicht will«, antwortete Mr Crandall steif, »aber ich möchte ebenso wenig, dass du dein Leben verlierst, weil du das Emrys-Mädchen beschützen willst. Die Morgans haben die Organisation, die Waffen und die Leute, um diese Aufgabe richtig anzugehen. Und sie könnten dich beschützen. Du müsstest dich nicht länger verstecken.«

»Ich will ihren Schutz aber nicht.«

»Riley ...«

»Deidre und ich sind seit unserer Kindheit eng befreundet. Unsere Familien waren von Anfang an Verbündete. Wenn den Morgans das nicht reicht, dann werde ich wohl oder übel ohne ihre Hilfe zurechtkommen müssen.« Riley griff nach seiner Ehrenklinge und rammte sie in den Wohnzimmertisch. Die Crandalls verstummten. »Wir halten uns an den Plan, finden ein sicheres Versteck für Evangeline Emrys und bringen sie dorthin. So sieht die Sache aus.«

Als Jax am Grunstag aufwachte, wusste er, dass Evangeline nebenan war und dass er sie in Ruhe lassen sollte. »Schließen wir ihren Generator trotzdem an?«, fragte er Riley und überreichte ihm die Informationen über die Internate, die er zusammengetragen hatte.

»Nein.« Riley überflog die Seiten. Erstaunlicherweise gefiel ihm Jax' Idee. »Sie kommt schon zurecht. Nächsten Grunstag verlegen wir sie, da muss sie nicht heute schon wütend auf uns sein.«

Jax nickte widerstrebend. Die Gewissheit, dass sie da drüben ganz allein war, gefiel ihm gar nicht, aber er konnte es ebenfalls kaum erwarten, sie an einen anderen Ort zu bringen. Die Donovans waren vermutlich längst über alle Berge, erst recht, wenn Terrance der Polizei ihre Beschreibung geliefert hatte, aber je eher er, Riley und Evangeline von hier verschwanden, desto besser.

An diesem Nachmittag wollte Melinda bei Jax' wöchentlicher Lektion an seiner mentalen Verteidigung arbeiten. »Schütz dich vor meinem Talent«, wies sie ihn an.

»Aber du kannst doch gar nicht …« Jax stutzte, denn er wollte sie nicht beleidigen. Melinda war eine *Sensitive*. Sie konnte ihm rein gar nichts tun.

»Du fühlst dich schuldig«, stellte Melinda fest. »Weil du etwas falsch gemacht und gelogen hast.«

Entsetzt erkannte Jax, dass sie seine Gefühle problemlos durchschaute, als wäre er ein aufgeschlagenes Buch. Instinktiv knallte er das Buch zu.

Melinda lächelte. »Das ist schon besser. Versuchen wir es noch einmal.«

Seinen Verstand vor dieser sanften Frau abzuschirmen, war schwerer, als Jax vermutet hatte, doch er wuchs an der Herausforderung. Was vor allem daran lag, dass er große Angst vor dem hatte, was sie in ihm sehen würde.

»Du bist sehr stark für jemanden, der erst vor Kurzem gewechselt ist«, sagte Melinda, als er sich auf ihre Couch fallen ließ und sich völlig ausgelaugt fühlte. Sie fuhr ihm liebevoll durchs Haar. »Dein Vater wäre sehr stolz auf dich gewesen.«

Im Ernst? Es fiel ihm noch immer schwer, seinen Dad mit alldem in Einklang zu bringen. »Dann konnte er dasselbe tun wie ich?«, erkundigte sich Jax.

»Das Talent wird genau wie die Augen- und Haarfarbe vererbt. Allerdings ist es bei einem Geschlecht üblicherweise stärker als beim anderen. Weibliche Sensitive sind talentierter als männliche, und genau das Gegenteil gilt für Inquisitoren. Aber man kann das Talent von jedem Elternteil erben.«

Jax starrte sein Handgelenk an. »Und man braucht das richtige Zeichen, damit es funktioniert.«

»Wir markieren unsere Kinder erst, wenn sie erste Anzeichen für ein Talent aufweisen. Oder wir bitten einen Sensitiven, das Talent herauszufinden. Du hattest beispielsweise nur einen Wechsler als Elternteil, daher wussten Riley und A.J., welches

Zeichen sie dir geben mussten.«

»Deine Kinder werden also alles Sensitive sein«, schlussfolgerte Jax. »Genau wie du.«

»Falls sie den Wechsel vollziehen.« Sie seufzte. »Das ist eine Last in ihrem Leben und wird ihnen die Unschuld rauben. Riley ist ganz allein aufgewachsen und hat versucht, dieses Mädchen zu beschützen und sich um seine Vasallen zu kümmern, dabei waren wir doch die Erwachsenen. Er weigerte sich, mit den Crandalls in einem Haus zu wohnen, weil er Angst hatte, sie könnten ebenfalls umgebracht werden. Und wir alle haben unser Leben auf den Kopf gestellt, um nach der Ermordung seiner Familie herzuziehen – um ihm und dem Mädchen zu helfen –, fort von anderen Wechslerclans und allem, was wir bis dahin kannten. Ehrlich gesagt hoffe ich, dass meine Kinder nach ihrem Vater kommen und nie von der Magie oder dem achten Tag erfahren.«

Jax hätte zu gern gewusst, ob sein Vater auch so empfunden hatte. Er drehte seine Ehrenklinge in den Händen und dachte darüber nach. »Wenn es so wichtig ist, die Klinge zu tragen, wieso habe ich meinen Vater dann nie damit gesehen?«, wollte er auf einmal wissen.

»Sehr viele Wechsler ziehen es vor, sie nicht zu zeigen. Normale erschrecken meist, wenn sie jemanden mit einem Dolch sehen. Meiner ist dir auch nie aufgefallen, oder?« Melinda strich mit einer Hand über ihr Bein, sodass sich der Umriss einer Dolchscheide unter dem Jeansstoff abzeichnete.

Dennoch schüttelte Jax den Kopf. »Laut Riley wusste Dad, dass er in Gefahr war. Wenn der Dolch die Magie stärkt, wieso hatte er ihn dann nicht bei sich, als er …?«

»Er hatte ihn nicht dabei?« Melinda sah ihn erschrocken an. »Ich bin immer davon ausgegangen, man hätte die Klinge bei seiner …« *Bei seiner Leiche gefunden.* Sie sprach die Worte nicht aus.

Jax schüttelte geknickt den Kopf.

»Möglicherweise habe ich da etwas falsch verstanden.« Melinda nahm ihm den Dolch ab und betrachtete ihn genau. »Ich hielt es für seltsam, dass er den Dolch so selten benutzt hat, aber es könnte auch daran gelegen haben, dass dies nicht seine Hauptklinge war. Vielleicht hat er diese erst vor wenigen Jahren anfertigen lassen und gerade oft genug benutzt, damit sie bereit war.«

»Bereit wofür?«

»Bereit für dich, Jax.« Sie gab ihm die Waffe zurück und hatte plötzlich Tränen in den Augen. »Wahrscheinlich wollte er dir diese Klinge geben, wenn – falls – du den Wechsel vollziehst.«

Sie bestand darauf, dass er mit ihr zusammen zu Abend aß, und Jax nahm das Angebot nur zu gern an. Beim Essen bat er sie, ihm das System aus Lehnsherr und Vasallen zu erklären. Den Vasallenteil verstand er bereits, aber er wollte wissen, welche Pflichten ein Lehnsherr hatte. »Ich habe mal gehört, wie A.J. zu Riley gesagt hat, dass er ihn nicht verhungern lassen darf.«

»Diese Gefahr besteht ja wohl kaum! Aber ein Lehnsherr ist dazu verpflichtet, seine Vasallen zu verteidigen und in schwierigen Zeiten zu versorgen. Sollten die Crandalls beispielsweise arbeitslos werden oder ihr Haus verlieren, muss Riley sich um sie kümmern.«

»Das kann er sich doch gar nicht leisten.« Riley schaffte es ja kaum, sich selbst zu versorgen.

»Nein«, stimmte Melinda ihm zu. »Riley ist in keiner guten

Position, um seine Pflichten zu erfüllen. Andererseits würden weder die Crandalls noch ich erwarten, dass uns Riley ein neues Haus oder einen neuen Job besorgt, aber so lauten nun mal die alten Regeln – und sehr viele Wechsler halten sich noch immer daran.«

»Und falls Riley jemand anderem die Treue schwört …«

Melinda nickte ernst. »Du hast anscheinend von den Morgans gehört. Ja, wenn Riley Sheila Morgan die Treue schwört, dürfte er seine Vasallen nicht behalten. Wir würden ihr übergeben. Die Morgans wären verpflichtet, Riley vor seinen Feinden zu schützen, was an sich nichts Schlechtes ist. In gewisser Hinsicht vertraue ich den Morgans. Sie haben uns geholfen, die Tatsache zu verschleiern, dass Riley den Angriff auf seine Familie überlebt hat, und sie haben dieses Geheimnis all die Jahre bewahrt.« Melinda sah Jax in die Augen. »Aber ich wäre mit Sheila Morgan als Lehnsherrin nicht glücklich. Sie ist eine Söldnerin und denkt in erster Linie an sich selbst. Wenn sie will, dass Riley ihre Tochter heiratet, dann hat sie es vor allem auf seinen prestigeträchtigen Namen und sein im Kampf überaus nützliches Talent abgesehen. Außerdem hätte sie nur zu gern Enkel mit Befehlsstimme.«

Jax empfand neues Mitgefühl mit Riley, als er an diesem Abend nach Hause kam und ihn dabei antraf, wie er neue Saiten an einer Gitarre anbrachte. Nachdem Jax ihn einen Moment lang dabei beobachtet hatte, meinte er: »Damit habe ich dich noch nie gesehen.«

»Sie hat meiner Schwester Alanna gehört.« Riley nahm sich die Gitarre und stimmte »Stairway to Heaven« an. Jedenfalls versuchte er es.

»Du spielst scheiße«, stellte Jax fest.

»Ja, ich weiß.«

Es war ein langer Abend – kein Fernseher, kein Computer und so gut wie keine Unterhaltung. Jax ging seine Schulbücher und Aufzeichnungen durch. Riley fummelte an der Gitarre herum und spielte mehr schlecht als recht traurige Lieder. Am liebsten wäre Jax früh zu Bett gegangen, um den schiefen Tönen zu entrinnen, doch er wollte bis Mitternacht aufbleiben. Es machte ganz den Anschein, als hätte Riley dasselbe vor, und vermutlich aus dem gleichen Grund. Solange *sie* nebenan war, hielten sie Wache.

Die Explosion um 23.30 Uhr ließ sie aufspringen.

Riley rannte nach draußen, und Jax blieb ihm dicht auf den Fersen. Über den Dächern der umliegenden Häuser leuchtete der Himmel rot.

Das Funkgerät an Rileys Gürtel knackte. »Notfall! Notfall!«

Riley riss es los und ließ es dabei beinahe fallen. »Bist du das, Melinda? Over.«

Melinda wartete nicht auf Rileys »Over«-Signal. Ihre Schreie übertönten seine Worte und wurden teilweise von seiner Übertragung verschluckt. »Die ganze Rückseite des Hauses steht in Flammen!«, schrie sie. »Meine Familie ist da drin!«

Jax bekam eine Gänsehaut am ganzen Körper. Melindas Haus brannte, und sie konnte ihren Mann und ihre Kinder nicht rausholen, weil sie *am Grunstag nicht dort waren.*

»Ich bin schon unterwegs!«, brüllte Riley ins Funkgerät, auch wenn Melinda so laut schrie, dass sie ihn gar nicht hören konnte. Er drehte sich zu Jax um. »Hol Evangeline aus diesem Haus.«

»Das ist eine Falle«, erwiderte Jax heiser. *Und es ist alles meine Schuld. Oh Scheiße. Hätte ich doch nur was gesagt!*

»Ich muss trotzdem hinfahren«, erklärte Riley.

Jax erschauderte und nickte.

»Bring sie vor Mitternacht an einen sicheren Ort. Und gib ihr das.« Riley löste die Messerscheide mitsamt Gürtel und drückte sie Jax in die Hand.

Seine Ehrenklinge? »Bist du sicher?«

»Das ist alles, was ich ihr geben kann. Und jetzt geh!« Riley riss die Schuppentür auf und verschwand im Inneren. Eine Sekunde später heulte der Motor seines Motorrads auf und Riley fuhr los – ohne Helm, ohne Hilfe, um ein Feuer zu bekämpfen und zu versuchen, Kinder zu retten, die er nicht aus dem Haus tragen konnte.

Gerade mal eine Sekunde lang schlotterte Jax aus lauter Angst um Melinda und ihre Kinder, bevor er über den Rasen rannte, um Evangeline zu warnen.

29

Evangeline hatte den ganzen Tag über den Geografiebüchern verbracht und sich eifrig Notizen gemacht. Züge waren keine gute Idee, schlussfolgerte sie. Sie würde schon einen finden müssen, der am Mittwoch um Mitternacht angehalten hatte, um Passagiere aufzunehmen, damit sie am achten Tag einsteigen konnte – und wenn er in der folgenden Woche nicht zufälligerweise um dieselbe Zeit irgendwo hielt, saß sie darin fest.

Ein gestohlenes Auto wäre besser. Dummerweise konnte sie nicht fahren, und selbst Jax würde vermuten, was sie vorhatte, wenn sie ihn um ein entsprechendes Buch bat.

Dann fiel es ihr wieder ein: Sie redete nicht mehr mit Jax.

Sie hielt inne und schaute zum Wohnzimmerfenster hinüber, durch das man das Nachbarhaus sehen konnte. Wenn sie von hier weglief, würde Riley Pendragon höchstwahrscheinlich nach ihr suchen. *Sollte ich mir deswegen Sorgen machen?* Dank ihres Zaubertalents standen ihr sehr viele magische Optionen zur Verfügung, um ihm aus dem Weg zu gehen und sich zu verteidigen, während seine Befehlsstimme nur funktionierte, wenn er sie erwischte.

Zudem wusste sie gar nicht, wohin sie gehen sollte oder wie sie sich auf die Suche nach Addie und Elliot machen konnte. Sie wusste nur, dass sie aus diesem Haus raus musste, bevor sie noch den Verstand verlor.

Der Damm ist gebrochen, dachte sie wieder einmal. *Und jetzt lässt sich das Wasser nicht mehr aufhalten.*

Eine Explosion ließ die Fenster im ganzen Haus erbeben. Eine Sekunde lang fragte sie sich, ob sie unabsichtlich einen Zauber gewirkt hatte, als ihr der Gedanke an den gebrochenen Damm durch den Kopf gegangen war. Dann sprang sie auf und riss die Vorhänge im Wohnzimmer zur Seite. Da war eine unnatürliche Röte am Himmel, die irgendwo in der Stadtmitte ihren Ausgang zu haben schien.

Evangeline wirbelte auf dem Absatz herum und rannte in den Flur. Sie riss gerade noch rechtzeitig die Haustür auf, um zu sehen, wie Riley auf seinem Motorrad davonfuhr, während Jax die Stufen vor ihrem Haus heraufgerannt kam. Sie ließ ihn rasch ins Haus, und er sah sie erleichtert an, weil sie jetzt nicht darauf bestand, in Ruhe gelassen zu werden. »Was ist passiert?«

»Ein Hausbrand«, antwortete Jax keuchend. »Aber ich glaube, das ist nur ein Ablenkungsmanöver, um Riley von hier wegzulocken. Es brennt bei einer seiner Vasallinnen – und ihre Kinder sind in Gefahr. Er musste hinfahren …«

»Natürlich musste er das«, erwiderte sie. Vasallen gingen nun mal vor.

»Er hat gesagt, ich soll dir das geben und dich von hier wegbringen.« Jax drückte ihr eine Lederscheide in die Hände, an der noch der Gürtel hing.

Ihr Herz schlug schneller, als sie begriff, dass es sich um Rileys Ehrenklinge handelte. Wenn er ihr diese Waffe gab, musste die Lage sehr ernst sein. »Na gut, dann lass uns gehen.«

»Mir ist klar, dass es bald Mitternacht ist«, sagte Jax, »aber mein Freund Billy wohnt ganz in der Nähe. Dort bist du in Sicherheit.«

Sie hatten es gerade mal bis auf den Bürgersteig geschafft, als Evangeline die Fahrzeuge mit ausgeschalteten Scheinwerfern aus zwei verschiedenen Richtungen auf sie zufahren sah. Jax bemerkte sie ebenfalls. Er nahm Evangelines Hand, zerrte sie um die Hausecke und blieb wie erstarrt stehen. Dunkle Gestalten stürmten über den Zaun hinter den Häusern.

»Zurück ins Haus«, verlangte Evangeline. »Es ist geschützt.«

»Inwiefern geschützt?« Aber er ließ sich die Stufen wieder hinaufziehen. Die Fahrzeuge kamen mit quietschenden Reifen vor dem Haus zum Stillstand. Evangeline knallte die Tür zu und lief in den Flur neben der Treppe, von dem aus sie gleichzeitig beide Türen im Auge behalten konnte. Jax presste sich neben ihr an die Wand.

An der Hintertür versuchten sie es zuerst. Evangeline hörte jemanden vor Schmerzen aufschreien, als sich die Person die Hand am Türknauf verbrannte. Die Fenster stellten eine ähnliche Barriere dar. Dunkle Gestalten tauchten nacheinander vor den Scheiben auf und wichen wieder zurück.

»Was ist das?«, fragte Jax.

»Mein Zauber«, antwortete sie. »Kein Unglück kann hier eindringen.« Nichtsdestotrotz raste ihr Herz. Die Eindringlinge konnten nicht reinkommen, sie aber trotzdem zwingen, das Haus zu verlassen.

Das schienen sie auch zu wissen. Der Ansturm auf die Fenster und die Türen hörte auf, und Evangeline sah durch das Fenster neben der Tür, wie jemand die Stufen erklomm. Sie hörte die unheimlichen Geräusche eines Metallkanisters, der auf der Betonschwelle abgestellt wurde.

»Tochter der Sippe!«, rief eine Männerstimme. »Wir sind nicht hier, um dir zu schaden.«

Eine Lüge. Ansonsten hätte ihr Zauber sie nicht abgewehrt.

»Wir verlangen, dass du herauskommst und dich zu erkennen gibst. Wenn du die bist, für die wir dich halten, möchten wir dir eine große Ehre zuteilwerden lassen. Sollten wir uns irren, werden wir friedlich wieder abziehen.«

Aber sie irrten sich nicht.

»Wir können uns nicht weigern.« Evangeline hörte erneut das Klappern des Metallkanisters und dass darin eine Flüssigkeit herumschwappte, als der Mann den Kanister schwenkte. Sie musste ihn nicht sehen, um zu wissen, dass es sich um Benzin handelte.

Durch die Türen und Fenster konnte kein Unglück hereinkommen, aber das Haus würde dennoch brennen – und das Feuer würde Jax und Mrs Unger, die in wenigen Minuten wieder in ihrem Bett auftauchen würde, bei lebendigem Leib verbrennen. Evangeline würde vermutlich nicht lange genug anwesend sein, um die Flammen zu spüren, aber trotzdem sterben.

»Du hast eine Minute, um rauszukommen«, rief der Mann.

Jax starrte Evangeline an. »Was machen wir denn jetzt?«

Sie sah ihm ins Gesicht. Er hatte ebenso große Angst wie sie. Sein Zittern war deutlich zu spüren. Doch seine Augen wirkten hart, und er hatte wütend die Lippen verzogen.

»Wir werden kooperieren, bis sich uns eine Chance zur Flucht ergibt«, erwiderte sie. »Dreh dich um.« Als er sie nur blinzelnd ansah, machte sie eine wirbelnde Bewegung mit dem Finger, bis er der Aufforderung nachkam. Dann zog sie die Arme aus den Ärmeln ihrer Bluse, schlang sich den Gürtel von Rileys Klinge über die rechte Schulter und unter den linken Arm und befestigte ihn dort. Das war zwar recht unangenehm, doch der Dolch befand sich in der Nähe ihres Herzens und sie konnte ihn durch den Ausschnitt ihrer Bluse schnell ziehen. Nachdem sie die Bluse wieder angezogen hatte, betrachtete sie sich im Flurspiegel. Endlich waren ihr die uralten Klamotten mal zu etwas nutze! Die Bluse saß locker und weit und hatte Fledermausärmel. Die diagonalen Streifen verbargen zudem auch noch verdächtige Ausbuchtungen.

»Zeig dich endlich, Mädchen!«, verlangte die Stimme von draußen.

Sie konnten das Haus jeden Augenblick in Brand setzen. Evangeline musterte Jax und begriff, dass diese Leute ihn umbringen würden, sobald sie sie in ihrer Gewalt hatten. Er war entbehrlich. Ihr Herz setzte einen Schlag aus. Ihr Bruder und ihre Schwester hatten sich auf sie verlassen, und es war ihr vor langer Zeit nicht gelungen, sie zu beschützen. Sie hatte zugelassen, dass man sie ihr wegnahm.

Jax durfte nicht dasselbe passieren.

Sie packte seinen Arm. »Du musst mir die Treue schwören. Wenn du mein Vasall bist, werden sie mein Recht, dich zu beschützen, ehren.«

Er zog die Augenbrauen zusammen, widersprach jedoch nicht. »Sag mir, was ich tun muss.«

»Knie dich hin und zieh deinen Dolch. Schwör auf deine Blutlinie. Die Worte sind nicht weiter wichtig. Es zählt nur, dass du es ernst meinst.«

Jax zückte seine Klinge und ging auf die Knie. Er hielt den Dolch so, als würde er einen Kavallerieangriff anordnen, doch dies war nicht der passende Moment, um ihn auf die richtige Form hinzuweisen. »Ich schwöre dir, Evangeline Emrys, auf die Aubrey-Blutlinie meine Treue und Gefolgschaft.«

»Ich nehme den Schwur an«, sagte Evangeline. Sie legte ihm die Hände auf die Wangen, drückte ihm einen Kuss auf die Stirn und trat vor, um die Haustür zu öffnen. Der Mann, der davorstand, überragte sie um gute dreißig Zentimeter und war dreimal so breit wie sie. Er trug einen dunklen Anzug und hatte sein sandfarbenes Haar sehr kurz geschoren.

Evangeline erkannte ihn wieder, obwohl er nicht älter als zwanzig gewesen sein konnte, als sie ihm vor fünfunddreißig Jahren begegnet war. Sie konnte an seinen Augen erkennen, dass es ihm genauso ging, allerdings war sie seitdem gerade mal um fünf Jahre gealtert.

John Balin.

Balin war ein Wechsler und ein Vasall des Sippenfürsten Myrddin Wylit. Evangelines Vater hatte allen Wechslern misstraut und sich vehement dagegen ausgesprochen, Balin in ihre Pläne einzuweihen. Doch Wylit hatte darauf bestanden, und er war offensichtlich ein zu wichtiger Verbündeter gewesen, um sich deswegen zu streiten.

Mit elf hatte Evangeline das alles nur ansatzweise verstanden. Doch sie hatte den Wahnsinn auf den ersten Blick erkannt. Wann immer Wylit mit seinem Wechsler-Vasallen in ihr Haus kam, hatte sie mit Addie und Elliot das Weite gesucht, und zwar schnell.

»Lady Emrys«, grüßte Balin sie. »Lord Wylit wird hocherfreut sein, dass wir Euch endlich gefunden haben.«

»Rufen Sie Ihre Männer zurück und halten Sie Abstand«, forderte sie und versuchte, die Arroganz einer hochrangigen Sippendame heraufzubeschwören. *Denn genau das bin ich.* »Ich komme raus, aber wenn Sie mich oder meinen Vasallen auch nur anfassen, wird Ihr Lord davon erfahren.«

Er ehrte die Tradition und ihr Recht, einen Vasallen zu verteidigen, wie sie es gehofft hatte. »Ich gebe Euch mein Wort. Ihr und Euer Vasall habt freies Geleit.«

Evangeline hielt den Kopf hoch erhoben und öffnete die Fliegengittertür. Drei Fahrzeuge parkten am Straßenrand. Eines war sehr lang und eckig. Sechs oder sieben dunkel gekleidete Männer warteten auf dem Bürgersteig.

Jax verließ hinter ihr das Haus und hob kapitulierend die Hände. Trotzdem sprang jemand vom Vordach, das Mrs Ungers Türschwelle überragte, und warf ihn zu Boden. Die beiden stürzten an der Seite, die kein Geländer hatte, von der Treppe, und bevor Evangeline protestieren konnte, befand sich Jax in den Händen eines Mannes mit karottenroten Haaren und eines fast identisch aussehenden Jungen. Sie drückten ihn auf die Knie, als er aufzustehen versuchte, und verdrehten ihm die Arme hinter dem Rücken. Ein zweiter Junge – nein, ein Mädchen – stürzte vor, zog Jax das Handy aus der Gesäßtasche und schleuderte es beiseite.

»Lasst mich in Ruhe!«, protestierte Jax.

»Aber, aber, Jax«, meinte der Mann gut gelaunt. »Wir bringen dich doch nur in Sicherheit.«

Evangeline ballte die Fäuste. Sie war in der Unterzahl und bluffte nur, doch sie richtete ihren zornentbrannten Blick auf Balin. »Ihr Wort ist offensichtlich wertlos.«

»Ihm wird kein Leid zugefügt«, versicherte Balin ihr. »Ich sorge dafür, dass er uns begleitet.«

»Für Jax wurden wir nicht bezahlt«, sagte das Mädchen, und der rothaarige Mann rief: »Das war nicht Teil der Abmachung. Er bleibt hier.«

»Macht euch meinetwegen keine Mühe«, schnaubte Jax.

»Kommt, Lady Emrys.« Balin bedeutete ihr, weiterzugehen, und ignorierte das hitzige Wortgefecht zwischen Jax und den Leuten, die ihn festhielten. Dann sah Evangeline das Objekt, das aus dem langen Fahrzeug geholt wurde.

Ihr blieb beinahe das Herz stehen. »Nein.«

»So wird es aber ablaufen«, beharrte er. »Für Euch dauert es nicht viel länger als eine Minute.«

Jeder Gedanke an Ruhe und Coolness war vergessen. »Nein!« Sie fummelte am Ausschnitt ihrer Bluse herum und wollte den Dolch ziehen.

Zwei Männer traten von rechts und links auf sie zu, packten sie an den Händen und Füßen und hoben sie hoch. Sie kreischte und schlug um sich, aber ihre Hände schienen auf einmal bleischwer zu sein.

Hinter ihr brüllte Jax: »Was macht ihr denn da? Nein! Legt sie da nicht rein!«

Ein Mann, der hinter dem Leichenwagen stand, öffnete den Sargdeckel. »Jax!«, schrie Evangeline, obwohl sie genau wusste, dass er ihr nicht helfen konnte. Ihre Häscher hoben sie in den offenen Sarg. Sie kam so hart auf dem mit Seide bespannten Inneren auf, dass es ihr den Atem raubte.

Dann fiel der Sargdeckel zu.

Jax wusste nicht, was schlimmer war: Evangeline seinen Namen schreien zu hören, als man sie in den Sarg legte, oder zu wissen, dass er seinen Eid nur wenige Sekunden nach dem Ablegen schon nicht mehr einhalten konnte. »Lasst sie da raus!«, brüllte er.

»Sie tun ihr nichts.« Donovan beugte sich vor, um ihm die Worte ins Ohr zu raunen, und Jax stemmte sich mit ganzer Kraft auf die Knie. Dabei rammte er Donovan seinen Schädel gegen die Nase. Er warf sich zur Seite, wobei er Thomas aus dem Gleichgewicht brachte, und konnte sich aus dem Griff der beiden winden.

Ihm war klar, dass er Ärger bekommen würde, sobald er zu den beiden Brutalos gelangte, die Evangeline in den Sarg geworfen hatten, doch das hinderte ihn nicht daran, dennoch auf sie zuzurennen. In letzter Sekunde stieß der Mann mit dem Benzinkanister einen lauten Pfiff aus und die beiden Männer gingen Jax aus dem Weg.

Er krachte seitlich gegen den Sarg und stemmte den Deckel hoch.

Der Sarg war leer.

Der Pitbull fing an zu bellen.

»Hey!« Der Hundebesitzer schob seine Fliegengittertür auf und kam nur in T-Shirt und Boxershorts die Stufen vor dem Haus herunter. »Was geht hier vor sich? Ist Mrs Unger irgendetwas passiert?«

Eine Hand packte Jax am Kragen und zerrte ihn um den Sarg herum. Jeder Gedanke daran, um Hilfe zu rufen, war in dem Augenblick vergessen, in dem er die Mündung einer Pistole an seinem Ohr spürte und in die kalten dunklen Augen des Benzinkanistermannes blickte. Jax schluckte schwer und stand ganz still da.

Einer der Männer am Sarg überquerte die Straße, um den Nachbarn abzulenken. »Es gibt keinen Grund zur Sorge, Sir. Man hat uns die falsche Adresse genannt. Aber was ist das Ihrer Meinung nach?« Er zeigte auf das rote Leuchten am Himmel, und wie aufs Stichwort ging die Feuerwehrsirene los.

Derweil wurde der Sarg wieder in den Leichenwagen verfrachtet. Endlich ging Jax ein Licht auf. Der Sarg war nur ein Transportmittel für Evangeline. Diese Leute verwendeten ihn auf dieselbe Weise, wie Donovan es mit der Tiertransportbox getan hatte – allerdings ging Jax davon aus, dass sich in der Box nie eine Katze befunden hatte, während Evangeline eindeutig in diesem Sarg lag. Er konnte sie darin förmlich spüren, als würde sie der vor gerade mal zwei Minuten geleistete Eid aneinander binden. Sie lag in diesem Sarg, doch er hatte vor dem nächsten Grunstag nicht die geringste Chance, sie dort wieder herauszubekommen.

Jemand trat links neben Jax. »Soll ich mit dem Jungen hinters Haus gehen, John?« *Hinters Haus gehen* hörte sich gar nicht gut an und so wie etwas, das Jax um jeden Preis verhindern musste.

»Nein. Ich habe ihr mein Wort gegeben, dass ich ihren Vasallen mitnehme. Hast du überhaupt schon gesehen, wer er ist?« Der erste Mann packte Jax' linkes Handgelenk und hob es hoch.

»Aubrey. Das ist ja mal interessant.«

»Nimm seine Klinge.«

Jax wehrte sich nicht, als sie ihm die Scheide abnahmen und ihn auf den hinteren Sitz des Leichenwagens schoben. Wenn er in Evangelines Nähe bleiben wollte, musste er wohl oder übel kooperieren – und er wollte – *musste* – mit jeder Faser seines Wesens dorthin gehen, wohin man den Sarg brachte.

»Wir nehmen die anderen Kinder ebenfalls mit«, sagte der Benzinkanistermann zu dem anderen.

»Bist du sicher?«

»Sie haben die Emrys-Erbin gefunden, als es niemand anderem gelungen ist. Ich will sie haben.« Während die Sirenen dröhnten und sich die Nachbarn auf der anderen Straßenseite versammelten, um das Leuchten am Himmel zu betrachten, entfernte sich der Anführer der Gaunerbande vom Leichenwagen und trat auf Michael Donovan zu.

»Und, sind Sie zufrieden, Balin?«, fragte Michael. In seiner Stimme schwang dieselbe Belustigung mit wie vor einer Woche, als er Terrance in der Bank angesprochen hatte. »Sie meinten, es gibt einen Bonus, wenn das Sippenmädchen das ist, was Sie suchen.«

»Ja, das habe ich gesagt.« Der Mann hob erneut den Benzinkanister hoch. »Ihre Familie besitzt ein wertvolles Talent, Donovan. Ich werde Ihre Kinder in den Dienst meines Fürsten stellen.« Mit diesen Worten schlug er Michael den Kanister gegen den Kopf. Michael ging wie ein gefällter Baum zu Boden, und die Zwillinge rannten sofort los. Thomas schoss am Haus entlang, während Tegan auf Mrs Ungers offenstehende Haustür zuhielt.

Einer der Männer griff zwischen den Streben des Geländers an der Vordertreppe hindurch und bekam Tegans Fußknöchel zu fassen. Sie fiel mit dem Gesicht voran auf die Türschwelle. Er zerrte sie nach hinten und klemmte sie sich wie einen Football unter den Arm. Während er ihr mit einer Hand den Mund zuhielt, trug er sie zum Leichenwagen und warf sie durch die offene Tür in den Fußraum vor Jax.

Zwei andere Männer drängten Thomas in eine Ecke und scheuchten ihn dann in Richtung Leichenwagen. Der Junge streckte die Arme zu beiden Seiten aus, als wollte er sich ergeben. Aber als er die Tür erreichte, packte Thomas den Rahmen, stieß sich vom Boden ab und krabbelte auf das Fahrzeug. Der Benzinkanistermann – Balin – wollte ihn noch festhalten, griff jedoch daneben. Jax hörte Thomas' Schritte auf dem Wagendach und sah, wie er auf der anderen Seite wieder heruntersprang.

»Hau ab, Tommy«, schrie Tegan.

Balin gab dem Fahrer einen Wink. »Fahr los, bevor wir die Schaulustigen noch erschießen müssen.« Er knallte die Tür zu und ging zu einem der schwarzen Land Rover, die hinter dem Leichenwagen parkten.

Als die Fahrzeuge losfuhren, entdeckte Jax Billy Ramirez, der barfuß und mit einem *Herr der Ringe*-Schlafanzug bekleidet von seinem Haus angerannt kam. Er betrachtete das Leuchten am Himmel, bis er schließlich die zusammengesackte Gestalt vor Mrs Ungers Haus entdeckte und quer über die Straße rannte. Der Leichenwagen musste scharf bremsen, der Fahrer riss das Lenkrad zur Seite und verfehlte ihn um Haaresbreite.

»Pass auf, Billy!«, schrie Jax und presste die Nase gegen die Seitenscheibe.

Jetzt bemerkte Billy auch ihn und rief zurück: »Jax! Was machst du denn da drin? Jax!«

Doch da war der Leichenwagen auch schon an ihm vorbei und beschleunigte.

»Wohin bringen Sie uns?«, verlangte Jax von den beiden Männern auf dem Vordersitz zu erfahren, beschwor sein Talent herauf und wollte einem der beiden eine Hand auf den Arm legen.

Der Mann neben dem Fahrer packte sogleich sein Handgelenk und verdrehte es. Jax stellte fest, dass es sich um den Mann handelte, der angedroht hatte, mit ihm *hinter das Haus* zu gehen. »Deine Magie funktioniert bei mir nicht, Inquisitor.« Er legte die Finger fester um Jax' Arm. »Mein Bruder mag deiner Lehnsherrin versprochen haben, dich mitzunehmen, aber keiner hat etwas davon gesagt, dass du bei der Ankunft noch alle Zähne im Mund hast.« Dieser Mann war jünger als der mit dem Benzinkanister, doch seine Augen hatten dieselbe kalte, dunkle Farbe, und er hatte ein fieses Grinsen. Er schubste Jax von sich weg und schloss die Glasabtrennung zwischen Fahrer- und Passagierraum.

Jax fiel gegen Tegan, die ihn zur Seite drückte. Daraufhin stieß er sie ebenfalls weg. »Ihr habt mich verkauft!«, schrie er sie an. »Und ihr habt meine Freunde verraten! Wieso? Was habe ich euch denn getan?«

»Wir haben irgendein Sippenmädchen an ihresgleichen verkauft«, brüllte Tegan zurück. »Das hatte überhaupt nichts mit dir zu tun. Und es sollte auch niemand verletzt werden.«

»Ach, nein?« Jax zerrte sie zum Fenster des Leichenwagens.

»Siehst du das Leuchten am Himmel? Das ist das Haus meiner Freundin, das in Flammen steht. Ihre Kinder sind darin gefangen, und mein Vormund versucht gerade, sie irgendwie da rauszubekommen.« Er schüttelte Tegan. »Das wart ihr, nicht wahr? Woher hätten sie sonst wissen sollen, wo sie wohnt?«

Tegan riss sich von ihm los. »Du hast irgendwas von einem Sicherheitssystem gesagt, und ich habe es gefunden. Ich hatte doch keine Ahnung, dass sie das Haus abfackeln würden.« Ihr Gesicht war ganz rot angelaufen. »Wir sind keine Mörder.«

»Wem willst du das weismachen? Dein Dad hat Terrance gezeigt, wie man in den Grunstag kommt, damit er Kinder entführen und sie ermorden kann, sobald er sie nicht mehr braucht. Und ihr habt Melinda diese Irren auf den Hals gehetzt, damit sie ihre Familie umbringen.«

»Halt die Klappe!«, zischte Tegan.

»Aber ihr habt Mist gebaut, richtig? Ihr habt eure Sache so gut gemacht, dass sie euch nicht mehr gehen lassen wollen.«

»Dad und Tommy werden mich rausholen.« Tegan zog sich auf die andere Seite des Wagens zurück und kauerte sich in die Ecke des U-förmigen Sitzes.

»Was habt ihr dafür bekommen?«, wollte Jax wissen.

»Geld.«

»Ein Müllsack voll Bargeld hat euch wohl nicht gereicht?«

»Dad hat alles beim Pferderennen verloren«, sagte Tegan. »Und er hat noch hohe Schulden.«

Jax wurde das Herz schwer. Als die Donovans das Geld aus seiner Katzenkasse angenommen hatten, hätte er sich denken müssen, dass sie Geldprobleme hatten und stets auf mehr aus sein würden. *Ich habe sie direkt zu Evangeline geführt.*

Tegan bestätigte es. »Tommy glaubte, an dir den Geruch von jemand sehr Mächtigem wahrzunehmen, daher sind wir der Sache nachgegangen, und ich konnte nebenan den Sippengeruch riechen. Mir war sofort klar, dass dort jemand sehr Hochrangiges lebt. Dad wusste von diesen Leuten, die nach einem hochrangigen Sippenmädchen suchen, und …« Auf einmal hielt Tegan inne und starrte ihn wütend an. »Hör auf damit«, stieß sie zwischen zusammengebissenen Zähnen hervor.

Jax hatte nicht einmal gemerkt, dass er sein Talent bei ihr einsetzte. Aber jetzt, wo er sie am Haken hatte, wollte er sie erst recht nicht wieder loslassen. »Wer sind diese Leute?« Das mussten diejenigen sein, die Riley erwähnt hatte; die Gruppe, für die sein Dad kurze Zeit gearbeitet hatte, nur um sie dann zu verraten.

Die, die nach einer Emrys-Erbin suchten, um den Achter-Tag-Zauber zu brechen.

Tegan schüttelte energisch den Kopf und kämpfte gegen seine Fähigkeiten an, konnte jedoch nicht anders, als ihm zu antworten. »Dad kannte jemanden, der jemanden kannte, der von ihnen gehört hatte. Sie sind die Vasallen irgendeines Sippenlehnsherrn.« Sie starrte ihn angewidert an. »Genau wie du. Warum musstest du etwas so Bescheuertes tun? Ich kann den Eid an dir riechen. Aber Wechsler sollen der Sippe nicht die Treue schwören! Wir haben acht Tage, sie nur einen. Wieso unterstellst du dich einem von ihnen?«

»Um das zu verstehen, müsstest du erst einmal Interesse an jemand anderem als dir selbst aufbringen«, entgegnete Jax.

»So war das alles nicht geplant«, versuchte sich Tegan zu verteidigen.

Nein. Jax hatte Donovans überraschte Miene gesehen, als er zu Boden gegangen war. Nichts von alldem hatte passieren sollen, und es war allein Jax' Schuld, dass es so gekommen war. Er war zu feige gewesen, um Riley von den Donovans zu erzählen, und jetzt war Evangeline dem Feind in die Hände gefallen und Melinda …

Als er sich daran erinnerte, wie schnell die Sirenen zu hören gewesen waren, sagte sich Jax, dass Riley oder einer der Crandalls den Notruf angerufen haben musste, sobald dies möglich gewesen war. Allerdings hatte auch jeder Nachbar nach Mitternacht diesen Anruf machen können. Nach allem, was Jax wusste, konnten Riley und Melinda sowie ihre ganze Familie längst tot sein. Jax hatte sich nicht nur verantwortungslos verhalten, sondern auch noch alle in Gefahr gebracht. Er war sich schmerzhaft bewusst, dass Evangeline ihn als Vasallen angenommen hatte, damit sie ihn beschützen konnte, und nicht etwa, weil sie glaubte, er könnte ihr dadurch helfen.

Er drehte sich auf dem Sitz zum Sarg um.

»Sie bekommt nichts davon mit.«

Jax bedachte Tegan mit einem gereizten Blick, doch sie fügte hinzu: »Es wird ihr wie eine oder zwei Sekunden vorkommen, bis man sie wieder rauslässt. Sie merkt überhaupt nicht, wie die Zeit vergeht.«

»Du hast doch nicht die geringste Ahnung, was sie fühlt«, fauchte Jax. »Also halt einfach den Mund.« Möglicherweise empfand Evangeline in diesem Sarg nur eine panische Sekunde, aber diese Sekunde würde sieben Tage andauern. Sie durchlebte sie jetzt – und würde sie auch in einer Stunde noch durchleben, in einem Tag und in einer Woche.

Jax konnte sie nicht vor diesem endlosen Moment bewahren oder dafür sorgen, dass er für sie schneller vorbeiging.

* * *

Sie fuhren die ganze Nacht hindurch und bis in den Morgen hinein und überquerten die Staatsgrenze nach Ohio. Es war schon nach Mittag, als der Leichenwagen und die beiden Land Rover, die ihm folgten, vor einem abgelegenen Bauernhaus anhielten. Sie wurden von einer drahtigen Frau mit einem Gesicht, das an einen gemeinen kleinen Terrier erinnerte, begrüßt, die die Tür des Leichenwagens öffnete. »Hände hinter den Kopf«, verlangte sie. »Haltet den Mund, und geht im Gänsemarsch zur Tür.«

Jax stieg hinter Tegan aus. Er legte sich die Hände an den Kopf, doch anstatt die weiteren Anweisungen zu befolgen, ging er zur Hecktür des Leichenwagens, wo die Männer soeben den Sarg ausluden. Die terriergesichtige Frau packte sein Handgelenk und verdrehte es hinter seinen Rücken, als wollte sie ihm die Schulter auskugeln oder gleich den Arm abreißen. Er keuchte vor Schmerz auf und versuchte, sich zu befreien.

Ein lautes Pfeifen hallte durch die Luft. »Lass ihn los!«, befahl eine Männerstimme.

Jax geriet ins Taumeln, als die Frau ihn freigab, und wurde unerwarteterweise vom älteren Balin gestützt. »Immer schön mit der Ruhe, Aubrey«, sagte er. »Wir werden deiner Lehnsherrin nichts tun.«

»Sie wollen ihr nichts tun?«, wiederholte Jax und sah zu, wie der Sarg ins Haus getragen wurde. »Sie haben gedroht, sie bei lebendigem Leib zu verbrennen. Und Sie haben sie in diesen Sarg gesperrt!«

»Jetzt, wo sie in unserem Gewahrsam ist, wird ihr niemand etwas tun«, korrigierte sich Balin.

»Was haben Sie mit ihr vor?« Jax legte so viel von seinem Talent in diese Frage, wie er nur konnte. Er hatte keine Ehrenklinge und auch keine Zeit zum Meditieren, aber er schäumte vor Wut, und das war vielleicht ebenfalls hilfreich.

Es war, als würde er seine Magie gegen eine nackte Wand schleudern. Balin zuckte nicht einmal mit der Wimper und reagierte auf Jax' Frage mit einer Gegenfrage. »Wem gehört deine Treue? Deiner Lehnsherrin oder der Person, bei der du wohnst?«

»Ihr.« Wenn sich Jax zwischen Evangeline und Riley entscheiden musste, stand er ganz klar auf ihrer Seite. Außerdem hätte Riley gewollt, dass er sich für Evangeline entschied.

»Wer ist er?«, wollte Balin wissen. »Wie lautet sein Name?«

Jax brauchte zwei Herzschläge, um sich eine Antwort einfallen zu lassen. »Er hatte eine Vereinbarung mit meiner Lehnsherrin. Wenn sie Ihnen seinen Namen verraten will, dann wird sie es tun. Aber ich kann das nicht ohne ausdrückliche Anweisung machen.«

»Du kannst oder du willst nicht?«

Balin wollte wissen, ob Jax durch einen magischen Grund zum Schweigen verdammt oder nur ein sehr treuer Vasall war. Beinahe hätte er gelogen, aber sein Instinkt – oder aber sein Talent – übernahmen die Kontrolle über seine Zunge. »Ich will nicht.«

Das war anscheinend die richtige Antwort, denn der Mann schien einem Lächeln sehr nahe zu sein. »Sehr schön, Aubrey.« Sein Blick verharrte auf Jax' Gesicht, während er sich an die terriergesichtige Frau wandte. »Bring den Jungen ins Haus. Wenn er bei seiner Lehnsherrin bleiben kann, wird er auch keinen Ärger machen.«

Jax sah Balin in die Augen und nickte einmal kurz, um sein Einverständnis zu signalisieren.

Sie sperrten Jax den ganzen Tag in einen Raum ein, wo es für ihn nichts anderes zu tun gab, als über seine Fehler nachzudenken und sich all die schlimmen Dinge auszumalen, die das Feuer in Melindas Haus angerichtet haben konnte. Sie gaben ihm etwas zu essen und ließen ihn auf die Toilette gehen, sagten ihm jedoch rein gar nichts. Bei den meisten prallte sein Talent nutzlos ab, und er hätte schon geglaubt, es wäre ganz ausgefallen, wäre es ihm nicht gelungen, einem Mann den Namen der Stadt zu entlocken, in der sie sich befanden. Bevor er eine noch bedeutsamere Frage stellen konnte, schlug ihm die terriergesichtige Frau jedoch ins Gesicht und schickte den Mann, der seine Frage beantwortet hatte, aus dem Zimmer.

Jax erspähte das Zeichen auf ihrem Handgelenk, bevor sie ihm die Ohrfeige verpasste, und es sah genauso aus wie das der beiden Balin-Männer. Da ging Jax auf, dass der Großteil dieser Gauner ein und derselben Familie angehörte. Sein Talent funktionierte durchaus noch so wie immer, nur nicht bei den Balins.

Am Freitagmorgen führten sie ihn aus dem Haus, ließen ihn jedoch nicht in den Leichenwagen einsteigen. »Du fährst im Auto mit, Aubrey«, teilte der ältere Balin ihm mit. »Du reist nicht an denselben Ort wie sie.«

Jax brach der kalte Schweiß aus. Es juckte ihn am ganzen Körper, als er zusah, wie die Männer Evangelines Sarg in den Leichenwagen luden. »Sie haben geschworen, dass wir zusammenbleiben dürfen.«

»Nein«, widersprach Balin ruhig. »Ich habe euch mein Wort gegeben, dass dir sicheres Geleit gewährt wird.«

»Aber …«

»Wir bringen dich zu einem anderen Vasallen meines Lehnsfürsten, der dich untersuchen wird. Er wird entscheiden, ob wir dich gefahrlos in die Nähe meines Fürsten bringen können.«

»Dann lasst Evangeline mit uns kommen«, flehte Jax.

»Das ist aber nicht sicher für sie.« Balin stemmte die Hände in die Hüften. »Ich kann nur hoffen, dass ich dich nicht falsch eingeschätzt habe. Eigentlich möchte ich mein Wort nämlich nicht brechen, wenngleich ich es könnte. Das ist nicht dasselbe wie ein Blutlinieneid.«

»Ist das ein Test? Um herauszufinden, wie ich mich verhalte? Denn Sie machen es mir gerade unmöglich, meinen Eid zu erfüllen!« In einer Ecke seines Verstands wünschte sich der scheue Jax, dass der freche Jax doch endlich den Mund hielt.

»Wenn du deiner Lehnsherrin dienen willst«, sagte Balin leise, »dann steigst du jetzt in diesen Wagen, bestehst unseren Sicherheitstest und bist dann dabei, wenn wir in sechs Tagen diesen Sarg öffnen.«

In sechs Tagen würde er Evangeline wiedersehen.

Der Leichenwagen fuhr los. Jax zerzauste sich mit beiden Händen das Haar und blickte zu Balin auf. *Er will, dass ich den Test bestehe*, erkannte Jax. *Er mag mich. Dieser Mann ist ein Killer, und er mag mich*. Jax holte tief und etwas zittrig Luft. Dann ging er gehorsam zu dem Land Rover. Sein Kopf schmerzte, als hätte das Fahrzeug, das Evangeline weggebracht hatte, einen Teil von ihm mitgenommen. *Fühlen sich die Crandalls in Bezug auf Riley so? Oder geht es einem nur so schlecht, wenn man es nicht schafft, seinen Eid zu halten?*

Tegan kam aus dem Haus getaumelt. Als Jax sie das letzte Mal gesehen hatte, war sie wie üblich mit Jeans und Sweatshirt bekleidet gewesen. An diesem Vormittag trug sie Shorts und ein weites Tanktop mit silbernem Strassbesatz. Sie stieg in den Wagen, kletterte über Jax hinweg und rutschte außer Sicht, als die terriergesichtige Frau aus dem Haus gerannt kam. »Diese kleine Diebin!«, schimpfte die Frau. »Wo ist sie? Sie hat sich …«

»Was?«, verlangte Balin zu erfahren. »Was hat sie gestohlen?«

Die Frau blieb stehen und starrte den älteren Balin in seinem dunklen Anzug und seinen identisch gekleideten jüngeren Bruder an. »Nichts«, fauchte sie. Jax vermutete, dass auffällige Tops und Shorts bei dieser brutalen Truppe nicht zur Standardkleidung gehörten.

Jax drehte sich zu seiner Mitgefangenen um. »Hast du auch was Nützliches mitgehen lassen?« Tegan steckte eine Hand in die Shortstasche und zog ein Geldbündel heraus. Sie faltete es auseinander und nahm die Scheine genauer in Augenschein: zwei Fünfer, ein Zehner, mehrere Einer und einige bunte Geldscheine. Mexikanische Pesos. »Wow, das ist echt hilfreich«, stellte Jax fest.

Tegan sah ihn fragend an. »Was hast du dabei?«

Jax starrte sie nur an. Er hatte rein gar nichts geklaut. »Hast du einen Plan?«

»Entkommen. Und du?«

»Ich muss bei ihnen bleiben. Sie haben Evangeline.«

»Dann bist du ein Idiot.« Tegan sah aus, als wollte sie noch mehr sagen, aber die Balin-Brüder stiegen in den Wagen und sie verstummte.

* * *

Die Fahrt verlief schweigend. Die Balins unterhielten sich nicht, und Jax hatte Tegan nichts zu sagen. Am Abend befanden sie sich irgendwo in Kentucky und der Land Rover hielt an einem hohen mit Stacheldraht gesäumten Zaun. Dahinter lag ein verlassenes Industriegelände. Der ältere Balin stieg aus und ging als Erster hinein. Sein Bruder bedeutete Jax und Tegan, auszusteigen und das Gebäude zu betreten. Sie wurden in ein großes, leeres Lagerhaus geführt, wo sich John Balin ein hitziges Wortgefecht mit einem anderen Mann lieferte.

Der Fremde war Mitte zwanzig und anders gekleidet als der Rest des Balin-Clans. Er trug ein weites Konzert-T-Shirt über einer Cargohose. Sein Haar sah zerzaust und ungekämmt aus und war pechschwarz, mit Ausnahme einer weißen Stelle an der Seite.

»Ich wusste nichts davon!« Der junge Mann schob sich die Brille mit Drahtgestell wieder nach oben. »Dabei ist es doch meine Aufgabe, dafür zu sorgen, dass Sie keine Zeit mit Informationen aus dubiosen Quellen vergeuden, oder etwa nicht?«

»Wir haben sie gefunden, Owens. Was Ihnen nicht gelungen ist.«

»Ich hätte dabei sein müssen.«

»Ihr Job ist es, Befehle zu befolgen. Das scheinen Sie jedoch ständig zu vergessen.« Balins Stimme klang eiskalt. Bei Jax hatte er deutlich herzlicher gewirkt.

Den Mann, den er Owens genannt hatte, schien das nicht weiter zu stören. »Wessen Befehle?«, verlangte er zu erfahren. »Ich habe Lord Wylit die Treue geschworen, nicht Ihnen.«

»Lord Wylit spricht durch mich.«

»Tja, das mag ja sein, aber da muss ich mich wohl auf Ihr Wort verlassen.« Owens kam auf Jax und Tegan zu, und die Sohlen seiner Turnschuhe quietschten auf dem Boden. »Und wer sind die beiden? Ist das wirklich die richtige Zeit, um Vasallen direkt aus der Schule zu rekrutieren?«

»Ich habe sie hergebracht, damit Sie sie überprüfen können.« Balin verschränkte die Arme. »Also machen Sie das gefälligst auch.«

Überprüfen? Was für eine Überprüfung sollte das werden? Jax bezweifelte, dass es sich um eine mündliche Prüfung handelte, und wappnete sich für einen magischen Angriff.

Tegan war offenbar zu demselben Schluss gekommen. Sie wich vor dem Mann zurück, doch Owens legte ihr die rechte Hand in den Nacken und zog sie näher heran. Dann legte er ihr die linke Hand auf den Kopf. Tegan ging schreiend in die Knie.

»Hey!«, brüllte Jax. »Lassen Sie sie in Ruhe!«

Ebenso schnell, wie er sie angefasst hatte, ließ Owens sie auch wieder los. Tegan sank zu Boden. »Geruchsensitiv«, verkündete Owens und sah John Balin an. »Aber das wussten Sie längst. Allerdings völlig undiszipliniert und damit wertlos.«

»Für die Disziplin können wir schon sorgen«, erklärte Balin trocken.

»Sie ist nicht empfänglich für Disziplin«, erklärte Owens. »Mit der können Sie nichts anfangen. Das Beste wäre …« Er kramte in einer Tasche seiner Cargohose herum und holte eine faustgroße Pistole heraus, die er sofort entsicherte. »Das Beste wäre, sie gleich hier und jetzt zu erschießen.«

Jax zerrte Tegan auf die Beine und schob sie hinter sich. Owens musterte Jax neugierig.

»Stecken Sie die Waffe weg, Owens«, verlangte Balin ruhig.

»Erst bitten Sie mich um meine Meinung, und dann machen Sie genau das Gegenteil«, murmelte Owens und sicherte seine Waffe wieder. »Wer hätte das gedacht?«

»Um das Mädchen kümmere ich mich. Was sehen Sie in dem Jungen?«, wollte Balin wissen.

Jax streckte abwehrend einen Arm aus, als sich Owens ihm zuwandte, doch der junge Mann schob ihn ungeduldig beiseite. Obwohl er Jax gerade mal die Hand auf den Kopf legte, fühlte es sich für Jax so an, als würde man ihm direkt ins Gehirn greifen.

Sofort wehrte sich Jax so, wie Melinda es ihm beigebracht hatte. Unverhofft schoss ein blendender, entsetzlicher Schmerz durch seinen Schädel. Er schrie auf und taumelte nach hinten, wo er gegen Tegan stieß. Dabei biss er die Zähne aufeinander und konzentrierte sich darauf, bloß nicht das Bewusstsein zu verlieren.

Schon war die Hand wieder da und kramte in Jax' Verstand herum, als wäre er eine Kommode voller nicht sortierter Fotos. Unsichtbare Finger stießen auf genau das, was sie suchten, und die Erinnerung, wie er von Terrance getasert worden war, schoss an die Oberfläche. Im nächsten Moment war Jax mit Handschellen an das Gitter in der Bank gefesselt und Thomas gab ihm von der Tür aus ein Signal. Jax wurde gezwungen, sich daran zu erinnern, wie die Donovans in sein Haus eingedrungen waren, und zu guter Letzt sah er Mrs Ungers Flur, auf dem er Evangeline den Treueschwur geleistet hatte.

»Der Junge ist erst vor Kurzem gewechselt«, teilte Owens Balin mit, »und hat noch so gut wie keine Ausbildung genossen. Daher sollte er sich recht leicht formen lassen. Das Stärkste in seinem Verstand ist der Eid, den er dem Emrys-Mädchen geleistet hat.«

»Bei wem hat er gelebt?«, hakte Balin nach.

Owens zögerte. »Bei einem Wechsler, der einen falschen Namen benutzt. Der Junge weiß nicht, wie man die Zeichen deutet, und kann daher nicht sagen, wer er wirklich ist.«

Jax musste sich sehr zusammenreißen, um sich die Erleichterung nicht anmerken zu lassen. Zumindest hatte er Rileys Identität geheim gehalten. Oder? Eigentlich hatte Owens gar nicht nach Erinnerungen an Riley gesucht, sondern nur an solche, die erklären konnten, wie Jax in seine missliche Lage geraten war.

»Der Junge ist seinem Eid ebenso treu ergeben wie Sie Ihrem«, sagte Owens zu Balin.

Balin wandte sich an seinen Bruder. »Bring die Rekruten in getrennte Zimmer, Angus. Wir brechen morgen früh auf.«

»Wohin?«, fragte Owens. »Wo fahren wir denn hin?«

Aber John Balin ging wortlos hinaus.

* * *

Jax wurde in ein Büro im ersten Stock eingesperrt – einem Raum mit Metallschreibtisch, einem Drehstuhl und zwei Aktenschränken aus Metall. Noch immer am ganzen Leib zitternd ließ er sich auf den Stuhl sinken.

Ein Mann, der Erinnerungen aus seinem Kopf ziehen konnte, war niemand, den man zum Feind haben wollte. Wenn Owens zurückkehrte, würde sich Jax mehr anstrengen müssen. Melinda hatte ihm gesagt, dass es möglich wäre, jede Art von Angriff abzuwehren, wenn man bereit dafür war. Tatsächlich hatte Jax es sogar geschafft, Owens für eine Sekunde aus seinem Verstand zu drängen. Owens hatte ihm allein deswegen Schmerzen zugefügt. Oder war das eine Erinnerung an Schmerzen gewesen? Beruhte Owens' Talent etwa darauf, dass er seine Opfer schwächte, bevor er in ihren Kopf schaute? Wenn Jax den Schmerz ignorieren konnte, würde Owens Jax' Gehirn vielleicht nicht länger so behandeln, als wäre es einer dieser Aktenschränke.

Ein leises Klopfen ließ Jax zu dem einzigen Fenster herumwirbeln. Als er sah, wer dort auf dem Sims kauerte, rannte er schnell durch den Raum und versuchte, das Fenster zu öffnen. Der Rahmen war zwar vom über die Jahre angesammelten Schmutz verklebt, doch mit etwas Kraftaufwand gelang es ihm schließlich.

Sobald die Öffnung groß genug war, schwang Tegan die Beine hinein. Ihr restlicher Körper folgte mit den Bewegungen einer Limbotänzerin. »Bist du völlig verrückt geworden?«, fuhr Jax sie an. Weil er die Antwort auf diese Frage längst kannte, fügte er noch hinzu: »Willst du jetzt abhauen?«

»Das geht nicht. Der Zaun wird von Männern mit Gewehren bewacht«, erklärte Tegan.

»Warum kletterst du dann da draußen rum?«

Tegan sah Jax direkt in die Augen. »Du hast dich zwischen mich und die Waffe gestellt.«

»Ja, das war nur …«

Sie stürzte sich auf ihn. Jax hob die Hände, um eine Attacke abzuwehren, doch sie schlang ihm nur beide Arme um den Hals und drückte ihn an sich.

Jemand räusperte sich laut, und als sie sich beide umdrehten, sahen sie Owens im Türrahmen stehen. Sofort schob Jax Tegan hinter sich. *Das wird langsam zu einer dämlichen Gewohnheit.*

Owens schloss die Tür und sah von Jax zu Tegan zum offenen Fenster. »Du.« Er zeigte mit einem Finger erst auf Tegan und dann aufs Fenster. »Geh zurück in deine Zelle, oder ich erschieße dich wirklich.«

Tegan rannte zum Fenster und quetschte sich so hindurch, wie sie auch hineingelangt war.

»Du.« Owens deutete auf Jax.

Jax wappnete sich. Diesmal würde er sich konzentrieren, selbst wenn es noch so wehtat. *Das ist nicht echt. Es ist nur eine Erinnerung. Das kann ich aushalten.*

Aber Owens ließ die Hand sinken. »Ich würde ja einen Kommentar zu deiner Auswahl an Freunden abgeben, aber dafür fehlt uns die Zeit. Ich habe eine Nachricht für dich.« Mit zwei schnellen Schritten hatte er den Raum durchquert und hielt Jax das Objekt, das er in der Hand hielt, vors Gesicht.

Jax zuckte zusammen, da er mit einer Waffe rechnete, stellte dann jedoch fest, dass es sich um ein Handy handelte. Er brauchte einen Moment, um sich auf die Nachricht auf dem Display zu konzentrieren.

Riley: jax du idiot

32

Jax griff nach dem Handy und tippte die Frage ein, die ihm am dringendsten auf der Seele brannte.

Miller: geht's melindas kindern gut?

Er hatte gerade genug Zeit, um den Namen vor der Nachricht zu registrieren, bevor Rileys Antwort kam.

Riley: alles ok

Jax musterte Owens nervös und schrieb:

Miller: das ist millers handy aber der typ bei mir heißt owens
Riley: miller ist owens

Jax stöhnte, weil er nicht selbst darauf gekommen war. Rileys Vasall Miller – der Nachfahre von Sir Owain. Melinda hatte ihm doch davon erzählt!

Miller Owens gab Jax zu verstehen, dass er sich beeilen sollte, und sah zur Tür. »Fass dich kurz!«

Riley: wo ist E
Miller: sie verstecken sie irgendwo. nicht bei mir
Miller: hab ihr den eid geschworen
Riley: da hat sie gut mitgedacht. hat dir das leben gerettet.

Jax leckte sich die trockenen Lippen und widerstand der Versuchung, Ausreden und Erklärungen vorzubringen.

Miller: was soll ich machen?
Riley: vertrau miller. ich komme

»Das reicht.« Miller nahm Jax das Handy ab, schaltete es aus und verstaute es in einer Tasche. »Ich will nicht, dass sie mich mit diesem Handy erwischen.«

»Du bist Rileys Vasall?« Jax konnte es nicht fassen. Dieser Mann hatte Tegan erschießen wollen. Er hatte in Jax' Kopf herumgeschnüffelt und ihn dabei gequält.

»Ja«, bestätigte Miller.

»Aber ich hab dich sagen hören, dass du Wylits Vasall bist.«

»Bin ich auch. Soll ich dir ebenfalls die Treue schwören? Nein, warte. So kann ich es dir schneller beweisen.« Miller zog einen der Aktenschränke auf und warf einen der Ordner auf den Schreibtisch. Er zückte seine Klinge und balancierte sie auf der Handfläche. »Ich schwöre diesen Unterlagen die Treue der Owens-Blutlinie. Ich werde sie bis zu meinem letzten Atemzug vor Schaden bewahren.« Mit breitem Grinsen schob er die Klinge in die Scheide zurück, holte ein Feuerzeug aus einer seiner vielen Taschen und zündete den Ordner an.

Dabei lachte er die ganze Zeit.

Jax mochte in der magischen Welt noch ein Neuling sein, dennoch wurde ihm übel – als hätte er etwas Unnatürliches gesehen. Der Evangeline geleistete Eid war der Einzige, den er je abgelegt hatte, doch er wusste instinktiv, dass es ihm nicht möglich war, diesen zu verraten. »Wie …?«

Miller schlug die Flammen aus und sah ihn mit seinen geweiteten blass-grauen Augen durch die Brillengläser an. »Ein unerwarteter Nebeneffekt eines Schädelbruchs. Eide wirken bei mir nicht mehr.«

Jax' Blick fiel auf die Stelle mit farblosem Haar an Millers Kopf. »Weiß Riley davon?«

»Riley war bei mir, als es passiert ist. Er weiß, dass ich ihn jederzeit verraten könnte, und er vertraut mir trotzdem. Aber lass mich dir zeigen, was das für dich bedeutet, Jax.« Miller schubste ihn leicht. »Ich bin nicht wie er gezwungen, dich zu beschützen. Wenn du meinem Hauptziel in die Quere kommst, lass ich dich untergehen, wenn du nicht allein klarkommst.«

Jax schluckte schwer. »Was ist dein Hauptziel?«

»Das Ende der Welt verhindern.« Miller grinste so breit, dass Jax nicht wusste, ob er ihn ernst nehmen konnte. »Insbesondere muss ich verhindern, dass Wylit die Emrys in die Finger bekommt.«

»Was will er von ihr?«

»Er will den Achter-Tag-Zauber verändern.«

»Und alle, die darin gefangen sind, freilassen?« Jax war noch immer nicht davon überzeugt, dass das etwas Schlimmes sein sollte.

»Nein, er will den Grunstag an die Stelle versetzen, an der jetzt die anderen sieben Tage sind.«

»Er will alles auf den Kopf stellen? Sieben Grunstage und nur ein Tag für alle anderen?«

»Nur Grunstage«, korrigierte ihn Miller. »Und der Rest der Zeit hört einfach auf zu existieren.«

Jax lief es eiskalt den Rücken herunter. »Geht das überhaupt?«

»Es wurde schon früher gemacht. Im Laufe der Geschichte gab es so einige Zivilisationen, die verschwunden sind – die Khmer, die Minoer, eine lange Reihe amerikanischer Eingeborenenkulturen … Die Ureinwohner Amerikas waren große Freunde der Magie.«

Einiges von dem, was er sagte, kam Jax aus der dämlichen Fernsehsendung, die sich Riley immer ansah, bekannt vor. *Hat er sie deshalb immer geguckt?*

»Außerdem ist ein Versagen fast immer genauso schlimm wie ein Erfolg«, fuhr Miller fort. »Wylit hat das schon einmal versucht, und die Sache ging gehörig nach hinten los. Ich weiß nicht, wie er es überhaupt überleben konnte, aber der jüngere Bruder deiner Emrys kam bei dem Versuch ums Leben. Wylit hat die letzten Jahrzehnte nach einem anderen Mitglied ihrer Familie gesucht, um es noch einmal zu probieren.«

»Ihr Bruder wurde getötet?« Davon hatte Riley Jax gegenüber nichts erwähnt. »Weiß sie das?«

»Willst du es ihr erzählen? Riley hat es nicht über sich gebracht, und es ist auch nicht meine Aufgabe. Ich muss dafür sorgen, dass sie Wylit nicht in die Hände fällt. Oder, besser noch, Wylit gleich ganz ausschalten.«

»Wieso hast du das nicht getan, als du ihm den falschen Eid geschworen hast?« Jax starrte Miller wütend an. Jemand, der Riley erst dazu ermutigte, »seinen ersten Kill zu machen«, und der

Tegan mit einer Waffe bedrohte, sollte seinen neuen Lehnsherrn doch wohl problemlos ausschalten können.

»Zu diesem Zeitpunkt hatte ich den Befehl, ihn am Leben zu lassen«, erwiderte Miller, dem der unausgesprochene Vorwurf, ein Killer zu sein, nichts auszumachen schien. »Er ist nicht das einzige üble Sippenmitglied, das es da draußen gibt, und wir hatten gehofft, dass er uns zu einigen anderen führt. Jetzt, wo sich die Lage deutlich verschlechtert hat, weiß ich nicht länger, wo er sich aufhält. John Balin ist regelrecht paranoid, was die Sicherheit angeht – er lässt uns andere Vasallen über die Details im Dunkeln. Daher verrät er mir auch nicht, wo er die Emrys versteckt oder wo die Zauberzeremonie stattfinden soll. Er gibt nur Informationen weiter, wenn es nicht anders geht, und mich hat er ohnehin nie leiden können, weil ich ihm von deinem Vater vorgestellt wurde, der ihn später verraten hat.«

Bei diesen Worten zuckte Jax zusammen. *Diese Leute haben meinen Dad ermordet. Das darf ich nie vergessen.* »Was soll ich machen?«, fragte Jax.

»Versuch, am Leben zu bleiben.«

»Kannst du mir meinen Dolch zurückholen?«

Miller schüttelte den Kopf. »Da wirst du schon Balin davon überzeugen müssen, dass er ihn dir persönlich zurückgibt.« Bevor Jax fragen konnte, wie er das anstellen sollte, fuhr Miller auch schon fort. »Eins muss ich dir aber noch über die Balins erzählen: Sie sind Erbvasallen.« Als Jax nur verständnislos den Kopf schüttelte, schob Miller eine Erklärung hinterher. »Sie wurden als Vasallen geboren, weil irgend so ein idiotischer Balin im Mittelalter auf die Wylit-Blutlinie geschworen und all seine Nachfahren an diesen Eid gebunden hat. Aus diesem Grund sind sie auf fast schon verrückte Art loyal, doch sie wählen sich gern Rekruten mit nützlichen Talenten, weil das einzige Balin-Talent darin besteht, dass sie einen Dickschädel haben.«

»Was meinst du damit?«

»Dass ich ihnen nicht in den Kopf gucken kann. Man kommt da einfach nicht rein. Riley würde keinen von ihnen auch nur dazu bringen, einen Finger zu rühren. Sie sind gegen jeglichen magischen Einfluss von außen immun, und sie nehmen diesen Erbeid sehr ernst.« Miller bohrte Jax einen Zeigefinger in die Brust. »Wenn du John Balin davon überzeugen kannst, dass du der Emrys treu ergeben bist, hast du ihn auf deiner Seite.«

»Aber ich bin ihr treu ergeben«, sagte Jax energisch. »Und ihr Name ist Evangeline.«

»Ich will ihren Namen gar nicht wissen. Mich interessiert nur meine Mission.« Miller hob einen Finger. »Option eins: Wylit töten.« Es folgte ein zweiter Finger. »Option zwei: die Emrys retten.« Dann reckte er beide Hände in die Luft, als wollte er kapitulieren. »Letzte Option: die Emrys umbringen, bevor Wylit sie benutzen kann.«

»Nein«, widersprach Jax. »Nein.« Er ballte die Fäuste. »Das kannst du nicht tun. Riley hat gesagt, wenn sie stirbt, könnte das den Grunstag und alle darin auslöschen.«

Miller ging zur Tür. »Wir vermuten, dass irgendwo noch ein weiterer Emrys versteckt ist, um den Zauber aufrechtzuhalten, aber selbst, wenn das nicht stimmt, geht es nun mal nicht anders. Wir Wechsler werden es so oder so überleben, aber wenn es darum geht, ob wir ein paar tausend Sippenmitglieder oder sieben Millionen Normale opfern, werde ich tun, was nötig ist.« Er öffnete die Tür und warf noch einen Blick über die Schulter. »Das mag dir nicht gefallen, aber mir wird keine andere Wahl bleiben.«

Mit diesen Worten schloss Miller die Tür hinter sich. Jax ließ sich auf den Drehstuhl fallen und betrachtete die rauchenden Unterlagen auf dem Schreibtisch. Einige kostbare Minuten lang hatte er tatsächlich gehofft, jemand, der mutiger und klüger war als er, würde sowohl ihn als auch Evangeline retten.

Doch diese Hoffnungen waren ebenso in Rauch aufgegangen wie dieser Ordner.

* * *

»Hat dir der Typ wehgetan?«, fragte Tegan am nächsten Morgen. Sie stand bereits vor dem Land Rover, als er das Haus verließ.

»Nein.«

»Was wollte er dann von dir?«

Jax vertraute ihr nicht genug, um ihr die Wahrheit anzuvertrauen. »Mich weiter befragen.«

»Er roch krank«, stellte Tegan fest. »Nicht verdorben, eher krank wie … *zerbrochen*. Das habe ich auch John Balin gesagt.«

»Du hast ihm was gesagt?«

»Balin wollte wissen, wie Owens riecht. Er sagte, er hätte mich deshalb mitgenommen – damit ich ihm sage, was ich von Owens halte.«

Jax blinzelte mehrmals schnell. Balin hatte behauptet, Millers Einschätzung von Jax und Tegan hören zu wollen. War es in Wirklichkeit ganz anders gewesen? Vermutete Balin längst, dass Miller ein Verräter war? Jax schaute sich um. Balin erteilte seinem Bruder Angus Befehle. Miller war nirgends zu sehen. Jax wandte sich erneut Tegan zu. »Du solltest Balin überhaupt nichts sagen!«

Tegan kniff die grünen Augen zusammen. »Dann soll ich mich also so wie du bei ihm einschleimen? *Meine Lehnsherrin hier, meine Lehnsherrin da* … All diesen Vasallenscheiß nachplappern, auf den er so steht?«

»Pass mal auf.« Jax nahm ihren Arm. »Er wird versuchen, dich zu rekrutieren. Setz dein Talent nicht für ihn ein.«

Sie zog den Arm weg. »Ich tue, was ich muss, um am Leben zu bleiben, damit er die Zügel lockert und ich abhauen kann. Ich weiß viel besser als du, wie man in dieser Welt überlebt, und brauche dich nicht, um dich zwischen mich und eine Waffe zu stellen.«

»Tja, dann verspreche ich dir, dass ich so was nie wieder mache!«, fauchte Jax und sah über die Schulter. John Balin kam auf sie zu.

»Donovan.« Balin nahm Tegan am Arm und zog sie von Jax weg. »Du kommst mit mir.«

Derweil riss Angus die hintere Tür des Wagens auf. »Einsteigen«, befahl er Jax.

Sie wurden getrennt. Zuerst Evangeline. Jetzt Tegan. Und Miller … Jax ließ den Blick abermals durch die Gegend schweifen. Es gab keine Möglichkeit, Miller zu warnen, dass Tegan etwas über ihn ausgeplaudert hatte. Jax sah Angus an. »Wohin bringen Sie mich?«

Angus verschränkte die Arme und starrte ihn mit versteinerter Miene an. »Steig ein, Aubrey.«

Jax blickte in die kalten Augen des Mannes und stellte sich vor, wie er in einer dunklen Nacht hinter dem Lenkrad eines Wagens gesessen hatte, mit dem er brutal ein anderes Fahrzeug rammte. Dann tat er, was von ihm verlangt wurde.

* * *

Am Montagabend wurde Jax über die Grenze nach Mexiko gefahren.

Er hatte keine große Hoffnung, dass die Einreisebehörde sie aufhalten würde, und so kam es auch nicht. Ein Beamter stempelte den Pass mit einem Foto, das Jax nicht im Geringsten ähnlich sah, ohne irgendwelche Einwände ab. Jax folgte Angus und Balin zum Wagen und ärgerte sich darüber, dass ihm die Bedeutung der Pesos inmitten der Geldscheine, die Tegan geklaut hatte, entgangen war. *Wo war mein angebliches Talent zur Informationsbeschaffung, als es benötigt wurde?* Wenn ihm früher ein Licht aufgegangen wäre, hätte er Miller Bescheid sagen können, damit dieser wenigstens eine ungefähre Ahnung hatte, wohin sie fuhren – stattdessen war er so beschränkt, dass er nicht mal einen Hinweis erkannte, wenn er sich direkt vor seiner Nase befand.

Miller war Jax' größte Hoffnung auf eine Rettung, doch dieser Gedanke war wenig tröstlich. *Die letzte Option.* War Riley damit einverstanden? Stimmte er mit Miller überein, dass sie möglicherweise keine andere Wahl hatten, als Evangeline zu töten?

Aber er wusste auch nicht, ob Miller später wieder zu ihnen stoßen würde. Seit Freitag hatte er außer dem hässlichen Angus niemanden zu Gesicht bekommen, und er konnte nur darauf hoffen, dass John Balin sein Wort hielt und Jax wirklich anwesend sein würde, wenn sie Evangeline am Grunstag aus diesem Sarg ließen. Er hatte es längst aufgegeben, Angus aushorchen zu wollen – wohin sie fuhren oder was aus Tegan geworden war. Nach Miller wagte er gar nicht erst zu fragen.

Am Mittwoch umfuhren sie Mexico City und hielten auf eine Bergkette landeinwärts zu. Jeder Einzelne dieser Berggipfel sah kegelförmig aus und erinnerte Jax an einen Vulkan.

Oh Gott. Sie wollen sie doch nicht etwa in einen Vulkan werfen, oder?

Nach einer Weile bemerkte Jax ein Straßenschild, das über dem Highway hing:

↑ PIRÁMIDES

»Ist nicht wahr«, flüsterte er.

Dank der Fernsehsendung, die sich Riley ständig ansah, wusste Jax jetzt genau, welchen Platz diese Leute ausgesucht hatten, um das Ende der Welt einzuleiten.

33

Die Welt schlingerte, und Evangelines Schrei erstarb in ihrer Kehle. Sieben Tage waren ohne sie vergangen, und das mit Seide ausgekleidete Gefängnis schwankte im Rhythmus der Schritte seiner Träger.

Abermals schrie sie und schlug zornig auf die Seitenwände des Sarges ein. Inzwischen konnten sie sie um die halbe Welt geflogen haben. Jax – für den sie die Verantwortung trug – hatte vielleicht schon vor sieben Tagen sein Leben lassen müssen.

Das einzig Sichere war, dass sie sich noch immer in der Gewalt ihrer Feinde befand. Ihre Hand wanderte zum Pendragon-Dolch, der in der Nähe ihres Herzens ruhte. Riley würde kommen und ihn sich zurückholen. Dieses Versprechen war ihr zusammen mit dem Geschenk übermittelt worden. Aber noch hatte er sie nicht erreicht, sonst wäre der Sarg längst offen gewesen.

Möglicherweise war er bei dem Versuch umgekommen.

Bei dem Gedanken überkam sie Panik, die sie jedoch sogleich erstickte. Was immer in den letzten sieben Tagen auch passiert war, so hatte Riley ihr diese Klinge auch überlassen, damit sie Magie daraus beziehen konnte. Das war ein überaus großzügiges Geschenk und zudem ein Vertrauensbeweis. Evangeline atmete kontrolliert ein und aus. Um seinet- und Jax' willen würde sie nicht kampflos untergehen.

Sie schob die rechte Hand unter ihre Bluse. Als sie mit den Fingerspitzen über das in den Griff gravierte Wappen fuhr, schoss Energie durch sie hindurch. Emrys-Magie in einer Pendragon-Klinge. Sie fragte sich, ob so etwas überhaupt schon mal passiert war. Vermutlich nicht seit Merlin, Artus und dem Achter-Tag-Zauber.

Evangeline murmelte die Beschwörungsformel für den einzigen Zauber, den sie kannte und der keine symbolischen Objekte erforderte, sondern nur die Energie ihres Körpers. Sie ballte die Fäuste. Magie prickelte auf ihrer Haut, tanzte mit erschreckender Intensität über ihre Unterarme. Sie presste sich beide Fäuste gegen die Seiten, schwankte im Einklang mit den Bewegungen des Sarges und wartete auf den Moment, in dem dieses Ding abgesetzt und geöffnet werden würde.

Das Schaukeln hörte auf, und Evangeline bewegte prüfend die Finger. Die magische Entladung brannte auf ihrem Fleisch, als hielte sie Blitze in den Händen. Der Sarg wurde grob auf den Boden gestellt, und ihr Herz raste, was den vorbereiteten Zauber noch mächtiger machte. Als der Deckel geöffnet wurde, stemmte sich Evangeline auf die Ellbogen, rappelte sich auf und sah sich im Raum um.

John Balin stand ihr in einem Zimmer gegenüber, das ein Bett, einen Stuhl und einen an der Wand angebrachten Fernseher enthielt. Eine dürre Frau mit verkniffenem Gesicht und einer Waffe in der Hand hatte hinter ihm Aufstellung bezogen.

»Sie hat einen Zauber vorbereitet«, meldete eine Stimme. Evangelines Blick wanderte zurück zu Balin. Ein Mädchen mit karottenrotem Haar stand neben ihm.

Balin und die Frau richteten die Waffen auf sie. »Sie hat eine große Spannung aufgebaut«, fuhr das Mädchen fort. Sie war offensichtlich eine Sensitive und konnte Magie deutlich wahrnehmen. Evangeline erkannte sie als eine der Personen wieder, die Jax überwältigt hatten – nach Evangelines Zeitempfinden vor gerade mal wenigen Minuten.

»Lady Emrys«, sagte Balin. »Gebt Euren Zauber auf – und zwar sanft.«

Evangeline schüttelte den Kopf. »Sie haben sich nicht all die Mühe gemacht, um mich jetzt zu erschießen.«

Er grinste verbittert und hob die Stimme. »Bringt den Jungen rein.« Ein Mann, der wie eine jüngere Version von Balin aussah, zerrte Jax in den Raum und drückte ihn auf die Knie. Balin presste Jax die Mündung seiner Waffe gegen den Hinterkopf. »Wenn Ihr feindselig werdet, sind all unsere Abmachungen hinfällig.«

»Nicht …«, setzte Jax an, doch die beiden Männer drückten seinen Kopf noch weiter nach unten.

Mutiger Jax. Evangeline war fest davon überzeugt, dass er *Nicht nachgeben* sagen wollte und nicht etwa *Nicht schießen*.

John Balin sprach gelassen weiter. »Zwingt mich nicht, diesen Jungen grundlos zu töten. Selbst, wenn es Euch gelingen sollte, dieses Zimmer zu verlassen, sind meine Männer im ganzen Hotel verteilt, und außerdem seid Ihr sehr weit weg von zu Hause.«

Sie waren in der Unterzahl und unterlegen, und Jax würde sterben, wenn sie die falsche Entscheidung traf. Widerstrebend öffnete sie die Finger und presste die Handflächen gegen die Bespannung des Sargdeckels. Ein lautes *Puff* ging der Explosion voraus, und der Stoff ging in blaue Flammen auf. Sie trat aus dem Sarg und knallte den Deckel zu, um das Feuer zu ersticken.

Balin behielt die Waffe an Jax' Kopf. »Donovan.«

Das Mädchen trat vor und schnüffelte intensiv. Dann zog es die Augenbrauen hoch, und sein Blick fiel auf Evangelines Brust.

Evangeline wurde das Herz schwer. Das Mädchen war überaus talentiert, so wie es oftmals für diejenigen mit Geruchsempfindsamkeit galt. Trotz des stinkenden magischen Feuers im Sarg hatte es die verborgene Ehrenklinge entdeckt. Doch dann sah das Mädchen Evangeline in die Augen und erklärte: »Alles okay.«

Erst jetzt nahm Balin die Waffe herunter, wenngleich die Frau mit dem verkniffenen Gesicht ihre nicht wegsteckte. Der Mann, der Jax hereingeführt hatte, zerrte ihn auf die Beine. Jax wollte auf Evangeline zugehen, wurde jedoch stattdessen in Richtung Tür geschoben.

»Er soll hierbleiben«, verlangte Evangeline.

»Wenn mein Herr mir die Erlaubnis gibt, bekommt Ihr Euren Vasallen zurück. Bis dahin bleibt er in meiner Obhut.«

»Dann bringt Wylit sofort her.« Evangeline schnippte mit den Fingern, als hätte sie hier das Sagen, doch ihre zittrige Stimme verriet sie.

Balin grinste über ihren Versuch, die Kontrolle zu übernehmen. »Mein Herr ist noch nicht eingetroffen, aber wenn er das tut, lasse ich Euch rufen.« Er musterte sie von Kopf bis Fuß, und kurz zeichnete sich Abscheu auf seinem Gesicht ab. »In der Zwischenzeit werdet Ihr Euch etwas anziehen, das dem Anlass angemessen ist.« Die Frau hielt ein Kleid aus voluminösem weißem Stoff hoch. Evangeline griff danach, aber als sie zur Badezimmertür ging, ordnete Balin an: »Donovan begleitet Euch.«

Sie würden sie nicht einmal allein ins Bad gehen lassen. Dem Mädchen, Donovan, schien das auch nicht zu gefallen, aber es huschte mit Evangeline in den Raum und schloss die Tür hinter sich.

Das einzige Fenster war schmal und befand sich sehr hoch an der Wand. Auf diese Weise konnte sie nicht entkommen, selbst wenn es ihr gelänge, das Mädchen zu überwältigen. Mit einer wütenden Bewegung drehte Evangeline den Wasserhahn ganz auf und wandte sich Donovan zu.

Das Mädchen musterte sie säuerlich. »Lass mal sehen.«

Evangeline zog sich die Bluse über den Kopf und enthüllte den Dolch, den sie sich quer über die Brust gebunden hatte. »Wieso hast du ihnen nichts davon erzählt?«

»Damit du mir was schuldig bist.«

»Warum hast du ihnen dann das mit dem Zauber verraten?«

Das Mädchen zuckte mit den Achseln. »Damit sie mir was schuldig sind.«

Evangeline hielt einen Waschlappen unter den Wasserstrahl und wusch sich das Gesicht und den Hals. Sie stank nach Furcht und Panik. Da war es kein Wunder, dass man sie hier reingeschickt hatte, um sich frischzumachen. »Dann bist du keine Vasallin?«

»Ich bin niemandes Vasall.«

»Bist du auch eine Gefangene?« Das Mädchen antwortete nicht. Evangeline warf den nassen Waschlappen frustriert ins Waschbecken. »Kannst du mir wenigstens sagen, wo ich bin?«

»In Mexiko.«

Evangeline schüttelte das Kleid aus, das man ihr gegeben hatte. Es war ein langes weißes Kleid mit Schleppe, wie es auch eine Braut tragen würde. Oder ein Menschenopfer bei einem magischen Ritual. Anstelle von Ärmeln hatte es schmale Träger, außerdem war es rückenfrei.

Donovan schnaubte. »Deinen Dolch musst du jetzt aber woanders verstecken.«

* * *

Später an diesem Vormittag wurde Evangeline in den Speisesaal des Hotels eskortiert. Die Decke war mit gekreuzten dunklen Balken verziert, und an einer Wand hing ein großes Gemälde. Ein großer Sippenmann mit langem weißem Haar stand vor dem Bild und betrachtete es interessiert.

Seine Vasallen hatten sich links und rechts von ihm aufgereiht. Balin stand ganz vorn, das Donovan-Mädchen direkt neben ihm. Auf der anderen Seite hielt Balins jüngerer Doppelgänger Jax an der Schulter fest. Evangeline reckte das Kinn in die Luft und straffte den Rücken, um dem Mann gegenüberzutreten, der sogar ihren Vater nervös gemacht hatte.

Dann drehte sich Lord Myrddin Wylit um, und sie keuchte vor Schreck.

Er hatte schreckliche Verbrennungen – die nicht von einem Feuer herrührten. Die Anzeichen für eine magische Gegenreaktion waren nicht zu übersehen: die bläuliche Färbung seiner zerstörten Haut, die in Fetzen von seinem Gesicht herabhing. Da musste ein sehr mächtiger Zauber schiefgelaufen sein.

»Evangeline Emrys«, sagte er und bewegte kaum merklich die schmalen weißen Lippen. »Ich bin hocherfreut, dass wir Euch endlich aus Eurer Gefangenschaft befreien konnten.«

»Ich war keine Gefangene«, widersprach sie und konnte nur

hoffen, dass ihre eisige Miene das Zittern ihrer Stimme verbarg. »Ich hielt mich genau dort auf, wo ich sein wollte.«

»Im Verborgenen?« Wylit schnaubte leise. »Mit nur einem frisch gebackenen Vasallen?«

»Tut nicht so, als würdet Ihr das ganze Ausmaß meiner Verbindungen kennen«, konterte sie.

Wylit zeigte auf seinen obersten Vasallen. »Balin hat mir mitgeteilt, dass er Euch als Gefangene von Wechslern angetroffen hat, abgeschnitten von der Sippe, und dass Ihr diesen Jungen erst in letzter Sekunde als Vasallen angenommen habt. Meinetwegen dürft Ihr ihn behalten. Das ist mein Geschenk an Euch.«

Jax machte ein erschrockenes Gesicht, als der jüngere Balin ihm seine Ehrenklinge zurückgab. Evangeline bedeutete ihm mit einer unauffälligen Bewegung, zu ihr zu kommen. Jax bemerkte es, band sich den Dolch um und durchquerte den Raum, um sich neben sie zu stellen.

»Es ist sehr freundlich von Euch, mir etwas zu geben, was ich längst hatte«, sagte Evangeline. »Wenn Ihr mein Vertrauen mit einem bedeutsameren Geschenk gewinnen wollt, dann gewährt mir die sichere Heimreise.«

»Ihr werdet gewiss verstehen, dass so etwas nicht möglich ist. Ich habe Euch aus einem guten Grund herbringen lassen.«

»Ich weiß noch nicht einmal, wo wir uns überhaupt befinden.«

Wylit deutete mit einer Hand auf das Wandgemälde und trat zur Seite.

Nun, wo sie ihm ihre ganze Aufmerksamkeit schenkte, stellte sie fest, dass es sich um eine Karte mit dem Titel *Zona Arqueológica de Teotihuacán* handelte. Drei Pyramiden waren durch eine lange Straße miteinander verbunden, die viele kleinere Tempel säumten.

»Teotihuacán«, sagte Wylit. »Die Stadt der Götter. Als die Azteken im dreizehnten Jahrhundert an die Macht kamen, lag diese Stadt bereits seit siebenhundert Jahren in Trümmern. Die Azteken wussten nichts über das Volk, das diesen Ort erbaut hatte – es gab nur Legenden über ihre Größe. Wisst Ihr auch, warum?«

»Weil das Volk, das dort gelebt hatte, aufhörte zu existieren«, vermutete Evangeline. »Seine Zeitlinie wurde zerstört.«

Wylit drehte sich wieder zum Wandbild um. »Stellt Euch nur eine Stadt mit mehreren hunderttausend Einwohnern vor zu einer Zeit, zu der London noch ein römisches Dorf war – die innerhalb weniger Sekunden durch eine Handvoll indianischer Schamanen ausgelöscht wurde.« Er wandte sich erneut Evangeline zu. »Der perfekte Ort, um einen uralten Fehler zu korrigieren.«

»Ihr wollt sie zurückholen?«

Er lachte auf. »Wohl kaum.«

»Dann verfolgt Ihr weiterhin den Plan meines Vaters, den Achter-Tag-Zauber aufzuheben.«

»Der Plan Eures Vaters war fehlerhaft«, erklärte Wylit eisig.

Evangeline erwiderte nichts. Sie wusste, dass ihr Vater töricht gewesen war. Schon als kleines Mädchen hatten sie seine leidenschaftlichen Reden über dieses Thema nervös gemacht, insbesondere als sie sah, welche Verbündeten er hinzuzog und wie ihre Mutter immer widerstrebender daran teilnahm. Aber sie hörte sich Wylits Argumentation schweigend an.

»Die Sippenmitglieder sind über die ganze Welt verstreut und verbergen sich unter Normalen. Wir hatten gerade mal zehn Generationen, während sie einhundert genossen, und sie sind uns millionenfach überlegen. Die Wylit-Linie hatte Glück, dass ihr die Balin-Familie seit Jahrhunderten dient, aber die meisten anderen Sippenfamilien wurden durch diese Gefangenschaft geschwächt. Was würden Normale tun, wenn ein unerklärliches Volk auf einmal mitten unter ihnen auftaucht? Würden sie uns für Aliens halten? Wie lange würde es dauern, bis sie beschließen, uns alle umzubringen?«

»Was habt Ihr dann vor?« *Spuckt es endlich aus,* hätte sie am liebsten verlangt.

»Ich will die siebentägige Zeitlinie verschwinden lassen«, antwortete Wylit. Seine blauen Sippenaugen strahlten. »Unsere Chancen gegen unsere Wechslerfeinde verbessern, indem wir dieselbe Anzahl an Tagen haben wie sie – und die Normalen vollständig auslöschen.«

»Womit eine Welt voller leerer Städte zurückbleiben würde«, flüsterte sie. Das war ein schreckliches, furchterregendes Bild. Mit elf mochte Evangeline die richtige Antwort nicht gekannt haben, um sie den Taliesin-Männern zu geben, die sie nach dem Angriff auf das Haus ihres Vaters gerettet hatten. Aber in den fünf Jahren der Isolation, die seitdem vergangen waren, hatte sie so viel über die Normalenwelt in Erfahrung gebracht, wie es aus ihrer Position als Außenseiterin möglich gewesen war. Sie wusste, was ihr Vorfahr Merlin hatte retten wollen – und auf welcher Seite des Konflikts sie jetzt stand.

»Das ist nicht möglich«, erklärte sie laut und hoffte, dass dies auch der Wahrheit entsprach.

»Ich habe mit eigenen Augen gesehen, wie es vollbracht wurde«, entgegnete Wylit. »Vor meinem inneren Auge sah ich, wie diese Welt für uns geleert wurde.«

Prophezeiung war das Talent der Wylits. In uralter Zeit hatten sich viele auf die Visionen eines Wylit-Clanführers verlassen.

Aber Evangeline hatte von ihrer Mutter gelernt, dass Prophezeiungen nicht immer leicht zu entschlüsseln waren. »Nimm dich in Acht vor jenen, die behaupten, die Zukunft zu kennen«, hatte ihre Mutter gesagt. »Ständige einander widersprechende Visionen können einen in den Wahnsinn treiben und das, was man sieht, verschleiern.« Evangelines Mutter hatte das alles nur zu gut gewusst, denn prophetische Visionen waren auch das Talent ihrer Familie, ebenso wie ihr Fluch.

»Vergebt mir, Lord Wylit«, sagte Evangeline zaghaft, »aber Eure Verletzungen lassen vermuten, dass Ihr so etwas schon einmal erfolglos versucht habt.«

»Mein letzter Versuch war etwas voreilig«, gab er zu. »Es gelang mir nicht, alles Notwendige zu beschaffen – vor allem hatte ich keine so starke und temperamentvolle Zauberwirkerin wie Euch.« Er lächelte sie an, als wäre sie eine angenehme Überraschung. »Überdies benötigen wir Vertreter der drei Hauptblutlinien, die am Wirken des Zaubers beteiligt waren. Ihr seid selbstverständlich eine Emrys. Aber wir müssen auch die Dulac- und die Pendragon-Blutlinien berücksichtigen. Es war ungemein aufwendig, entsprechende Artefakte zu beschaffen, aber es ist mir endlich gelungen.« Wylit bedeutete ihr, näherzutreten. »Kommt her, Evangeline Emrys. Ich möchte Euch einen Eurer größten Feinde zeigen.«

Evangeline warf Jax einen verwirrten Blick zu, und sie gingen hinter Wylit her zu einem Tisch im hinteren Teil des Raums, auf dem eine große Holzkiste stand. »Wir haben sie in einem keltischen Hügelgrab gefunden«, berichtete Wylit. »Eine lange verschollene, einst sehr berühmte Königin, die über ein Jahrtausend lang in Vergessenheit geraten war.«

Nach einem Blick ins Innere zuckte Jax zurück und hielt sich Nase und Mund zu. Evangeline hatte sich besser im Griff. Ihr Leben, Jax' Leben, das Leben von Milliarden von Menschen hing davon ab, dass Wylit sich irrte. Sie musste genau wissen, was sie da vor sich hatte. »Das ist eine sehr gut erhaltene Leiche«, stellte sie nach einem Moment fest. »Wahrscheinlich von einer keltischen Königin oder Prinzessin. Doch es lässt sich nicht genau feststellen, wer sie wirklich war.«

»Sie ist eine Dulac«, rief das Donovan-Mädchen. »Das kann ich von hier aus riechen.«

Innerlich verfluchte Evangeline das Mädchen. Sie konnte die Familien anhand ihres Geruchs identifizieren? Das war äußerst unglücklich – und wahrscheinlich auch der Grund dafür, dass man Evangelines Versteck gefunden hatte. Sie hätte weitaus stärkere Schutzzauber anbringen müssen, um sich vor diesem Talent zu schützen.

Wylit sah indessen höchst zufrieden aus. »Das ist die Rekrutin, die Sie erwähnt haben, Balin? Sie besitzt eine bemerkenswerte Gabe. Komm her, Kind. Sag mir, was du denkst.«

Das Mädchen warf Jax einen schuldbewussten Blick zu, der nur den Kopf schüttelte. Trotzdem durchquerte sie den Raum, umfasste die Bretter und beugte sich vor, um tief einzuatmen, als wäre die Kiste mit Rosen gefüllt und nicht etwa mit einer mumifizierten Leiche. »Das war eine hochrangige Dulac«, sagte Donovan. »Eine Königin, vermute ich. Ich kann nicht mit Sicherheit sagen, ob dies Nimue vom See ist – aber wer wäre denn sonst *damit* begraben worden?«

»Du hast es also entdeckt?« Wylit musterte das Mädchen, als wäre es ein Hund, das einen guten Trick vorgeführt hatte.

»Ist ja wohl kaum zu verfehlen. Es stinkt zum Himmel.«

Wylit griff in die Kiste. »Wer sollte es sonst sein?«, murmelte er. »Sie ist diejenige, die es ihm gegeben hat, und nach seinem Tod brachte Sir Bedivere es zu ihr zurück.«

Er nahm etwas zwischen den mumifizierten Überresten hervor und reckte es in die Luft. »Sehet, die Klinge von König Artus Pendragon – Excalibur.«

Es war ein Dolch.

Jax konnte es nicht fassen. Angeblich war Excalibur doch ein Schwert. Einen Moment später ging ihm allerdings auf, dass das absolut Sinn ergab. Selbstverständlich war Excalibur die Ehrenklinge, die König Artus genutzt hatte, um seine Befehlsstimme im Kampf zu verstärken. Die Eisenwaffe war aufgrund der Korrosion ganz schwarz geworden, aber dennoch in einem weitaus besseren Zustand als die Mumie, bei der sie lag. Jax konnte noch immer Bestandteile des in den Griff eingravierten Wappens erkennen.

»Heute ruhen wir uns aus«, sagte Wylit zu Evangeline. »Meine Vasallen müssen vor Ort noch einiges vorbereiten, und ich erwarte noch weitere Gäste, die frühestens heute Abend eintreffen werden. Daher beginnen wir erst nach Sonnenuntergang. In meinem Zustand kann ich natürliches Licht ohnehin nicht ertragen …«

»Natürlich nicht. Die Natur verabscheut verpfuschte Magie«, erklärte Evangeline sachlich.

Jax schnappte nach Luft. Er staunte darüber, wie mutig sie war, dass sie sich diesem Freak mit dem zerfetzten Gesicht, der aussah wie eine Mischung aus Imperator Palpatine und Freddy Krueger, einfach so widersetzte. Diese Bemerkung über verpfuschte Magie kam ihm zwar sehr gewagt vor, doch Evangeline wandte sich einfach von dem seltsamen Typen ab und strich den Rock ihres langen Kleides glatt, als wäre ihr völlig egal, ob sie ihn damit beleidigt hatte. »Ich wünsche, jetzt in mein Zimmer zurückgebracht zu werden.«

Wylit gab seinen Männern ein Signal. Evangeline und Jax wurden in das Zimmer geführt, in dem sie seit der letzten Nacht festgehalten worden war. Kaum hatte sich die Tür hinter ihnen geschlossen, schlang Evangeline Jax die Arme um den Hals. »Geht es dir gut?«, erkundigte sie sich.

Er spürte, wie sehr sie zitterte, und erwiderte die Umarmung. Dabei ging ihm auf, dass sie vor Wylit nur die Starke gespielt hatte. »Mir geht's gut. Ich habe mir solche Sorgen um dich gemacht.«

»Es tut mir so leid, dass ich dich in diese Sache mit reingezogen habe, Jax.«

»Ich habe die Donovans doch erst zu deinem Versteck geführt.« Jax schluckte schwer. »Sie haben dich nur meinetwegen überhaupt gefunden.«

Sie schenkte ihm ein trauriges Lächeln. »Ich wurde schon gesucht, da warst du noch nicht einmal geboren. Das ist wirklich nicht deine Schuld.«

»Riley wird uns retten.«

Evangeline ließ sich auf die Bettkante sinken. »Aber?«

»Aber ich weiß nicht, was er für einen Plan hat oder ob er überhaupt weiß, wo wir sind.« Jax machte ihre Hoffnungen auf eine baldige Rettung nur ungern zunichte, aber sie musste wissen, wie es um sie stand. Er setzte sich neben sie und erklärte ihr, dass Riley einen Mann bei Wylits Vasallen eingeschleust hatte, der sich mehr als einem Lehnsherrn verschwören konnte. »Riley hat gesagt, dass ich ihm vertrauen kann. Aber Miller meinte, wenn es ihm nicht gelingt, dich zu retten, dann wird er dich …«

»Umbringen.« Sie wirkte nicht im Geringsten überrascht. »Wenn es so weit kommt«, Evangeline reckte das Kinn in die Luft, »dann lässt du ihn tun, was getan werden muss. Milliarden von Menschen sind wichtiger als ich.«

Jax schüttelte den Kopf, widersprach ihr jedoch nicht. Es war sowieso nicht weiter wichtig. Miller war nicht hier, und Riley würde vermutlich nicht rechtzeitig eintreffen, daher waren Evangeline und er auf sich gestellt.

»Wenn sich die Gelegenheit ergibt und du allein fliehen kannst, dann möchte ich, dass du das auch tust«, sagte Evangeline. »Bleib nicht meinetwegen hier.«

»Das kannst du vergessen.«

»Du bist der einzige Freund, den ich je hatte, und ich möchte dich in Sicherheit wissen. Ich kann dir auch einfach befehlen zu gehen.«

Er dachte darüber nach und wog ihre Worte gegen das Wenige ab, was er über die Magie wusste – und seine neue Vasallenschaft. »Du hast nicht Rileys Befehlsstimme, daher kannst du mich nicht wegschicken, wenn mein Platz an deiner Seite ist.«

»Ich tue nur so, als würde mir Wylit Höflichkeit oder Respekt schulden, Jax, und er gibt nur vor, mich so zu behandeln. Wenn ich mich weigere, das zu tun, was er verlangt, wird es sehr schnell unschön.«

Jax musste an ihren Bruder denken, fand jedoch, dass dies der falsche Moment war, um ihr zu sagen, was mit ihm geschehen war. »Dann müssen wir mehr tun, als uns nur zu weigern.« Er stand auf. »Lass uns sein Ritual durcheinanderbringen. Wenn nicht alles perfekt ist, funktioniert es nicht, richtig?«

Evangeline starrte ihn an. »Schon eine Kleinigkeit könnte einen derart gewaltigen Zauber aus der Bahn werfen, doch das ist gefährlich und hat unvorhersehbare Konsequenzen.« Sie überlegte kurz. »Wylit wird nicht zulassen, dass ich während seiner Zeremonie einen Zauber wirke, und wenn ich etwas vorbereite, merkt dieses Donovan-Mädchen es. Auf wessen Seite steht sie eigentlich?«

»Nur auf ihrer eigenen.«

»Alle werden mich im Auge behalten, aber auf dich passen sie möglicherweise nicht so gut auf.«

Das mag sein, aber was soll ich denn machen? Einen Haufen Fragen stellen? Jax bezweifelte, dass es ihnen diesmal etwas nützen würde, wenn er jemanden als Bettnässer entlarvte. »Meine Magie wirkt bei den Balins nicht«, erklärte er. »Sie halten mich für keine große Bedrohung.«

»Wenn ich dir einen Zauber gebe, den du wirken kannst, verrät es deine Freundin vielleicht nicht.«

»Sie ist nicht meine Freundin«, widersprach Jax, bevor er ihre Worte richtig begriff. »Kannst du mir wirklich einen Zauber geben? So was, wie du es letzte Nacht gemacht hast?« Er kannte den Unterschied zwischen einem Zauber und einem Talent nicht, aber sie hatte mit bloßen Händen einen Sarg in Brand gesteckt, und wenn er das ebenfalls könnte …

»Diesen Zauber kann man nur schwer länger als ein paar Minuten aufrechterhalten«, sagte sie. »Wir müssten uns etwas anderes ausdenken. Kannst du dir eine kurze Formel auf Walisisch merken?«

»Ich kann sogar zu Harry Potter werden, wenn es sein muss.«

»Wenn ich dich da rausschicke, um mir etwas zu essen bringen zu lassen, könntest du dann eine Kerze und Streichhölzer besorgen? Wenn ihm natürliches Licht schadet, wüsste ich vielleicht etwas Passendes.«

Er nickte. »Auf den Tischen draußen im Hof stehen Kerzen.«

»Wenn wir das machen, könnte es unser Tod sein«, warnte sie ihn.

»Wir schweben doch jetzt schon in Lebensgefahr.«

35

Nach Sonnenuntergang wurden Jax und Evangeline aus dem Hotel geholt und in einen der Land Rover gesetzt, der sie über eine Kopfsteinpflasterstraße zur berühmten »Straße der Toten« brachte. Jax hatte eine ganze Menge Informationen über Teotihuacán im Kopf, was ihn selbst erstaunte, da er immer geglaubt hatte, bei *Extraterrestrial Evicence* überhaupt nicht zuzuhören. In dieser uralten Stadt gab es drei berühmte Gebäude: die Mondpyramide am Ende der Straße, die Pyramide der Gefiederten Schlange, die etwa anderthalb Kilometer entfernt zwischen den Hügeln verborgen lag, und die Sonnenpyramide – die drittgrößte Pyramide der Welt.

Das würde ein verdammt langer Aufstieg nach oben werden.

Wylit konnte das nicht aus eigener Kraft bewältigen, daher hatten seine Männer eine Art stuhlartige Sänfte mitgebracht, in der sie ihren Lord wie einen König trugen. Die hölzerne Sänfte sah sehr schwer aus, war mit Schnitzereien an den Beinen und der Rückseite verziert, mit rotem Samt ausgeschlagen und überdacht. An den Armlehnen waren zwei Stangen befestigt, sodass vier Männer das Gebilde tragen konnten. Als Jax Wylit aus einem der anderen Land Rover steigen sah, wusste er nicht, ob er lachen oder sich übergeben sollte.

Der Sippenfürst war wie ein Aztekenkönig gekleidet. Auf seiner nackten Brust sah man noch mehr seiner schuppigen, sich schälenden Fischhaut, und unter dem kurzen Rock ragten bloße Beine heraus. Zu allem Überfluss trug er auch noch einen Kopfputz aus Federn um das geschnitzte Holzgesicht einer Schlange.

»Das ist übel«, murmelte Evangeline. »Er will die Schamanen dieses Ortes anrufen.«

»Sind die nicht alle tot?«, flüsterte Jax.

»Sie wurden in einer alternativen Zeitlinie gefangen und von der Realität abgetrennt, sind aber noch immer da … gewissermaßen.«

Jax erschauderte und erinnerte sich daran, wie Evangeline gleichzeitig im Sarg gelegen hatte und doch nicht da gewesen war. Die Einwohner dieser Stadt waren in der Hoffnung auf einen »nächsten Tag« verschwunden, der jedoch nie angebrochen war. Wenn man es genau nahm, warteten sie noch immer darauf.

Entlang der Straße hatten bewaffnete Männer auf den Gebäuden Position bezogen. Ein Pick-up-Truck holperte die betonierte Straße entlang zur Mondpyramide, und auf seiner Ladefläche war ein doppelläufiges Maschinengewehr montiert. »Was ist das?«, fragte Jax.

Einer von Wylits Vasallen, der in der Nähe stand und nicht zu den Balins gehörte, antwortete prompt: »Ein Twin-Browning M2. Auf Befehl meines Lords.«

Jax musste sich ein Grinsen verkneifen, obwohl die Situation alles andere als lustig war. Er hatte nicht einmal eine Formel aufsagen oder seine Frage direkt an den Mann richten müssen.

Evangelines Magie summte regelrecht in seinem Kopf, und er fühlte sich mächtig.

Man wies sie an, die Stufen zu erklimmen, und sie gingen direkt hinter den Männern her, die Wylit trugen, und vor den beiden Balin-Brüdern. Jax schaute sich unauffällig um, doch es hielten sich mehr als genug bewaffnete Vasallen in der Nähe auf, um jeden Fluchtversuch zu verhindern. Der Weg die Pyramide hinauf wurde von generatorbetriebenen Scheinwerfern erhellt, die auf den Treppenabsätzen standen. Nach dem ersten Abschnitt fiel Evangeline der Aufstieg immer schwerer, und Jax trug ihr die lange Schleppe hinterher. Als er nach oben spähte, um herauszufinden, wie weit es noch war, bemerkte er Tegan auf dem zweiten Treppenabsatz.

»Wie wär's mit etwas Hilfe?«, rief er ihr zu.

Tegan rührte sich nicht. »Ich bin heute auf drei Pyramiden rauf- und wieder runtergeklettert, um aus Sicherheitsgründen alles abzuschnüffeln, da wird sie ja wohl eine hochlaufen können.«

Evangeline taumelte auf die ebene Oberfläche. »Du musstest aber auch keine elend lange Schleppe hinter dir herschleifen.« Sie hatte sich das Haar geflochten, damit es ihr nicht ins Gesicht hing, doch inzwischen hatten sich einige Strähnen gelöst, die ihr am schweißnassen Gesicht und am Hals klebten.

Jax schleppte den schweren Stoff die Stufen hinauf und ließ ihn dann fallen. »Hast du deinen neuen Herren schon den Eid geleistet?«, fauchte er Tegan an.

»Nein«, antwortete sie und musterte Jax von Kopf bis Fuß, wobei sie intensiv schnüffelte. »Ich bin doch nicht so bescheuert wie du.«

Anscheinend konnte sie Evangelines Zauber an ihm riechen. Jax beäugte sie und war sich nicht sicher, was er von ihr zu erwarten hatte, nachdem sie Balin nun schon seit fünf Tagen als Schoß- und Bluthund diente. Andererseits hatte er sowieso nie gewusst, wie Tegan sich verhalten würde.

»Meine Mom ist eine Normale, musst du wissen«, sagte sie.

Damit hatte er nun wirklich nicht gerechnet. »Das war mir neu.«

»Sie hat uns schon vor Jahren verlassen.« Tegan senkte die Stimme. »Was aber nicht heißt, dass ich ihr nicht noch immer den Hals umdrehen will.« Sie schenkte Jax ein seltsames, kühles Lächeln. »Wusstest du, dass es unter dieser Pyramide einen Tunnel gibt? Er reicht bis zu der kleineren Pyramide auf der anderen Seite der Ruinen.«

Jax blinzelte. »Ja, das wusste ich«, gab er zu seinem eigenen Erstaunen zu. Wieder einmal war etwas aus dieser Fernsehsendung hängen geblieben.

»*Sie* wissen es nicht«, murmelte Tegan und warf Wylits Vasallen einen Blick zu. »In diesen Tunneln riecht es wirklich interessant …«

»Donovan«, bellte John Balin, der hinter Jax trat. Er bedeutete Tegan, dass sie weiter nach oben gehen sollte, und Jax stellte sehr zufrieden fest, dass sogar Wylits oberster Vasall durch den Aufstieg ziemlich ins Keuchen kam.

Tegan rannte die nächsten Stufen hinauf, und Jax wandte sich Evangeline zu, die ihn anstarrte. Was hatte Tegan ihm zu vermitteln versucht? Konnten sie vielleicht darauf hoffen …?

»Weitergehen«, knurrte Balin.

Jax raffte Evangelines Schleppe wieder zusammen, und sie erklommen weiter die steile Treppe. Als sie den fünften Absatz erreichten, ragte noch immer einer vor ihnen auf, ein abgerundeter Hügel aus großen, in Zement versunkenen Steinen, die zu einer gepflasterten Fläche an der Spitze führten.

Wylits Männer mussten den ganzen Tag beschäftigt gewesen sein. Ein schmiedeeiserner Tisch mit einer Tischplatte aus dunklem Holz stand wie ein Altar auf der Pyramide. Wahrscheinlich hatten sie ihn aus dem Hotel gestohlen, ebenso wie den anderen Tisch, auf dem die Kiste mit der Mumie ruhte. Die Einheimischen würden beim Aufwachen am Donnerstag einige höchst verwirrende paranormale Aktivitäten auf der Pyramide wahrnehmen.

Doch dann fiel Jax wieder ein, dass es keinen Donnerstag mehr geben sollte.

»Mein Lord.« John Balin reichte Wylit den Arm, als die Sänfte abgestellt wurde. »Passt auf, wo Ihr hintretet.« Der Sippenfürst schwankte leicht, als Balin ihn zum Altar geleitete. *Ich sollte einfach losrennen und ihn über den Rand stoßen*, dachte Jax. Er spannte die Muskeln an und malte sich aus, wie er einen alten Mann von einer zweihundert Meter hohen Pyramide schubste.

Der erste Kill ist der schwerste, hatte Miller Riley geschrieben.

Aber neben Balin, Jax und Wylit hielten sich noch vier weitere Männer hier oben auf, und die Pyramide fiel auch gar nicht steil ab. Ein ordentlicher Stoß würde den Mann zwar den Hügel hinunterbefördern. Doch dann würde er nur einige Meter weit rollen und auf dem fünften Absatz liegen bleiben, wahrscheinlich äußerst verärgert und noch immer am Leben.

Einer der Männer, die Wylit hier raufgetragen hatten, führte

Evangeline zum Altar, während ein anderer Jax mit ausgestreckter Hand zu verstehen gab, dass er bleiben sollte, wo er war.

Wylit ließ den Blick über die zerstörte Stadt unter ihnen schweifen. »Vor fast zweitausend Jahren verschwand genau an diesem Ort eine mächtige Zivilisation«, sagte er. »Ein Jahrhundert später wurde auf der anderen Seite der Welt eine andere Zivilisation in ein Zeitgefängnis eingesperrt.« Er wandte sich Evangeline zu. »Euer Vorfahr hat uns an unsere Feinde verraten. Was glaubt Ihr, warum er das getan hat?«

Sie starrte ihn zornig an. »Die Llyr und die Arawen haben ihre Macht missbraucht, und es war schon zu viel Blut vergossen worden, um ein weiteres Mal zu versuchen, sie aufzuhalten.«

»Ich gehe davon aus, dass auch beim Wirken dieses Zaubers eine beträchtliche Menge an Blut geflossen ist.« Wylit schürzte verächtlich die Lippen. Die Haut in seinem Gesicht kräuselte sich wie feuchtes Seidenpapier. »Opfer wurden gebracht.«

»Das bezweifle ich.« Evangeline runzelte die Stirn.

»Ihr glaubt also, Merlin, Nimue und Artus wären zu tugendhaft gewesen, um ein paar Kehlen aufzuschlitzen? Ihr seid eben doch nur ein naives Kind.« In seiner Stimme schwang ein spöttischer Unterton mit, der Jax überhaupt nicht gefiel. »Und was macht ein Opfer aus? Es ist keine wirkliche Opfergabe, wenn sie uns nichts bedeutet, nicht wahr?«

Inzwischen wirkte Evangeline sehr besorgt, und Jax mochte die Richtung, die das Gespräch einschlug, ebenfalls nicht. *Es wird Zeit, diesen Zauber einzusetzen.* Er ging vorsichtig um die Männer herum, damit er Wylit besser im Blick hatte, und kämpfte gegen einen Widerwillen an, den er sich nicht erklären konnte. *Das muss der richtige Augenblick sein*, dachte er. Doch aus irgendeinem

Grund schien er plötzlich zwei linke Füße zu haben. Er stolperte und verlor das Gleichgewicht. Balin drehte sich um und warf ihm einen genervten Blick zu.

»Ich habe eine Opfergabe mitgebracht«, fuhr Wylit fort. »Etwas Wunderbares und Wertvolles, das voller Leben ist und das mir von meinem vertrauenswürdigsten Vasallen überbracht wurde.«

Tegan kreischte auf, als zwei Männer sie unter den Armen packten und nach vorn trugen. Jax wurde von einem Ellbogen an der Schläfe getroffen und taumelte nach hinten, während sich ihm der Kopf drehte. »Dad!«, kreischte Tegan, so laut sie konnte. »Hilf mir, Dad!«

Großer Gott, sie wollten Tegan opfern! Jax richtete sich mühsam auf, schüttelte den Kopf und versuchte, seine Lippen dazu zu bringen, die Worte von Evangelines Zauber zu formen. Aber einer von Wylits Männern schlang ihm einen Arm um die Kehle und hielt ihn fest.

Tegan kämpfte gegen die beiden Männer an, die ihr die Hände fesselten. Zu guter Letzt gab ihr einer der beiden einen so heftigen Schlag gegen den Kopf, dass sie nach vorn auf die Steine der Pyramide stürzte und reglos liegen blieb.

»Das könnt ihr nicht tun!«, protestierte Evangeline. »Sie ist doch nur ein Mädchen!«

»Sie ist nur ein Mädchen«, stimmte Wylit ihr zu. »Kein ausreichendes Opfer für dieses Ritual. Ihr müsst ebenfalls etwas beitragen. Vielleicht einen Jungen als Ergänzung zu meinem Mädchen?«

Jax wurde nach vorn geschleift und neben Tegan auf die Knie gedrückt. »Tut mir leid, mein Junge«, sagte Balin, der auf der anderen Seite der Pyramidenspitze stand. Jax hörte, wie Evangeline Wylit anschrie, dass er ihn gehen lassen sollte, aber alles, woran er denken konnte, war das Seil um seine Handgelenke und dass er seine Chance vertan hatte. Evangeline hatte ihm eine Waffe gegeben, die er einsetzen sollte, sie in seinem Gehirn verankert wie eine juckende Stelle, an die er nicht herankam. Es hätte nur wenige Worte und eine Handbewegung erfordert, um sie freizusetzen, aber nun waren seine Hände hinter seinem Rücken gefesselt.

Derweil hatten die Balin-Brüder Evangeline gepackt. »Habt Ihr etwa geglaubt, ich hätte nichts von Euren Plänen gewusst?«, fragte Wylit. »Ich kann in die Zukunft sehen. Ich sehe alles, was in der Zukunft passieren kann, und in jeder einzelnen Variante habt Ihr Euer Volk verraten.« Der ältere Balin fesselte Evangelines rechtes Handgelenk mit einem Seil an eine Eisenstrebe des Tisches, während der jüngere dasselbe mit ihrer linken Hand machte.

»Ihr seid doch verrückt!«, kreischte Evangeline »Ihr habt es verdient, hier gefangen zu sein.« Sie rief etwas, das Jax nicht verstand, etwas in einer anderen Sprache, aber John Balin stopfte ihr einen Lappen in den Mund und wickelte ihr einen langen Stoffstreifen, der von einem Hotelbettlaken zu stammen schien, um den Kopf, damit der Knebel nicht wieder herausfallen konnte.

»Ihr könnt die Zauber wirken, die ich von Euch verlange, aber keine anderen«, warnte Wylit sie. »Ich weiß, was Ihr geplant habt und auch mit wem.« Er zerrte den Saum von Evangelines Rock hoch und enthüllte Rileys Dolch, der in seiner Scheide an ihrem Bein befestigt war. »Noch eine Pendragon-Klinge!«, frohlockte er und zog sie. Er legte den Dolch auf den Altar neben Excalibur und drehte sich zu Evangeline um. »Habt Ihr wirklich gedacht, das würde ausreichen, um die Pendragon-Blutlinie für diesen Zauber anzurufen? Ja, davon seid Ihr ausgegangen, nicht wahr? Aber keine Sorge, es kommt noch besser.«

Die Hupe eines Wagens übertönte Wylits Stimme. Jax drehte den Kopf und schaute von der Pyramide hinunter.

Ein schwarzer Land Rover, dessen Scheinwerfer die Straße der Toten erhellten, kam mit quietschenden Reifen zum Stillstand. Die Fahrertür wurde aufgerissen, und ein Mann mit schwarzem Haar und einer weißen Stelle an der Kopfseite sprang heraus.

»Auch das habe ich schon in meinen Träumen gesehen.« Wylit blickte zum Himmel empor und widmete der Szene unten keinerlei Aufmerksamkeit. »Ein verheerender Verrat durch einen gebrochenen und verbitterten Mann – und ein Geschenk für mich.«

Miller Owens riss die hintere Wagentür auf und musste sich sofort ducken. Ein Beinpaar trat nach ihm. Aber Miller wehrte die Attacke ab und wich zurück. Einige von Wylits Männern am Boden kamen ihm zu Hilfe, packten die Person, die auf dem Rücksitz saß, und zerrten sie so grob heraus, dass sie sich den Kopf erst am Wagen und dann an der Straße anschlug.

Selbst aus dieser Entfernung erkannte Jax Riley sofort, der von seinem vermeintlichen Freund gefesselt und geknebelt seinen Feinden ausgeliefert wurde.

36

Jax konnte nur beten, dass es sich um einen Trick handelte, aber als sie Riley endlich auf die Spitze der Pyramide geschafft hatten, schwanden seine Hoffnungen. Rileys Hände waren hinter dem Rücken gefesselt, und er hatte einen Knebel im Mund. Außerdem blutete er aus der Nase und über einem Auge prangte eine Schnittwunde.

Miller kam hinter ihm nach oben und wirkte ausgelaugt und verschwitzt. Er trug ein anderes Konzert-T-Shirt, aber noch dieselbe Cargohose. Als Wylits Männer ihren Gefangenen einen Augenblick lang losließen, stürzte sich Riley knurrend auf Miller. Die beiden landeten auf den Pflastersteinen, doch Miller wehrte ihn ab und sprang wieder auf. »Ohne deine Stimme bist du wohl nicht mehr so ein Teufelskerl, was?«, schnaubte Miller und trat Riley in den Bauch.

»Das reicht, Owens.« John Balin überprüfte die Fesseln des Gefangenen, um sich zu vergewissern, dass er sich nicht befreien konnte. Millers Tritt hatte Rileys Gegenwehr erschlaffen lassen, daher gelang es Balin mühelos, ihn neben Jax zu bugsieren. »Behalt das Gelände unten im Auge«, fuhr Balin seinen Bruder an. Er wirkte nervös, weil sich jetzt so viele Männer auf der Plattform drängten.

Angus und einige andere zogen sich auf die untere Ebene zurück, sodass nur noch Balin und ein anderer Mann übrig waren, zudem noch Miller, der sich vor Wylit verbeugte. »Mein Lord«, sagte er. »Ich bringe Euch den Letzten der Pendragons.«

Wylit legte Evangeline eine Hand unter das Kinn und zwang sie, Riley anzusehen. »Ein noch viel besseres Opfer als Euer Vasall, findet Ihr nicht auch?«

»Dann können wir den Jungen ja verschonen.« Balin zog Jax auf die Beine und trat mit ihm zurück. Jax war von dieser unverhofften Entwicklung ganz schwindlig. Ein Verbündeter hatte Riley dem Tod ausgeliefert, und ein Feind versuchte, Jax das Leben zu retten.

Als sie bemerkte, dass Jax offenbar verschont wurde, wollte Tegan ebenfalls aufstehen. Miller warf Jax einen Blick zu, griff nach Tegans gefesselten Händen und ihrem Kopf und drückte sie neben Riley wieder zu Boden. »Du bleibst, wo du bist. Die Opferung eines hübschen Mädchens entspricht der Tradition.« Bei seiner Berührung erschauderte Tegan und sackte in sich zusammen. Jax starrte Miller wütend an und hasste ihn mehr als jemals zuvor.

»Wir haben uns hier an diesem verlassenen Ort versammelt«, verkündete Wylit laut und reckte die Arme gen Himmel, »um dem Gefängnis des Achten Tages zu entrinnen! Hört die Worte von Myrddin Wylit und beugt euch meinem Willen!« Er zog sich Excalibur über eine Handfläche. »Mein Blut entspringt einer uralten Linie von Zauberern.«

Ohne Vorwarnung schlitzte er Evangelines linken Arm auf. Jax ballte die Fäuste, und Riley zuckte als Reaktion darauf zusammen, aber Evangeline rührte keinen Muskel. Sie starrte Wylit einfach nur wütend an.

Wylit rieb mit einer Hand über ihre Wunde und hob sie dann empor. »Dies ist das Blut einer direkten Nachfahrin des Zauberers, der dieses Gefängnis geschaffen hat. Die Macht unseres Blutes wird die Mauern der Zeit nach außen verschieben, bis es kein Gefängnis mehr ist. Auf unseren Befehl wird der achte Tag anschwellen, bis er sämtliche Zeit der Erde verschlungen hat. Der achte Tag wird der einzige Tag sein.«

Evangeline schüttelte den Kopf. Sie war zwar geknebelt und ihre Hände waren gefesselt, dennoch schaffte sie es, mit beiden Händen eine rüde Geste zu machen. Beinahe hätte Jax losgelacht. Damit hatte er bei Evangeline nun wirklich nicht gerechnet. Doch Wylit wirbelte herum und schwang Excalibur derart schnell, dass sie gerade noch rechtzeitig ihre Finger wegziehen konnte. »Wenn Ihr Euch in meinen Zauber einmischt«, zischte Wylit, »dann hacke ich die Stücke von Euch, die ich nicht brauche, einfach ab.«

Erst jetzt ging Jax auf, dass sie nicht bloß trotzig war. Melinda hatte ihm beigebracht, dass Absichten und Symbole bei der Magie eine ebenso große Bedeutung hatten, und Evangeline hatte im Hotel etwas Ähnliches gesagt, als sie vor einem Spiegel eine Kerze angezündet hatte, um ihren Zauber zu wirken. Evangelines Geste hatte Wylits Aussagen entgegenwirken sollen. Sie versuchte auf jede noch so kleine ihr mögliche Weise, ihm Steine in den Weg zu legen.

Wylit hob die Klinge hoch. »Ich trage zudem die Klinge von König Artus Pendragon mit dem Namen Excalibur, an die der Zauber vor eintausendfünfhundert Jahren gebunden wurde.«

Riley hob ruckartig den Kopf. Hinter seinem Knebel murmelte er etwas, das Jax als *Das ist jetzt nicht euer Ernst* interpretierte. In der Nähe verlagerte Miller unruhig das Gewicht von einem Fuß auf den anderen und sah zum Himmel.

»Überdies liegt hier die Leiche von Nimue vom See, die diesen Zauber ersonnen und Merlin Emrys und Artus Pendragon beim Wirken desselben unterstützt hat. Ich rufe die Präsenz dieser drei Unholde an und übernehme mit dem Blut meiner Vasallen und eines wertvollen Opfers die Kontrolle über ihre Magie.« Wylit zeigte mit Excalibur auf Riley. »Der Letzte seiner Linie, ein Nachfahre des Königs, der uns eingesperrt hat.« Wylit zog die Lippen zurück und entblößte seine verfaulten Zähne. »Ich werde ihm auf diesem Altar das Herz herausschneiden, um mir das Recht zu verschaffen, diese Welt zu beherrschen.«

Lichter flackerten am Himmel, und ein Blick zuckte über den lilafarbenen Himmel. Nein, das war kein Blitz. Blitze tauchten nicht am Himmel auf und blieben dort. Diese Erscheinung erinnerte eher an einen Riss in einer Mauer.

Oder an einen Riss in der Barriere, die den Grunstag vom Rest der Zeit trennte.

John Balin steckte eine Hand in seine Sakkotasche, zog eine Pistole heraus und feuerte direkt in die Luft. »Treue Vasallen, euer Blut!«, rief er. Der Mann neben Balin zückte seine Ehrenklinge, schnitt sich in die Handfläche und reckte die Hand in die Luft. Das war der ursprüngliche Zweck dieser Ehrenklingen, wie Jax dank Melindas Lektionen wusste. Das Opfern von Blut steigerte den Zauber. Balin verstaute seine Waffe wieder und durchtrennte Jax' Handfesseln mit seinem Dolch. Jax keuchte überrascht auf, als seine Hände frei waren.

»So, mein Junge«, sagte Balin. »Schließ dich uns an oder stirb.«

Er zog Jax' Klinge aus der Scheide und stach damit in Jax' rechte Hand. »Füge dein Blut dem Zauber hinzu.«

Jax sah Evangeline an und war sich auf einmal absolut sicher. Sie nickte, drehte sich zu Riley um und kniff die Augen zu. Jax konnte nicht erkennen, ob Riley den Hinweis mitbekam. Er umklammerte seinen Dolch mit ganzer Kraft, stieß die linke Hand in Richtung Wylit vor, schloss die Augen und brüllte den Satz hinaus, den er sich eingeprägt hatte.

Der Zauber, den Evangeline in seinen Kopf gepflanzt hatte, strömte hervor wie Magma bei einem Vulkanausbruch. Selbst durch die geschlossenen Augenlider sah er die Lichtexplosion. Es war kein Feuerball, sondern nur natürliches Licht, die Flamme einer Kerze, die zehntausendfach in einem Spiegel verstärkt worden war. Balin und der andere Mann schrien entsetzt auf und wurden von dem Licht geblendet, während Wylit ein gequältes Jaulen ausstieß.

Als das Licht verblasste, schlug Jax die Augen auf und sah zwei Dinge, mit denen er nicht gerechnet hatte. Tegan war aufgesprungen, hatte nun die Hände frei und sägte mit einem Taschenmesser an Rileys Fesseln. Und Miller zog ein Walkie-Talkie aus der Tasche und schrie hinein: »Jetzt, *jetzt!*« Gefolgt von: »Duck dich, Jax!«

Jax duckte sich.

Miller zog seine Waffe und schoss auf den Mann, der direkt neben Jax stand.

Entlang der Straße der Toten gingen mehrere Explosionen los, die die Stille in der verlassenen Stadt durchbrachen.

Miller wirbelte auf dem Absatz herum und feuerte auf Wylit. Balin schob den alten Mann hinter die Holzkiste und erwiderte das Feuer derart erbittert, dass sich Miller einige Stufen nach unten zurückziehen musste, wobei er ausrutschte und das Walkie-Talkie verlor.

Endlich hatte Tegan Rileys Fesseln durchtrennt. Er zog sich mit einer Hand den Knebel aus dem Mund und schob Tegan mit der anderen Hand aus der Schusslinie. »Lasst die Waffen fallen, und werft euch zu Boden!«, schrie er.

Sein Befehl machte auf Balin nicht den geringsten Eindruck. Da Miller nicht mehr zu sehen war, richtete Balin die Waffe gegen diese neue Bedrohung, und Riley, der soeben in Evangelines Richtung losgelaufen war, musste umdrehen und hinter Wylits Sänfte Deckung suchen. »Verschwinde von hier oben, Jax!«, rief Riley.

Jax hob Millers Walkie-Talkie auf, rannte geduckt zum Rand

des Gipfels und rollte sich herunter. Die Steine bohrten sich schmerzhaft in sein Fleisch, als er auf die darunterliegende Terrasse stürzte. Hinter sich hörte er weitere Schüsse, und sein Herz raste vor lauter Angst um seine Freunde da oben auf der Spitze.

Doch einen Moment später rutschte Riley auch schon hinter ihm her und schien unverletzt zu sein. »Werft eure Clansleute die Stufen hinunter!«, befahl Riley den drei Männern, die von unten die Stufen der Pyramide hinaufgerannt kamen. Jax erschauderte am ganzen Leib, als er die Magie in Rileys verzweifeltem Befehl spürte, obwohl sie gar nicht gegen ihn gerichtet war. Der Mann an vorderster Front drehte sich um und schlug dem zweiten mit seinem Gewehr gegen den Kopf, woraufhin dieser wieder nach unten stürzte. Der dritte Mann, Angus Balin, nahm das Gewehr von der Schulter und schoss. Jax zuckte zusammen, als eine Kugel über seinem Kopf von den Steinen abprallte. Im nächsten Moment prallte der Mann, der unter Rileys Kontrolle stand, auch schon gegen Angus und die beiden verschwanden über den Rand des Absatzes.

Besorgt blickte Jax nach oben, da er befürchtete, der ältere Balin würde auf sie schießen. Die Neigung der Pyramide schützte sie zwar, doch wenn Balin ihnen folgte …

»Er wird Wylit nicht zurücklassen«, sagte Riley, der Jax' Gedanken offensichtlich erraten hatte. »Außerdem hat er noch immer Evangeline als Geisel. Ich kam nicht an sie heran.«

Riley wirkte deswegen ebenso zerknirscht, wie sich Jax fühlte. Als wären die durch die Luft fliegenden Kugeln nicht genug, hörte Jax auch noch Wylits Stimme von oben herabhallen. Der verrückte Sippenlord versuchte noch immer, seinen Zauber zu wirken. »Was machen wir denn jetzt?«, fragte Jax.

Riley sah sich panisch um und schien kurz selbst nicht weiterzuwissen. Dann war ein leises Geräusch zu hören, das an Rotorblätter erinnerte und die Rufe und Schüsse auf der anderen Seite der Pyramide zunehmend übertönte, und er entspannte sich erleichtert. »Die Verstärkung«, stieß er keuchend hervor. »Wurde auch Zeit.«

Ein Hubschrauber tauchte über der Pyramide auf. Er war so hässlich wie ein fliegender Truthahn und sah aus wie ein altes Modell aus dem Vietnamkrieg. Wie in aller Welt war Riley an einen Hubschrauber gekommen?

»Wo steckt Miller?«, rief Riley über den Lärm hinweg.

»Er ist da lang gegangen«, rief Jax. »Steht er wirklich auf unserer Seite?«

»Natürlich tut er das!«

Die Scheinwerfer auf der Sonnenpyramide fielen alle gleichzeitig aus, und die Umgebung wurde in Dunkelheit getaucht. Wylits Männer hatten das Licht ausgeschossen, um aus der Luft keine leichten Ziele mehr abzugeben.

»Miller hat dich getreten«, protestierte Jax. »Er hat ihnen gesagt, dass sie Tegan opfern sollen.«

»Er hat mich getreten, damit Balin glaubt, ich wäre am Ende«, erklärte Riley. »Und er hat Tegan das Messer gegeben und ihr meine Anweisungen in den Kopf übermittelt. Sie waren eigentlich für dich bestimmt, aber Balin hatte dich ja leider außer Reichweite gebracht.«

»Das war alles Absicht?«

»Es hätte besser geklappt, wenn die Morgans rechtzeitig hergekommen wären.« Riley blickte zum Hubschrauber hinauf, der eine weitere Runde über der Pyramide drehte. Das Licht eines

Scheinwerfers glitt über sie hinweg, und Riley hob beide Hände, um sich zu erkennen zu geben, damit man nicht auf ihn schoss.

»Die Morgans?«, wiederholte Jax. Jemand winkte ihnen aus dem Hubschrauber zu, der dann abdrehte.

»Ja. Du kannst mir gratulieren. Ich bin jetzt verlobt.« Riley drehte sich zur Spitze der Pyramide um. Er hatte sich gegen die Hilfe von Deidres Clan und dessen Waffen eingetauscht, begriff Jax. Außerdem hatte sich Riley von Miller verprügeln und als Opfergabe darbieten lassen, damit sie beide nahe genug ans Geschehen herankamen, um Jax und Evangeline zu retten.

Weitere Explosionen erschütterten die Gegend rings um die Straße der Toten. In Jax' Kopf summte es, als Intuition und Magie zusammentrafen. »Sind das die Crandalls?«

»Und Donovan. Er hat sich uns angeschlossen, um seine Tochter zurückzubekommen.« Riley grinste Jax kurz an. »Sie sind durch die Tunnel hergekrochen. A.J. und ich haben aus dieser Fernsehsendung davon erfahren.« Jax nickte. Tegan hatte nach ihrem Vater gerufen, weil sie wusste, dass er da war. »Das ist alles nur Ablenkung«, fuhr Riley fort, »aber so müssen sie weiter rätseln, mit wie vielen Leuten sie es zu tun bekommen und wo sie sind.«

Jax wand sich vor Sorge, als der Hubschrauber noch eine Runde drehte und auf die unteren Ebenen der Pyramide schoss. »Ich hab keine Ahnung, wohin Tegan verschwunden ist.«

»Sie kauert unter dem Tisch.« Erneut sah Riley nach oben. »Dort ist es am sichersten. Die Morgans sollen nur auf die Pyramidenspitze feuern, wenn ich das Okay dazu gebe. Das ist Teil der Abmachung, die ich mit ihnen getroffen habe.«

Abermals zuckte Licht über den Himmel, das nun länger und

großflächiger zu sehen war. Es schlängelte sich über die lilafarbenen Wolken, verästelte und verbreiterte sich. Der Wind frischte auf und wirbelte kleine Steinchen in die Luft. Jax rechnete schon fast damit, dass der Himmel wie Glas zersplittern würde.

»Andererseits …«, murmelte Riley. »Wenn Wylit weiterhin versucht, diesen Zauber zu wirken, wird die Morgans unsere Abmachung bald nicht mehr interessieren. Dann bringen sie einfach jeden um, der sich da oben aufhält.«

»Evangeline hat keine Deckung«, sagte Jax. »Die Balins haben ihre Hände an den Tisch gefesselt. Anders als Tegan kann sie sich nicht darunter verstecken.«

»Ich weiß.« Abermals drehte sich Riley um und spähte nach oben.

»Miller hat gesagt, er würde sie umbringen, wenn wir sie nicht retten können.«

»Das wird er nicht tun.«

»Er hat es aber gesagt«, beharrte Jax.

»Du kennst ihn nicht. Er bringt sie nicht um.«

Der Hubschrauber sorgte dafür, dass sich die Verstärkung unten auf der Straße der Toten zerstreute. Als er sich der anderen Pyramide näherte, umklammerte Jax Rileys Arm. »Sie haben Maschinengewehre auf der Mondpyramide. Damit können sie den Hubschrauber abschießen.«

Fluchend richtete sich Riley auf und schwenkte die Arme, um die Blicke der Hubschrauberbesatzung auf sich zu ziehen. Doch sie bemerkten ihn nicht.

Jax hob Millers Walkie-Talkie hoch.

Riley bedachte ihn mit einem erstaunten Blick und riss ihm das Funkgerät aus der Hand. »Deidre, hier ist Riley. Sie haben

Flugabwehrgeschütze auf der Mondpyramide. Haltet euch von dort fern. Over!«

Jax zuckte zusammen. Saß Deidre etwa im Hubschrauber? Es war auf jeden Fall ihre Stimme, die antwortete: »Bist du sicher? Over.«

»Unser Mann vor Ort bestätigt es. Over.« Erneut sah Riley Jax an, und Jax wurde bewusst, dass er im Feld von *Du Idiot* zu *Unser Mann* befördert worden war.

Anstatt von der Mondpyramide wegzufliegen, hielt der Hubschrauber direkt darauf zu und näherte sich mit Höchstgeschwindigkeit der Spitze. Licht blitzte auf der kleineren Pyramide auf, als die bereitstehenden Maschinengewehre das Feuer erwiderten und so ihre Position preisgaben. Innerhalb von Sekunden hatte der Hubschrauber sie erreicht und brachte die großen Waffen mit seinen Geschützen zum Verstummen.

Riley steckte das Funkgerät in seine Gesäßtasche und wandte sich an Jax. »Geh schnell auf die andere Seite und schneide Evangeline los. Bring sie in Sicherheit, bevor die Morgans noch die Geduld mit mir verlieren.«

»Was hast du vor?«

»Ich sorge für Ablenkung.« Riley scheuchte ihn nach rechts, und rannte in die andere Richtung davon.

Jax schlich um die Pyramide herum und nach oben, bis er den Altar auf der Spitze sehen konnte. Evangeline zeichnete sich in ihrem weißen Kleid deutlich vor dem lilafarbenen Himmel ab. Wylit schrie noch immer seine verrückten Beschwörungen in die Welt hinaus und versuchte, den Achter-Tag-Zauber mit Gewalt dazu zu bringen, sich ihm zu unterwerfen. Er zuckte jedes Mal zusammen, wenn das Licht des Hubschraubers über ihn hinwegglitt, schien davon jedoch bei Weitem nicht so beeinflusst zu werden wie von Evangelines immens verstärktem Kerzenlicht zuvor.

»Ich habe diesen Tod vom Himmel vorhergesehen …« Wylits Stimme wurde vom Wind herübergetragen, der Evangelines Rocksaum aufwirbelte. »… weitere Opfer, um die Macht unseres Willens zu verstärken …«

Jax erhaschte einen Blick auf Balin, der sich mit der Waffe in der Hand so flach, wie es nur ging, auf die Pflastersteine presste. Mit schweißnasser Hand umklammerte Jax seinen Dolch und versuchte, den Mut zu finden, um sich auf die Spitze zu begeben und Evangeline zu befreien, bevor Balin reagieren konnte. *Riley würde das locker schaffen*, sagte er sich.

Kaum hatte er das gedacht, tat Riley es auch schon – er tauchte auf der Spitze auf, schnappte sich eine Waffe, die zu Boden gefallen war, und duckte sich hinter Wylits Sänfte. Balin griff unter den Hoteltisch und zerrte Tegan hervor. Er verdrehte ihr einen Arm hinter den Rücken und hielt sie so, dass sie sich zwischen ihm und Riley befand.

»Sie verstecken sich hinter einem Mädchen?«, spottete Riley. »Sie Feigling!«

Balin schien sich nicht darum zu scheren, was Riley von ihm dachte. Er schob Tegan als seinen Schutzschild vor und schoss über ihre Schulter. Holzsplitter, Stofffetzen und Polstermaterial flogen durch die Luft, während sich Riley auf den Rücken legte und ganz klein machte.

Jax schlich weiter nach oben. Riley blieben höchstens noch Sekunden, und am Himmel zeichneten sich immer mehr Risse ab.

»Schlaf ein, Tegan!«, rief Riley. Tegans Knie gaben nach. Sie sackte nach vorn, obwohl Balin sie am Arm festhielt. Fluchend schleuderte Balin sie zur Seite. Riley nutzte die Gelegenheit, um auf Balin zu feuern, und traf ihn an der Schulter. Danach zielte Riley auf Wylit, doch der alte Mann ging hinter Evangeline in Deckung.

»Kommen Sie raus und zeigen Sie sich, Wylit!«, befahl Riley.

Jax konnte die Macht von Rileys Magie selbst aus dieser Entfernung spüren, aber Wylit lachte nur. »Du hast nicht einmal halb so viel Macht wie dein Vater, Junge. Wenn du mich erschießen willst, muss die Kugel zuerst ihren Körper durchbohren.«

Riley stieß einen Fluch aus und duckte sich, als Balin wieder auf ihn schoss.

Wylit ignorierte den Schusswechsel und zerrte Evangeline den Knebel aus dem Mund, um sie dann am Zopf zu packen. »Durch meinen Willen wird es geschehen. Sag es!« Als sie nicht gehorchte, schlitzte Wylit ihr auch den anderen Arm mit Excalibur auf und hielt ihr die Waffe vor das rechte Auge. »Du brauchst keine zwei Augen, um mir nützlich zu sein. Im Grunde genommen brauchst du nicht mal eins. Sag es. *Durch meinen Willen wird es geschehen.*«

Evangeline presste die Lippen aufeinander und schüttelte den Kopf.

Jax sprang auf, stürzte nach oben und hielt den Dolch vor sich. »Lass sie gehen, Fischgesicht. Oder ich steche dir den hier ins Auge.«

Bei Jax' Anblick lachte Wylit los. »Du wagst es, mir zu drohen, Welpe?«

»Lass sie los«, wiederholte Jax. Er hatte es nicht bis ganz auf die Spitze geschafft und konnte auf der Schräge nur schwer das Gleichgewicht halten. Unter seinen Füßen rutschten immer wieder kleine Steine weg.

Wylit bemerkte, welche Mühe er hatte, und verzog den Mund zu einem hässlichen Grinsen. »Zuerst bringe ich sie um.«

»Ohne mich habt Ihr keinen Zauberwirker mehr!«, rief Evangeline.

»Noch habe ich nicht all deine Familienmitglieder durch«, zischte Wylit. »Dein Bruder war zu schwach. Er ist wimmernd gestorben. Und du bist zu dickköpfig. Vielleicht ist deine Schwester ja die Emrys, die ich brauche.«

Evangeline keuchte auf. »Du Monster!«, knurrte Jax.

»Mein Lord!« Balin verließ die Deckung des Tisches und hielt den Blick stur auf Jax gerichtet. Der Schusswechsel zwischen ihm und Riley hatte aufgehört. Jax erhaschte einen Blick auf Riley, der reglos hinter der durchlöcherten Sänfte lag. Entweder war er getroffen worden, oder er hatte keine Munition mehr.

Oder er stellte sich nur tot.

Balin schien sich da auch nicht sicher zu sein. Er bewegte sich zaghaft und behielt Riley im Auge, während er nach einem Winkel suchte, aus dem er auf Jax schießen konnte, ohne Gefahr zu laufen, Wylit zu treffen. »Mein Lord«, wiederholte er. »Bewegt Euch jetzt nicht.«

Als Balin gerade die Waffe hob und zielte, kam Miller auf die Pyramidenspitze gerannt, schrie dabei wie ein Berserker und rammte Balin von der Seite. Balin und Miller gingen zu Boden, und ein Schuss löste sich.

Jax stürzte vor und durchtrennte mit seinem Dolch die Fesseln an Evangelines rechter Hand. Sie nahm Rileys Klinge vom Altar und befreite auch ihren anderen Arm. Dann packte sie Wylit an den Schultern und stieß ihn von sich weg.

Die beiden stolperten an Jax vorbei und stürzten von der Pyramide.

38

Evangeline und Wylit kamen mit derart viel Schwung auf dem steinigen Hügel auf, dass sie sich überschlugen und mit ineinander verschlungenen Armen und Beinen den Abhang hinunterstürzten. Jax hastete ihnen hinterher und achtete nicht weiter auf den Wind, der noch immer gegen die Pyramide peitschte. Wylits Kopfputz fiel herunter, und er landete auf dem fünften Absatz. Evangeline stürzte zuerst auf ihn, rollte dann herunter und blieb nur wenige Zentimeter vor der Kante liegen.

Jax ging neben ihr auf die Knie. Sie hatte eine Schnittwunde an der Stirn und ganz schlaffe Gliedmaßen. »Evangeline!« Er wusste, dass man jemanden mit einer Kopfverletzung nicht bewegen sollte, doch das galt doch bestimmt nicht für Leute, die vor mordlustigen Verrückten flohen, oder? Er schob ihr einen Arm unter die Schultern und versuchte, sie hochzuheben.

Auf einmal zuckte ihr ganzer Körper. Sie setzte sich auf und sah sich hektisch um. »Wo …?« Als sie Wylit neben sich liegen sah, zuckte Evangeline zusammen.

Jax hatte den alten Mann in seiner Eile, zu Evangeline zu gelangen, keines Blickes gewürdigt, aber jetzt schnappte er nach Luft, als er sah, was passiert war. Irgendwo beim Sturz den

Hügel herunter hatte Evangeline Rileys Ehrenklinge nicht mehr festhalten können – die jetzt aus Wylits Brust ragte.

Zu Jax' Erstaunen streckte Evangeline eine Hand aus und griff nach dem Dolch, als könnte Wylit versuchen, ihr die Waffe wegzunehmen. Er ging nicht leicht heraus; sie musste zweimal mit ordentlich Kraft daran ziehen, bevor er sich aus dem Körper löste.

»Geht es euch beiden gut?«

Als Jax den Kopf hob, kletterte Riley soeben vom Gipfel herunter. Er war blutüberströmt, schien jedoch eher durch herumfliegende Trümmer als durch Kugeln verletzt worden zu sein. Im Näherkommen schob er ein neues Magazin in die Pistole, die er in der Hand hielt. »Geht zur Seite«, verlangte er mit finsterer Miene, streckte den Arm aus und zielte.

Doch er musste nicht schießen. Wylit starrte mit leerem Blick gen Himmel, und das Blau seiner Augen verblasste bereits. Riley ließ die Waffe sinken und wirkte sichtlich erleichtert, dass sein erster Kill weiterhin auf sich warten lassen würde. Jax atmete tief ein und legte den Kopf in den Nacken, nur um festzustellen, dass der Himmel noch immer kurz davor zu stehen schien, in eintausend Stücke zu zerspringen. »Evangeline«, flüsterte er entsetzt.

»Ich sehe es.« Sie wischte den Pendragon-Dolch an der Schleppe ihres Kleides sauber, drehte ihn um und reichte ihn Riley mit dem Griff voran. »Danke, dass ich deine Klinge benutzen durfte.«

Riley nahm sie nicht entgegen. »Du kannst sie gern behalten, wenn du möchtest. Ich nehme lieber diese hier.« Bei diesen Worten beugte er sich vor und griff nach Excalibur.

Evangeline beobachtete, wie er das uralte Relikt in Augenschein nahm. »Wylit hat seinen Zauber nicht beendet«, sagte sie, »aber er wurde aktiviert.«

»Ich weiß.« Riley warf ihr einen Seitenblick zu und ergänzte leise: »Zaubern ist nicht so meins. Ich habe keine Ahnung, wie ich das in Ordnung bringen soll.«

Eine Gestalt tauchte am Rand des Gipfels auf. Riley wirbelte herum und hielt Excalibur in der einen und die Pistole in der anderen Hand, während Jax vor Evangeline trat, um sie abzuschirmen.

A.J. Crandall winkte ihnen zu und sagte zu jemandem hinter sich: »Sie sind hier!« Danach wandte er sich Riley zu. »Die Pyramide ist gesichert. Der Rest der Anlage nicht wirklich, aber Deidres Männer sorgen gerade für Ordnung.«

»Sag Riley, er soll sofort hier raufkommen!« Mr Crandalls Stimme hallte laut und deutlich zu ihnen herunter. A.J. drehte sich mit besorgter Miene um und rannte los. Riley lief ihm hinterher nach oben.

Jax sah Evangeline an. »Soll ich dich weiter nach unten bringen, wo es sicherer ist?«

»Nein, ich muss wieder nach oben.« Sie warf erneut einen Blick zum Himmel. Der heftige Wind wehte ihr die losen Haarsträhnen ins Gesicht.

Jax nahm ihre Hand und half ihr beim Aufstieg. In der Mitte der Plattform lagen zwei Personen nebeneinander am Boden: Balin und Miller. Beide Crandalls hockten neben Miller. In der Nähe des Altars und des Tisches versuchten Thomas und sein Vater, Tegan zu wecken. Michael tätschelte ihr immer wieder die Wange, doch sie wachte einfach nicht auf. »Pendragon!«, brüllte er.

Riley wollte eigentlich zu Miller gehen, machte jedoch einen Umweg, beugte sich vor und fuhr mit den Fingerspitzen über Tegans Kopf. »Wach auf, Kleines. Du warst sehr tapfer.«

Tegan riss die Augen auf, und ihr Vater nahm sie ganz fest in die Arme. Jax schaute nur kurz zu ihnen hinüber und folgte Riley dann, wobei er weiterhin Evangelines Hand hielt. Sie mussten einen Schritt über Balin hinweg machen. Er hatte zum Glück die Augen geschlossen, aber sein Kopf war auf schreckliche, unnatürliche Weise verdreht. Jax erschauderte und begriff, dass Miller Balin mit bloßen Händen getötet haben musste.

Riley stritt sich indessen mit Mr Crandall. »Er hat gesagt, es wäre nur eine Fleischwunde – nichts Ernstes. Vor einer Minute war er noch auf den Beinen.«

Mr Crandall schüttelte betrübt den Kopf und presste Miller die Hände an die Seite, um die Blutung zu stoppen. Ganz offensichtlich hatte sich Miller geirrt – oder er hatte gelogen. »Finde heraus, ob die Morgans einen Heiler dabeihaben«, fauchte Mr Crandall seinen Sohn an.

A.J. nahm ein Walkie-Talkie vom Gürtel und entfernte sich einige Schritte.

»Komm schon, Miller«, bat Riley. »Du hattest schon schlimmere Verletzungen als das hier.«

Im Kampf hatte Miller seine Brille verloren. Er schien sich nicht gut orientieren zu können, doch nachdem Jax einen Blick auf die Wunde geworfen hatte, wusste er, dass nicht Millers Augen das Problem waren. Jax wurde speiübel.

»Geht es ihr gut?«, fragte Miller Riley leise.

»Ja«, bestätigte Riley. »Sie steht gleich hier.«

Evangeline beugte sich über Rileys Schulter. »Es geht mir gut.

Du hast uns gerettet.«

Miller schloss die Augen. »Hatte schon Angst ... komme zu spät ...«

»Miller«, knurrte Riley. »Bleib bei mir. Hey!« Er schlug Miller ins Gesicht, wie Michael Donovan es bei seiner Tochter gemacht hatte, nur bei Weitem nicht so sanft. »Ich befehle dir ...« Riley beendete den Satz nicht. Jax vermutete, dass selbst die Pendragon-Befehlsstimme jemanden nicht am Sterben hindern konnte.

»Schon okay«, flüsterte Miller. »War es sowieso leid, ohne Alanna hier zu sein.«

Das waren seine letzten Worte. A.J. und Deidre unterhielten sich über Funk, damit ein Vasall mit Heiltalent auf die Pyramide kam, was jetzt jedoch gar nicht mehr nötig war. Mr Crandall setzte sich hin und fluchte leise. Riley kniete einfach nur da und sagte keinen Ton.

Jax rieb sich mit den Handballen die Augen. Dabei hatte er Miller nicht einmal leiden können.

Evangeline legte Riley eine Hand auf die Schulter. »Es tut mir aufrichtig leid«, sagte sie. »Aber du hast jetzt keine Zeit zum Trauern.« Er hob den Kopf, und Evangeline zeigte zum Himmel. »Ich weiß auch nicht genau, was wir dagegen tun können, doch ich brauche auf jeden Fall deine Hilfe.«

Nach einem letzten Blick auf seinen toten Freund stand Riley mühsam auf. »Sag mir, was ich tun soll.«

Evangeline führte Riley zum Altar, und Jax folgte den beiden. Als ihre Schleppe am Tisch hängen blieb, erklärte Jax: »Jetzt habe ich echt die Nase voll.« Er packte den Stoff und machte sich daran, ihn mit seinem Dolch abzusäbeln.

»Das ist eine gute Idee«, fand Evangeline. »Er hat dieses bescheuerte Kleid ausgesucht. Ich war dagegen, und auch gegen das, was er vorhatte und alles, wofür er stand.« Sie nahm die Pendragon-Klinge in die rechte Hand und reichte Riley die linke. Nachdem er Excalibur in die linke Hand verlagert hatte, verschränkte er die Finger mit ihren.

Jax hackte den letzten Rest der Schleppe ab und trat einen Schritt zurück.

Evangeline holte mehrmals tief Luft und runzelte konzentriert die Stirn. Einen Augenblick lang machte es den Anschein, als hätte sie nicht die geringste Ahnung, wie sie anfangen sollte, doch dann hob sie energisch die Stimme. »Ich lehne alles ab, was hier heute Nacht geschehen ist. Dieser Mann hat nichts als Lügen erzählt.«

Sie betrachtete die Holzkiste. »Nimue vom See war eine große Königin, und sie hatte sich mit zwei großen Männern verbündet, die beide heute Nacht hier vertreten werden. Zusammen schmiedeten die drei einen Plan, um dafür zu sorgen, dass Unschuldige nicht länger mithilfe von Magie unterjocht wurden. Ich stehe für das ein, was sie taten, selbst wenn es bedeutet, dass ich für den Rest meines Lebens eingesperrt sein werde.«

Riley sah ihr unsicher zu und schien auf sein Stichwort zu warten, während sich Evangeline an den Himmel wandte. *Wer hört ihr zu?*, fragte sich Jax. *Ist es Gott oder gar das ganze Universum? Bitte, wer immer es auch ist …* Er merkte, dass er betete. *Bitte hör auf sie.*

»Nimue wird erneut anständig zur Ruhe gebettet, sobald der Zauber repariert wurde«, fuhr Evangeline fort. »Wir haben die Klinge, die sie Artus zur Besiegelung ihrer Allianz gegeben hat und die ihr nach seinem Tod zurückgegeben wurde. Und wir sind die Erben der Pendragon- und der Emrys-Blutlinien und haben das absolute Recht, ihren Zauber als den unsrigen zu beanspruchen.«

Plötzlich tauchte Tegan neben Jax auf. »Wir können helfen«, raunte sie ihm zu. Dann nahm sie seine Hand und schlang die schmalen Finger um den Griff seiner Ehrenklinge. Die andere Hand reichte sie ihrem Bruder, der sie nahm und nach der Hand seines Vaters griff. A.J. und Mr Crandall traten an Jax' andere Seite, und A.J. reichte Jax die Hand, in der er seine Ehrenklinge hielt. Jax verstand, was sie vorhatten, und nahm A.J.s Hand so, dass er den Dolch berührte.

Evangeline nickte zustimmend und fuhr fort. »Wie die ursprünglichen Wirker dieses Zaubers werden wir von unseren Vasallen und tapferen Verbündeten unterstützt. Ein Freund der Pendragons hat sein Leben für unsere Sache geopfert …«

»Ein Bruder«, fiel Riley ihr unverhofft ins Wort. »Miller Owens war mit meiner Schwester verlobt. Er sollte mein Bruder sein.«

»Ein Bruder«, wiederholte Evangeline. Ihre Stimme schwankte. »Dein Bruder und mein Bruder sind gestorben, um den achten Tag zu erhalten.«

»Und Jax' Dad«, fügte Riley hinzu.

»Geschwister, Eltern und Verbündete.« Evangeline hob das Gesicht gen Himmel. »Sie alle wollten dafür sorgen, dass der achte Tag dort bleibt, wo er hingehört – dass er ein isolierter Tag bleibt, eine geteilte Welt, eine Rotation dieses Planeten auf seiner Achse in der Spanne einer Sekunde. Nach ihrem und unserem Willen soll es so sein.«

Jax starrte zum Himmel empor, der lilafarben und rissig wie ein Ei aussah.

»Ihr werdet auf uns hören«, brüllte Riley über den Wind hinweg, der ihm das Haar in die Augen peitschte. Er reckte seine und Evangelines Hand in die Luft. »Ich *befehle* den Kräften des Universums, zu gehorchen – im Namen der Erben von Merlin Emrys und Artus Pendragon!«

Die Kräfte des Universums schienen ihm nicht antworten zu wollen. Riley starrte zum Himmel empor und fügte seinem Befehl mehrere Schimpfwörter hinzu, doch in seinem Gesicht spiegelte sich nur der glitzernde Schimmer der Risse, die nicht verschwinden wollten.

»Das reicht nicht, Junge«, rief Mr Crandall. »Du musst ihm noch etwas anderes geben!«

Aber was denn? Was konnte das Universum wollen? Jax verlagerte nervös das Gewicht. Wylit hatte vorgehabt, seinen Zauber mit einem Menschenopfer zu verstärken. Riley hielt das korrodierte Relikt eines Eisendolchs in der Hand, und Evangeline stand in diesem grässlichen weißen Kleid da wie das perfekte …

Panik stand in Rileys Gesicht, als er Evangeline ansah.

»Reiß dich zusammen, Riley«, rief A.J.

Evangeline starrte Riley an und hatte ganz weiße Lippen bekommen. »Tu, was du tun musst«, wisperte sie.

»Nein!«, protestierte Jax, zog seine Hand aus der Umklammerung und stürzte vor.

A.J. rannte ihn sofort um, und als Jax auf den Pflastersteinen aufkam, landeten knapp einhundert Kilogramm auf ihm.

Riley nahm ihre verschränkten Hände wieder herunter und führte sie hinter Evangelines Rücken. Die Hand mit Excalibur wanderte hinter ihren Kopf, und er legte ihr den Ellbogen in den Nacken. Dann zog er sie an sich und küsste sie.

Jax hätte aufgekeucht, wäre ihm unter A.J.s Gewicht das Atmen noch möglich gewesen.

Ach ja, stimmt. Melinda hatte gesagt, dass starke Gefühle Magie ebenfalls verstärken konnten.

Als Riley Evangeline losließ, taumelte sie nach hinten und stieß gegen den Altar. Sie hatte die Augen weit aufgerissen und wirkte zutiefst erschrocken. Einen Moment lang starrten Riley und sie sich an, und dann hoben sie die Köpfe, um herauszufinden, ob die Welt noch immer unterging.

A.J. stand wieder auf, und Jax schnappte nach Luft und drehte sich auf den Rücken. Die Risse schlossen sich bereits und verwandelten sich zurück in das normale Lila des Grunstag-Nachthimmels.

»Verdammt, ich glaub, wir haben es geschafft!« Riley schenkte Evangeline das rührseligste Lächeln, das Jax je bei ihm gesehen hatte, und hielt noch immer ihre Hand.

Sie errötete.

Und dann verschwand sie.

Mr Crandall sah auf die Uhr. »Donnerstag. Gerade noch rechtzeitig.«

39

Nur wenige Minuten später traf die mexikanische Polizei ein, zeigte jedoch kein großes Interesse daran, etwas zu unternehmen. Nachdem man sie darüber informiert hatte, dass die Morgans eine private Sicherheitsfirma waren, die einen terroristischen Akt eines Drogenkartells verhindert hatten, rückte die Ortspolizei wieder ab und überließ es den Morgans, die Leichen zu beseitigen und die Überlebenden zu versorgen.

Es brauchte beide Crandalls, um Riley von der Pyramide zu bekommen. Auf halbem Weg gaben seine Beine nach, und er wäre beinahe kopfüber die Stufen hinabgestürzt. Danach behielten sowohl Mr Crandall als auch A.J. die Hände an ihm, und sobald sie am Boden waren, zwangen sie ihn, sich auf die Steintreppe zu setzen, während ein Morgan-Vasall ihn untersuchte.

»Prellungen, Verstauchungen – und dann hat er seine letzte Kraft in einen verdammt mächtigen Zauber gelegt«, schloss der Heiler. »Er wird es überleben, sollte sich allerdings ein paar Tage ausruhen.«

»Ich mache Urlaub in Mexiko«, beschloss Riley und leerte eine Wasserflasche. »Angeblich kann man sich dort sehr gut erholen.«

Michael Donovan räusperte sich laut. »Ich bringe das nur ungern zur Sprache, Pendragon«, begann er. »Immerhin hast du gerade sieben Wochentage gerettet. Aber gibt es noch immer einen achten Tag?« Er sah besorgt aus. Ohne einen Grunstag würden die Donovans ihr Familiengeschäft nur unter erschwerten Bedingungen fortsetzen können – womit das Plündern, Safeknacken und allgemein illegale Dinge gemeint waren.

Riley trank erst das Wasser aus, bevor er antwortete. »Ja.«

»Woher weißt du das?«, verlangte Thomas zu erfahren.

»Weil sie noch immer da oben ist.« Riley und Jax sagten es gleichzeitig, um sich dann erstaunt anzusehen. Jax spürte Evangelines Anwesenheit auf der Pyramide, weil er ihr Vasall war, und Riley … Da war sich Jax nicht so sicher, aber er hatte eine Vermutung.

Riley sah Jax misstrauisch an. »Was sollte dieses Gebrüll am Ende? Was hast du denn gedacht, was ich mache? Dachtest du, ich bringe sie um?«

Jax spürte, wie ihm das Blut in die Wangen schoss. Er hätte wissen müssen, dass Riley ihr nie etwas tun würde. *Wir sind die Guten. Schon klar. Hatte ich nur kurzzeitig vergessen.* Selbst Miller hatte seine Drohung nicht wahr gemacht, und jetzt, wo Jax wusste, wer Miller für Riley gewesen war – und wen Miller verloren hatte –, verstand er auch, warum Riley darauf vertraut hatte, dass er Evangeline nichts antun würde.

»Achtung!«, schrie A.J., und Riley sprang auf. Jax wirbelte herum und rechnete schon mit einem Angriff von einem von Wylits letzten Vasallen.

Aber es war Deidre, die auf sie zukam.

Sie trug volle Kampfmontur sowie genug Waffen am Oberkörper, den Armen und Beinen, um es mit einer kleinen Armee aufzunehmen. Was sie heute ja auch schon getan hatte. Sie marschierte über die Straße der Toten auf sie zu, und ihr schwarzer Pferdeschwanz flatterte hinter ihr her. »Auf ein Wort«, sagte sie und zeigte auf Riley.

»Äh«, murmelte Riley wenig eloquent, während alle anderen ein paar Schritte zur Seite gingen.

»Meines Wissens wurdest du heute Nacht auf dieser Pyramide beinahe umgebracht«, fauchte sie. »Und zur Krönung des Ganzen hast du die Welt auch noch mit einem Kuss gerettet.«

»Tja, ähm …«, erwiderte Riley.

»Damit ist die Verlobung aufgelöst. Ich habe nicht die Absicht, mich damit zufrieden zu geben, nur deine zweite Wahl zu sein. Und mir ist völlig schnurz, von wem du abstammst.«

»Sie ist … nicht …«

Deidre stemmte die Hände in die Hüften. »Es hätte nicht funktioniert, wenn du nichts für sie empfinden würdest.«

Riley fuhr sich mit einer Hand durchs Haar und runzelte die Stirn, als wäre er noch gar nicht zu diesem Schluss gekommen. Aber A.J. und sein Vater tauschten vielsagende Blicke, was Jax vermuten ließ, dass die beiden so etwas geahnt hatten.

Als Riley so ein dummes Gesicht machte, musste Deidre lachen. »Begreifst du es denn nicht? Indem ich die Verlobung löse, bist du aus dem Schneider. Du schuldest meiner Mutter keinen Treueschwur.«

Riley stieß die Luft aus, als wären die Worte endlich durch seine Erschöpfung hindurchgedrungen. »Deine Mutter wird stinksauer auf mich sein.«

»Oh ja, sie gibt garantiert dir die Schuld«, mutmaßte Deidre. Dann drehte sie sich zum Hubschrauber um und ging über die Straße auf ihn zu, wobei sie Riley über die Schulter noch zurief:

»Halt dich lieber außerhalb ihrer Schussreichweite.«

Riley ließ sich wieder auf die Steinstufe sinken und sah aus, als wäre er soeben vom Gouverneur begnadigt worden. Ermattet schlug er die Hände vors Gesicht.

Mr Crandall tätschelte A.J. den Rücken. »Der Junge ist platt. Wir sollten uns ein Transportmittel besorgen und ihn irgendwo hinbringen, wo er sich ausruhen kann.«

Abermals räusperte sich Michael Donovan. »Zufälligerweise sind vor Kurzem einige Land Rover in meinen Besitz gelangt.« Er zog mehrere Schlüsselbunde aus der Tasche. »Und ich wäre bereit, mich für den richtigen Preis von einem davon zu trennen.« Jax fragte sich, wie es Donovan inmitten des ganzen Chaos noch gelungen war, so viele Wagenschlüssel an sich zu bringen.

»Zuerst kümmern wir uns um Miller«, entschied Riley, ohne die Hände runterzunehmen.

»Wird erledigt, mein Junge«, erwiderte Mr Crandall. »A.J. und ich holen ihn runter. Mach dir deswegen keine Sorgen.«

Nun setzten sich alle gleichzeitig in Bewegung. Tegan knuffte Jax im Gehen gegen den Arm und meinte: »Blödmann.«

»Dito«, konterte Jax und wusste, dass sie beide damit meinten: *Schön, dass dir nichts passiert ist.*

Es dauerte nicht einmal eine Minute, da saß Jax allein neben Riley, der die Hände sinken ließ. »Wir müssen reden, Jax.«

Jax nickte. Seine Beine waren weich wie Pudding und sein Schädel pochte, aber einige Dinge mussten besprochen werden. »Das war alles meine Schuld. Evangeline schwebte in Gefahr und Milliarden von Menschen wären beinahe gestorben, und auch Miller ist nur meinetwegen tot.«

»Das ist doch völliger Blödsinn. Wylit hat seit vielen Jahren nach ihr gesucht.«

»Aber ich hab dir nichts von den Donovans erzählt, und dann haben sie sich an Balin gewandt.«

»Du wusstest doch gar nicht, was auf dem Spiel stand«, erklärte Riley. »Ich habe dich viel zu lange im Ungewissen gelassen. Das war ein großer Fehler.«

Jax konnte sich keine Sekunde länger auf den Beinen halten. Er sank neben Riley auf die Treppenstufe und stützte den Kopf in die Hände.

»Du solltest eigentlich gar nicht lange bei mir bleiben«, fuhr Riley fort. »Daher wollte ich nicht, dass du zu viel weißt. Und … Ich wollte verhindern, dass du mir letzten Endes noch ans Herz wächst.«

»Tja, ich hatte auch nicht geplant, dich irgendwann zu mögen«, murmelte Jax.

»In dieses Haus können wir jedenfalls nicht zurückkehren«, sagte Riley. »Melinda wird unsere Sachen rausholen, und dann muss ich Evangeline irgendwo anders hinbringen.«

»Geht es Melinda und ihrer Familie wirklich gut?«, erkundigte sich Jax.

»Sie haben ihr Haus verloren, sind aber in Sicherheit.« Riley seufzte. »Melinda hat die Nase voll. Sie möchte, dass ich sie von ihrem Eid entbinde. Und das wäre auch das Richtige. Sie ist für dieses Leben nicht geschaffen.«

Jax versuchte, sich vorzustellen, Melinda hätte zusammen mit ihnen auf der Pyramide gestanden, und nickte. »Das tut mir leid.«

»Wir gehen im Guten auseinander. Das ist nur das Ende einer

besonderen Beziehung. Aber du sollst auch wissen, dass so etwas möglich ist – man kann eine solche Verbindung wieder aufheben.«

Jax hob den Kopf.

»Du bist wirklich viel zu jung für diese Art von Eid«, erklärte Riley. »Selbst jemand, der in einen Clan hineingeboren wird, legt seinen Treueschwur erst mit sechzehn ab. Außerdem ist es – wenn man mal von Balins Gang absieht – absolut ungewöhnlich, dass ein Wechsler einem Sippenmitglied die Treue schwört.«

»Aber …«

»Dein Vater hätte das nicht gewollt«, unterbrach Riley ihn. »Er hatte da recht genaue Vorstellungen. Zwar war er sich nicht sicher, ob du überhaupt wechseln würdest, aber falls es passierte, sollte ich dir die Grundlagen beibringen und dich zurück zu deiner Familie schicken. Er hätte nicht gewollt, dass du ein Vasall wirst – weder meiner noch der von jemand anderem.«

Jax runzelte die Stirn. *Dad wollte, dass ich im Ungewissen und isoliert bleibe und nur teilweise ausgebildet werde.* »Warum?«, verlangte er mit brechender Stimme zu erfahren.

»Das weiß ich nicht«, gestand Riley.

Jax wurde geknickt bewusst, dass er dies vermutlich niemals erfahren würde.

Sie kamen recht spät oben auf der Pyramide an, weil Jax auf halbem Weg einen Krampf im Bein bekam. *Ich hasse Pyramiden*, dachte er und humpelte hinter Riley her. *Nie wieder klettere ich auf eine rauf.*

Als sie oben ankamen, stand Evangeline bereits in diesem zerstörten weißen Kleid da, hielt noch immer Rileys Dolch in der Hand und wirkte sehr einsam und verloren. Als sie die beiden entdeckte, die die Stufen erklommen, hellte sich ihr Gesicht auf. Ihr Blick zuckte zuerst zu Riley, aber es war Jax, den sie so heftig umarmte, dass er beinahe das Gleichgewicht verlor.

»Geht es dir gut?«, fragte sie und drückte ihn an sich.

»Das hast du mich letzte Woche auch schon gefragt«, rief er ihr ins Gedächtnis. »Es geht mir gut. Aber sieh dich doch nur an, Evangeline.« Er ließ sie los und musterte sie von Kopf bis Fuß. Sie blutete noch immer aus den Schnittwunden, die Wylit ihr an den Armen zugefügt hatte. Selbst nach acht Tagen war für sie keinerlei Zeit vergangen.

Zum Glück waren sie darauf vorbereitet. Während Riley ihre Verletzungen verband, reichte Jax ihr eine Plastikflasche mit Wasser. »Trink das«, bat er sie. »Du musst doch großen Durst haben.«

Evangeline leerte die ganze Flasche, ohne sie einmal abzusetzen, und machte den Anschein, als wäre sie noch immer durstig. Riley befestigte den Verband, und sie warf ihm einen scheuen Seitenblick zu. »Möchtest du …« Dabei hielt sie seinen Dolch auf der offenen Handfläche. Dann fiel ihr Blick auf seine Taille, an der er nun Excalibur trug.

»Nein, ich hatte nicht vor, ihn zurückzuverlangen«, sagte Riley leise.

Das war seine zurückhaltende Art, ihr den Dolch als Geschenk anzubieten, und Jax wartete gespannt darauf, ob sie ihn annehmen würde. Nimue hatte Artus Excalibur als Symbol ihrer Allianz überreicht, und wenn Evangeline Rileys Klinge akzeptierte, bedeutete das Jax' Meinung nach etwas Ähnliches.

Evangeline errötete und lächelte verlegen, um dann eine kreisförmige Bewegung mit einem Finger zu machen. Riley wusste nicht, was sie damit meinte, aber Jax verstand es. Er nahm Riley am Arm und drehte sich mit ihm zusammen um, damit Evangeline ihren Rock hochheben und den Dolch in die darunter verborgene Scheide stecken konnte.

»Wir müssen dich von dieser Pyramide runter und aus dieser Stadt bringen. Wenn du bereit bist …« Riley warf einen Blick über die Schulter und sie schien so weit zu sein, da er sich wieder umdrehte und ihren Arm nahm. Jax griff nach dem anderen. »Keine Sorge, wir passen auf dich auf. Aber lass ja nicht los.«

Evangeline stolperte schon auf den ersten Stufen. »Entschuldigt«, stieß sie keuchend hervor.

»Schon okay. Ich hab's auch nicht allein nach unten geschafft«, gab Riley zu. Sie legten sich Evangelines Arme um die Schultern und hoben sie hoch. »Es grenzt an ein Wunder, dass du nach dem Wirken dieses Zaubers überhaupt noch auf eigenen Beinen stehen kannst.«

Jax konnte nur zustimmend grunzen. Sie war nicht besonders schwer, doch Jax war kleiner als Riley und die dämlichen Stufen waren viel zu schmal und steil. Das würde ein sehr langer Abstieg werden.

»Müssen wir uns aus irgendeinem Grund beeilen?«

»Ja, das müssen wir«, bestätigte Riley. »Das magische Chaos, das wir letzte Woche verursacht haben, hat einige Aufmerksamkeit erregt.«

In der letzten Woche waren Dulacs und Dulac-Vasallen in Mexiko aufgetaucht, hatten sich in der Nähe der Pyramiden umgesehen und jede Menge Fragen gestellt. Sie hatten wissen wollen, ob die Gefahr für den Achter-Tag-Zauber beseitigt worden war und wie sie die Morgans unterstützen konnten. Insbesondere interessierten sie sich jedoch für den Aufenthaltsort der beteiligten Emrys-Erbin und drückten ihre »Sorge« darüber aus, dass sie zur Sicherheit aller in »Schutzhaft« genommen werden sollte. Für diese Aufgabe meldeten sie sich sogar freiwillig.

Deidre Morgan hatte sie abgelenkt, so gut sie es vermochte, und behauptet, Evangeline wäre bei dem Angriff auf die Pyramide ums Leben gekommen. Aber einige von Wylits Vasallen würden wissen, dass sie entkommen war, und keinem gefiel die Vorstellung, von den Dulacs eingeholt zu werden, bevor die Morgans zur Stelle waren.

»Sie vermuten, dass ich lüge«, hatte Deidre Riley anvertraut. »Aber meine Mutter und ihr Clanführer haben vorerst einen Waffenstillstand vereinbart, daher sagen sie nichts. Bestimmt gehen sie davon aus, dass ich sie versteckt halte, und wenn ich mich auffällig genug verhalte, kann ich sie bestimmt Mittwoch um Mitternacht von der Pyramide weglocken. Dadurch bekommt ihr genug Zeit zur Flucht. In der Zwischenzeit …«, nun sah sie auch Jax durchdringend an, »solltet ihr euch nicht blicken lassen. Und das gilt für euch beide.«

Den Crandalls hatte dieser Plan überhaupt nicht gefallen. Sie hätten Riley am liebsten mit dem ersten Flieger aus Mexiko rausgeschafft, weil sie davon ausgingen, dass die Dulacs versuchen würden, ihren Fehler wieder gutzumachen, sobald sie erfuhren, dass ein Pendragon das Attentat von vor fünf Jahren überlebt hatte. Aber Riley war ebenso wenig wie Jax bereit, ohne Evangeline abzureisen.

Aus diesem Grund führte Deidre die Dulacs nun in die Irre und sämtliche Crandalls behielten den Pyramidenkomplex mit Ferngläsern und Präzisionsgewehren im Auge.

Jax keuchte und schwitzte, als sie die Straße der Toten erreichten. Evangeline bestand darauf, abgesetzt zu werden und selbst zum Wagen zu gehen, stöhnte jedoch, als sie sah, dass es sich um den schwarzen Land Rover der Balin-Brüder handelte.

»Ja, ich weiß«, sagte Riley mitfühlend. »Aber Donovan und ich haben uns diesbezüglich geeinigt.« Er hielt ihr die hintere Tür auf. »Donovan hat mir den Schlüssel gegeben, und dafür hab ich ihm nicht die Nase gebrochen.«

»Riley.« Sie sah ihn durch ihre hellen Wimpern hinweg an, und er erstarrte. »Danke. Für alles. Nicht nur für gestern. Einfach … für alles.« Ihre Wangen waren ganz rosig, was vom Abstieg kommen konnte, allerdings hatte sie sich dabei nicht wirklich angestrengt.

Riley öffnete den Mund … aber es kam kein Ton heraus.

Jax schüttelte den Kopf. *Erbärmlich*. Endlich war das Mädchen bereit, mit ihm zu reden, und dann wusste Riley nicht, was er sagen sollte. Auf einmal hatte Jax eine Idee. »Hey, was haltet ihr davon, wenn ihr zwei euch auf den Rücksitz setzt und plaudert? Ich fahre.«

Mit diesen Worten holte er Riley aus seiner Erstarrung. »Du kannst doch gar nicht fahren.«

»Das lerne ich schon. Es ist Grunstag. Wer soll uns da denn anhalten?«

»Setz dich auf den Rücksitz, Jax«, knurrte Riley und ging um den Wagen herum.

Als sie aneinander vorbeikamen, um die Plätze zu tauschen, raunte Jax Riley zu: »Feigling.«

»Halt die Klappe.«

Auf dem Rücksitz des Land Rovers öffnete Jax eine Kühlbox, während Riley viel zu schnell die Straße der Toten entlangraste, und reichte Evangeline eine weitere Wasserflasche. Sie nahm sie entgegen, sah ihn jedoch so traurig an, dass er erstarrte.

»Was ist?«, fragte er.

»Jax«, setzte sie an und hielt dann inne, als könnte sie nicht weiterreden. »Ich habe dich unter misslichen Bedingungen als meinen Vasallen angenommen. Zu der Zeit glaubte ich, dir damit das Leben retten zu können, doch letzten Endes hast du mir das Leben gerettet.« Ihr Blick zuckte zum Fahrersitz. »Jedenfalls gehe ich davon aus, dass du eigentlich für jemand anderen bestimmt bist.«

»Was, etwa für ihn?« Jax zeigte mit dem Daumen auf Riley. »Ihm würde ich nicht mal den Eid schwören, wenn er der letzte Lehnsherr auf Erden wäre.«

»Ich würde dich auch gar nicht annehmen, Kleiner«, erwiderte Riley, ohne den Blick von der Straße abzuwenden.

Evangeline sah zwischen den beiden hin und her und runzelte die Stirn, als wäre sie sich nicht sicher, ob es nur Spaß oder doch Ernst war. »Ich biete dir an, dich von deinem Eid zu entbinden«, fügte sie hinzu.

»Ich weiß.«

Das war genau das, was Riley vorhergesagt hatte. Hier saß sie nun, erschöpft und verletzt, und doch konnte sie nur daran denken, etwas aufzugeben, das sie ihrer Meinung nach unberechtigt erhalten hatte – Jax' Loyalität und Freundschaft.

Riley hatte gesagt, er könnte Jax in wenigen Tagen zurück zu Naomi bringen, wenn Evangeline ihn freigab. Dann könnte Jax im Herbst auf eine neue Schule gehen. Entführungen, Pyramiden und die Flucht vor mordlustigen Wechslerclans würden damit der Vergangenheit angehören.

Er würde wieder Posaune spielen können. Dem Astronomieclub beitreten. So wie sein Vater es gewollt hatte.

Jammerschade, dass Dad nie mit mir darüber geredet hat.

»Willst du mich nicht mehr in deiner Nähe haben?«, wollte Jax von Evangeline wissen.

»Nein, das ist es nicht. Es ist nur …«

»War ich ein schlechter Vasall?«

»Natürlich nicht! Du warst mutig und einfallsreich …«

»Liegt es daran, dass ich ein Wechsler bin? Oder dass ich nicht kochen kann?«

»Das ist nicht lustig.« Evangeline hörte sich beinahe verzweifelt an. Dann biss sie sich auf die Unterlippe, um sich das Lachen zu verkneifen. Er erkannte ihren Gesichtsausdruck von dem Zwischenfall mit dem Pfefferspray wieder.

»Okay. Dann mal im Ernst: *Ich lehne dein Angebot, mich von mei-*

nem Eid zu entbinden, ab«, erklärte Jax ernst und formell und benutzte genau die Worte, die Riley ihm eingeprägt hatte. Als er die Erleichterung in ihren Augen bemerkte, grinste er und fügte in eigenen Worten hinzu: »So leicht wirst du mich nicht mehr los.«

Dank

Ich bedanke mich bei meiner Agentin Sara Crowe und all den wunderbaren Redakteuren, die mir dabei geholfen haben, *The Eighth Day* zum bestmöglichen Buch zu machen: Alexandra Cooper, Alyssa Miele, Barbara Lalicki und Andrew Harwell. Außerdem danke ich meinem Mann Bob Salerni, der mich mit nach Mexiko genommen hat, wo ich auf die Pyramide der Sonne klettern durfte, unserem Tourguide Alvaro Arestegui, der mir alles über die Geschichte dieses Ortes erzählt hat, und meinem Schwager Larry O'Donnell, der mir dabei half, einen militärischen Angriff darauf zu planen. Zudem schulde ich meiner Tochter Gina Dank, die jedes Kapitel dieses Buches als Erste gelesen hat, und meiner Tochter, Gabrielle, die Jax Aubreys Zeichen entworfen hat. Ein großer Dank geht auch an meine Kritikerinnen und Partnerinnen Krystalyn Drown und Marcy Hatch sowie an meine Betaleser: Henry Becker, Gwen Dandridge, Lenny Lee, Katie Mills, Susan Kaye Quinn, Mary Waibel und Maria Ann Witt.

Ein ganz besonderes Dankeschön geht an meine Leseklassen aus dem Schuljahr 2012/2013. Diese Schüler wurden förmlich an mich gekettet und mussten mein Veröffentlichungsabenteuer notgedrungen miterleben. Dabei haben sie mich immerzu angefeuert. Danke, Jimmy, Matt B., Isabel, Rachael, Valerie, Isaac,

Joey, Miranda, Josh P., Zach R., Aidan, Angelo, Kyle, Javi, Darrien, James, Shelby, Kira, Luis, Alexa C., Matt C., Mike, Zoe, Chase, Matt H., Patrick, Laura, Katie, Savannah, Abby, Owen, Josh M., Alex, Macie, Grace, Brayden, Nathan, Chris, Karl, David, Lauren, Alexa Y. und Sabriya.

Dianne K. Salerni ist die Autorin mehrerer Jugendbücher, darunter die Trilogie Der Achte Tag, Jadie in Five Dimensions und The Carrefour Curse. Dianne war 25 Jahre lang Lehrerin, bevor sie ihren Beruf aufgab, um sich auf gruseligen Friedhöfen herumzutreiben und 2000 Jahre alte Pyramiden zu besteigen, um für ihre Bücher zu recherchieren. Sie lebt in Pennsylvania, USA, mit ihrem Mann und zwei schelmischen Katzen.

Band 2: Der Achte Tag - Das Zeichen des Inquisitors
ISBN: 978-3-910522-19-0, eBook 978-3-910522-39-8

The Spook's 1 - Der Schüler des Geisterjägers

ISBN: 978-3-910522-01-5 eBook: 978-3-910522-21-3